# 的村庄的国

金 萍 著

北京时代华文书局

图书在版编目（CIP）数据

我的村庄我的国 / 金萍著 . -- 北京 : 北京时代华文书局 , 2018.7
（永远的乡愁）
ISBN 978-7-5699-2206-6

Ⅰ . ①我… Ⅱ . ①金… Ⅲ . ①散文集－中国－当代Ⅳ . ① I267

中国版本图书馆 CIP 数据核字 (2018) 第 000923 号

# 我的村庄我的国

Wo de Cunzhuang Wo de Guo

著　　者｜金　萍
出 版 人｜陈　涛
选题策划｜叶名光
责任编辑｜沙嘉蕊
插　　图｜祝子晴
装帧设计｜程　慧　迟　稳
责任印制｜刘　银

出版发行｜北京时代华文书局 http://www.bjsdsj.com.cn
　　　　　北京市东城区安定门外大街 136 号皇城国际大厦 A 座 8 楼
　　　　　邮编： 100011　电话： 010 - 64267955　64267677
印　　刷｜固安县京平诚乾印刷有限公司　0316-6170166
　　　　　（如发现印装质量问题，请与印刷厂联系调换）
开　　本｜880mm×1230mm　1/32　　印　张｜9.5　　字　数｜223 千字
版　　次｜2020 年 1 月第 1 版　　　　印　次｜2020 年 1 月第 1 次印刷
书　　号｜ISBN 978-7-5699-2206-6
定　　价｜48.00 元

版权所有，侵权必究

# 目 录

开 篇　001

屋后有个伸腿班　003
伸腿班的老师和孩子们　006
村庄里的正式小学　011
我的村庄　015
在我们村庄周围　018
村庄里的年俗　020
村庄里的风花雪月　043
村庄孩子的游戏　046
村庄里的树　048
村中的林子　051
红皮柳　054
椿树王　057
猴子松　059
柿子树　061
树上的鸟　064
杏树　066
杨柳风　068
桃条子　070
桃树　072

春天的花朵　　074

鞋尖上的花　　076

辫梢上的花　　078

枣树与女孩　　080

紫胭与槐豆树　　084

二月二的事　　086

春分这一天　　088

胎毛及换牙　　090

小燕子　　092

扫天婆　　094

代尚　　096

菜园子　　098

菜农　　100

村庄里的虫子　　103

村庄的野菜　　106

家族里的女人　　108

拨锤子　　113

套棉被　　115

花草树木中的人生　　118

四个轱辘的大车　　120

独轮车　　123

犁的故事　　126

杈子，扫帚，扬场锨　　128

耙，耩子，木拖车　　132

牛兜嘴子，驴蒙眼子与梅英　　135

捞草罩子　　140

古会　　152

乡戏　　160

走路的感觉　　168

梨花渡　　172

少年女兵梦　　175

常有梨花入梦来　　178

舅舅的金鱼笔　　181

村庄里的石器　　184

村庄里的炊烟　　193

灶老爷　　196

风箱　　199

烟囱　　201

村子里的鬼　　204

村子里的坟地（之一）　　207

村子里的坟地（之二）　　209

我的小学同桌　　212

村里的童谣（之一）　　219

村里的童谣（之二）　　221

村里的记号　　223

村庄里的恶霸　　227

村庄里的水沟（之一）　　231

村庄里的水沟（之二）　　233

村庄里的水沟（之三）　　236

村庄里的水沟（之四）　　238

村庄里的水沟（之五）　　240

村庄里的匠人　243

村庄里的人物　252

我在村庄盘古的那些日子　　275

我的村庄我的国　280

相见亦难别亦难　295

# 开 篇

我在城里游走已经很久了。

十年？二十年？还是三十年？

人生匆匆，转眼瞬间。

我在小县城蹲过、在杂志社忙过、在电视台编过，可是落魄也罢，辉煌也罢，我的心一天也没有离开过乡村。乡村是我生命的源头，乡村是我生命的摇篮，在乡村的滋养下，我长大成人，我和乡村有撕扯不断的渊源，那是存放我胞衣和脐血的地方，那是我的双亲长眠之地……

花红草绿，百鸟鸣唱，溪流欢歌，棉白稻黄。

乡村是一支生命的歌，无时不在我记忆的深处吟唱；乡村是一幅彩色的画，无论走千里万里，它都永远镌刻在乡村孩子的心上！

记得小时候，老师让我们填写理想，我们一班孩子都写了：长大后做新农民，建设家乡、改变家乡、美化家乡。最爱唱的一支歌：太阳红，太阳亮，春风送我回故乡，青山绿水多宽广，张开翅膀飞凤凰，凌云志，心里藏，要叫穷山变富乡……

也许，那时的我不懂得爱，没有感到家乡的好，所以才拼命哭着喊着要逃离它！今天，当做了半辈子漂流客之后，我对故乡充满了感恩和敬畏！它给了我们这些乡下孩子坚韧、坚持、坚决、坚强；它给了我们宽容、大度、忍耐、忍让！今天，请让我停下匆匆的脚步，用心去记述我的生命源头、我的村庄、我的父母生活并长眠的地方！

我知道，和我一起长大的伙伴们大多数依然在乡村里生活：春种夏长、秋收冬藏。他们和当年的我一样，拨弄着四季的琴弦，弹奏着岁月的歌谣。他们布衣素食，他们风雪雨霜，他们的头顶上，有月亮和星星、有雨水和阳光。露在屋顶上白着、风在树梢上摇着、花在春天里开着、果在秋天里红着、炊烟在屋顶上飘着、妈妈在村头望着、奶奶在身后叮咛着，那些生活的场景，都在远乡孩子的心底被深深地埋藏。村庄是我的根，村庄是我的国，啥都别说了，请跟我一起，去看看金萍的村庄吧！

人生应从记事起，去我的村庄做客，就从我的伸腿班开始吧！

# 屋后有个伸腿班

在我四岁牙牙学语的时候,老家屋后有个伸腿班。什么叫伸腿班?就是在乡村小学之外,为了方便周围孩子入学,办起的一个个的小小班。这些班有七八个人,也有的有十几个人。这些孩子在家门口读到二年级就转到正式的小学里去了。一个伸腿班就一个老师。老师都是多面手,语文、数学、音乐、体育、美术、劳动都由这位老师讲授。我家屋后的伸腿班,办在一个比较闲置的牛屋里。牛屋里就有一头老牛,还飘散着很浓的牛的味道。有一天,平常没人去的牛屋里突然响起了清脆的歌声:"两只老虎,跑得快,跑得快,一只没有尾巴,一只没有脑袋,真奇怪!真奇怪!"歌声把我们这些乳牙未退的孩子都吸引了过来。平日里,大人都忙着下地干活儿,把幼小的孩子像泥蛋儿一样的顺手一丢,爱去哪玩去哪玩!收工回来,扯着嗓门喊一通,孩子就像小鸡似的,扑棱着翅膀朝家飞奔。可是,那天,我们一帮孩子都被牛屋里的歌声吸引了,全都趴在了牛屋的门口,一步也不愿离开。到了傍晚,牛屋里的孩子放学了,排着整齐的队伍,手拉着手走出了牛屋。我们几个更小的孩子看到这一幕,眼都要看直了!牛屋被打扫得很干净,最前面的墙上挂着一张小黑板,两边还贴着红红的对联。我们几个小孩子都趴在门边上不愿走开，那个笑眯眯的老师走过来轻轻地拉起我们说：小朋友，快起来，我们要放学了！

我们爬起来，站在门口，心里想：他的声音真好听！

那天晚上，是奶奶把我抱回家的，当时，我抓着牛屋的门鼻子，哭着喊着就是不愿意离开！奶奶尝试着拉开我的手，情急之中，我竟然在奶奶的手臂上狠狠地咬了一口。我躺在地上哭闹、打滚，谁说了也不行，我就是要上学！直到父亲母亲都跑来哄我才算了事。

为了能到牛屋里和别的孩子一样读书上学，我当夜发了烧，嘴唇上起满了燎泡。母亲说：等退烧再去上学吧！我又哭了！父亲说：你还小，不到入学年龄，要是你跟不上，就得立刻回家来跟奶奶一起玩两年再去！我点点头答应了。

在我的村庄里，孩子上学是大事，不比娶媳妇、盖房子动静小。母亲忙着给我缝新书包，奶奶忙着给我做新衣服，父亲忙着到集上去买铅笔、本子以及铅笔盒。一大早，全家梳洗干净，奶奶、父亲、母亲带着我一起跪拜祖先、跪拜中堂，父亲告诉我，中堂上写的是"天地君亲师"，那是一个孩子一生中首先要敬畏的。我虽然听不懂，但是能够看懂大人的表情是严肃的。大人的话是不可违背的。父亲说：学而时习之，不亦说乎！我也跟着念：学而时习之，不亦说乎！父亲说：少小不努力，老大徒伤悲！我也跟着念。父亲让我对着中堂磕头，我就认真地磕了。在我幼小的心灵里，那天做的一切，都是很神圣的。

家里跪拜完了之后，大人们又带我去了祖坟地。放了红红的鞭炮，奶奶和父亲又一一告诉我坟地里都长眠着我的哪些先祖，他们活着的时候，都做了哪些大事好事，有哪些了不起的地方。

作为后人，该怎样继承他们的优点，修正他们的缺点和不足。比如说：我爷爷性格暴躁，重男轻女；比如说：我奶奶持家有方，刚毅睿智；父亲说的这些话，我似懂非懂，我的一门心思是：不管说什么我都仔细听着，只要让我上学读书就行！奶奶还教了我一支好听的歌：草叶青、草叶黄，我是小小读书郎；晨起读、灯下背，四书五经我都会；老师好、同学早，读书的孩子有礼貌。

这些都做完了，还没结束呢！还要喊来几个家门里的大一点的孩子们，在一起吃顿饭，饭前要拜灶老爷，宣誓要珍惜衣食饭粥、珍惜劳动汗水；饭后一起拜先生！向先生保证好好读书、好好做人。我记得，当时的"先生"就是父亲贴在门上的一幅画，画上是谁？都记不清了，只记得他很消瘦、鼻直口方，正襟危坐，遥看远方。现在想想看，应该是村里都尊重的一个有学问的人吧！因为我和大孩子们一起跪拜的时候，父亲、母亲和奶奶也都一齐跪下来了呢！

最后我和大孩子们一起手拉手转圆圈，做一种村庄里孩子常玩的叫"刮大风"的游戏，表示团结、勇敢、不怕困难。

当时村庄里的人家，孩子入学的时候，都要经过这样麻烦的程序。因为，每家都对孩子寄予很大的期望，通过这样认真严肃的仪式，告诉孩子，从入学的那天起，你就是一个有学问的人了，有学问就该有担当，你应该知道怎么做。

上学的仪式终于在眼泪和欢笑中结束了！我的伸腿班的生活就这样开始了！

# 伸腿班的老师和孩子们

其实，我的秉性早在幼儿时期就显现了锋芒。母亲说我小时候很犟，想要什么或干什么拼着命也要得逞。目的达不到就拼命地哭，顺地打滚闹个没完。四岁那年的哭闹，是我人生场景的第一次亮相。

我家老屋后面桃园旁的牛房里办了个校外伸腿班。一个留着光头，腰间系一根粗大的老蓝布腰带的民办老师，每天在牛屁股后面用赶牛鞭点着挂在墙上的木锹，教那些写在木锹上的a、o、e。那些a、o、e是用石灰粉写上去的，敲一下便有白色的粉屑掉下来。在家我也常看到母亲用那些石灰粉搓在脸额上，由别人用粗白线揪额角上的汗毛。光头民办老师张大嘴巴声音洪亮地读着拼音字母。牛铺上蹲着七八个"鼻涕虫"。"虫儿"们个个皆手背于后，胸挺于前，童声朗朗中听。母亲说，我总是没天没日地倚着牛房门朝里探头，奶奶死活也拉不走我。有一次阳春下起了桃花雪，飘飞的雪絮将我的小棉袄都打湿了，可是我依旧不肯离开牛房那扇椿木门。终于有一天我忍不住了，滚在地上蹬着双脚，喊出了一句让母亲既吃惊又欢喜的话来。母亲说，要上学也得等到秋天新开学才行，半路上插班咋能跟得上呢？可是母亲经不住女儿的眼泪，就软着心把我交给了牛房里的那个光头民办老师。

不知出于什么缘故，民办老师留着乌黑的两撇小胡子。只要一念书一张口讲话，两撇小胡子就神气地上翘下翘再上翘，给人一种精神升腾的感觉。民办老师一个人承包了伸腿班的全部课程。教完了语文算术，劲就松了大半，挥挥手让"虫儿"们三五成群去桃园里撒尿，自个儿就把大脚丫子翘在前排的泥凳上眯盹。撒丫子的虫儿们回来了，民办老师就讲故事，讲刘文学，讲张高谦，把虫儿们都讲得进入了角色，人人都觉得自己就是刘文学，就是张高谦。虫儿们听着听着，就闻到了一股异味。那是民办老师把手指伸进脚丫里来回抓搔了。民办老师给虫儿们说，长大后千万别穿袜子，只要穿袜子，就会得这种痒死人的臭脚气病。我那时极爱听民办老师讲故事，只要他那两撇小胡子一上翘，我们这些虫儿全都来了神。多少年后，那些故事不但没有被岁月的流水冲淡，反而愈发清晰了。特别是关于女人和鸭子们的故事。第一次听到两个女人千只鸭的故事时候，一帮虫儿谁也没笑，也没觉出有什么大意思。只是民办老师讲完了故事顺便出了道算术题。意思很简单，两个女人等于一千只鸭子，那么问一个女人是多少只鸭子。我们当时还没有学除法，虫儿们你看看我，我看看你，大眼瞪小眼，谁也没有回答出来。民办老师"唉"了一声，课也就下了。讲过这个故事的第二天早晨，民办老师正给我们上汉语拼音中的韵母课，突然一个男同学举手报告要发言。民办老师说，站起来讲。那同学晃悠着两挂拖至唇间的清流，底气挺足地说：报告老师，门口来了五百只鸭子，民办老师一吃惊，抬头朝门口看，却是他的盘了大鬏的红脸媳妇立在门边上，是来向他讨钥匙的。民办老师立刻哈哈大笑起来，边笑边抓挠着乌青的光头，最后竟笑出了眼泪。民办老师好久才止住了笑，走过去拍着那个男同学的大脑门说，我的儿，你的脑袋瓜好使，长

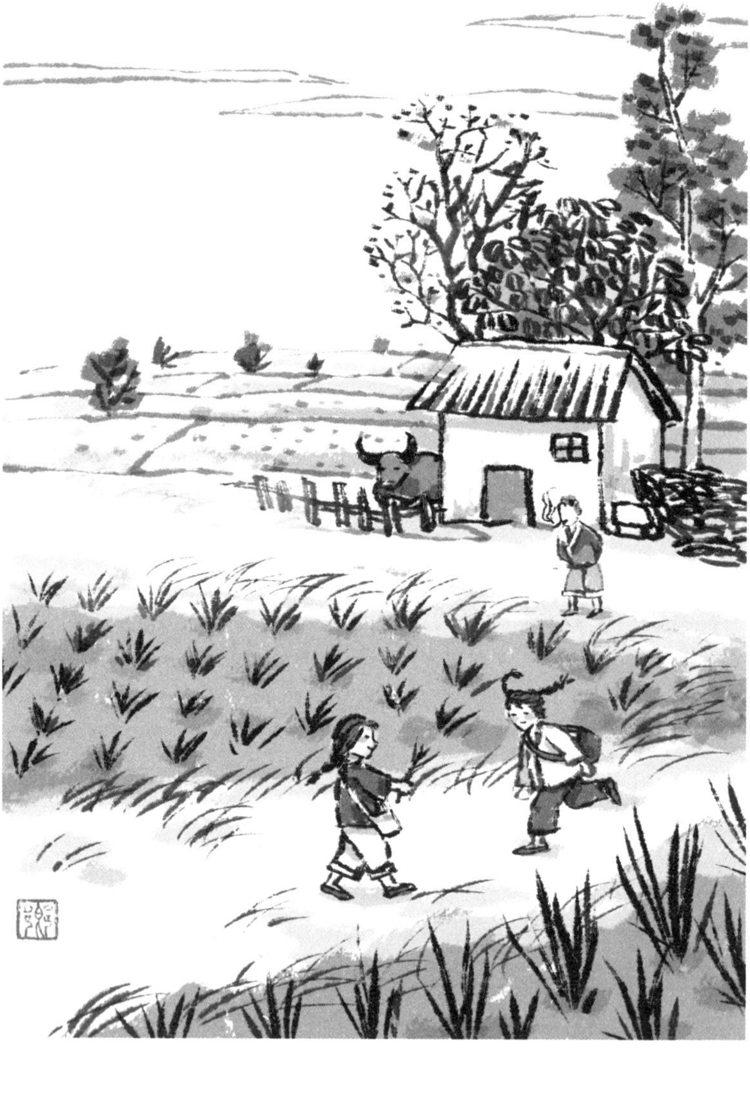

大了准有出息。多年后,那个拖着两挂清流的男孩儿果真就考上了复旦大学,毕业去了北京外贸部工作。偶尔一次重逢,共同谈起了五百只鸭子的典故,无不笑得泪光灿烂。我们那帮虫儿全都变成了鸟。而我们的那个乡间民办老师却因多年转正考试达不到分数线,贫病交加而最终变成了土。民办老师患的是肝病,原先是黄后来还是黄,黄得发亮。民办老师是不享受公费医疗的。刚开始买点板蓝根喝了,不顶用,又去集上医疗室买了几包板蓝根大青茵陈喝了,还是不顶用。民办老师的工资从五元长到八元,又长到十五元后至三十五元,可是搁不住花,便去四乡寻那些有疗效先例的土方。土方终于在老师身上一次一次失效。民办老师眼睁睁看着自己不能再去牛房里敲着锨头念写在上边的a、o、e,终于就绝望地丢下红脸媳妇,丢下一班鸡雏儿似的虫儿,撒手归去了。民办老师死去的时候正是四月,万物生长的季节,激情勃发的季节,活人的眼里,全是一个碧绿盎然的世界。

民办老师的死讯比民办老师的活讯飞得更快,民办老师的学生们,特别是那些个混得人模狗样的老虫儿们,东西南北中呼朋唤友招蜂引蝶开了长长一串乌光贼亮的轿车去乡间坟地吊唁。

故乡的土地油绿明亮,一排排钻天杨正在道边悄悄生长。民办老师没有遗像,他的"五百只鸭子"红肿着双眼哭着说,他活着的时候多少说过,要去三十里外的镇上拍一张照片的。他还说,要不趁着还能看得过去拍一张照片,将来老了连张遗像都没给后代留下。民办老师还特别提到,拍了照片多洗几张,分别寄给那些乡旯旮里飞出去的"鸟儿"看一眼,要不然,长大的孩子就记不准他是啥模样了。可是,拍张照要跑几十里。他一个人包一个校外班,终于也没有抽出个空。师母的一番话,将诸位老虫儿们的眼睛全都弄湿了。十几架进口的国产的各种型号的相机一起按动快门，咔嚓咔嚓拍个不停。拍了故乡无边的麦田、高高的杨树、贫穷的村庄，还有那个跪在地上拽也拽不起来的白发师娘。她已经全没了当年的壮实和风韵了，她说，老师走了，她也快走了。

我特地去看了我当年为之向往哭闹的那个校外班牛房。破房子早已没有了。牛也早已牵回了各家各户的小院，只留下一片小土房的废墟。零零落落，横七竖八的土坯，偶尔露出大小不一形状不同的青砖痕迹的墙根。我将眼前的一切都拍了下来。我想，这一生我都会记着民办老师的模样。他一举手一投足早已深深地镌刻在我幼年的记忆里。三十多年前，就是他中气十足地扬着嗓门大声说，丫，你的a、o、e读得好极了，比早来的孩子读得还好！就在民办老师眉毛颤动胡子也跟着颤动的夸赞声里，我的书读得愈发见长进，变得就像四月里高天的云雀，响亮而又中听。民办老师课余爱扭秧歌。他粗壮的腰里那根细细长长、彤红如火的红绸就像一根坚韧的纤绳点燃了我日后生命里永不熄灭的激情。于是以后的履历表上便有了四月入学的记录。

四月给了我明亮的双眼，四月给了我智慧的钥匙，四月拓宽了我有限的人生。于是，在四月的艳阳天里，我虔诚地跪在掩埋了民办老师的黄土地上，叭！叭！叭！坚定不移地磕了三个响头。于是，三只硕大的"鹅蛋"便突兀地在我眼前终日晃动，如警示一般。

伸腿班读完了，我就开始走进正式的小学——我的赵庙小学了。

# 村庄里的正式小学

从怀远向西，八十里地到龙亢农场，再向西南行三十余里，在怀远、蒙城交界处，有一所乡间小学校——赵庙小学，这就是我生命初期开启知识之门的地方。

解放前，这里曾经是个乡村小庙，听父亲说，曾有过神灵台子，有过香火的。后来，乡村的绅士们决定在这里办私塾，办着办着，四乡的孩子们都来了，就发展起来扩成了一个乡间小学。

当年的乡间小学，规模还是挺大的，很远村子里的孩子都来这里上学，都以来这里上学为荣。当家长的常在人前夸耀：俺家的老大在庙上学堂里上学呢！内心的那份欣喜油然而生，那是一种炫耀，那是一种身份的公示！

是啊！那年代，什么样的人家才能读得起书啊？

那年代，读书是财力的象征，读书是有钱人家的事，读书在一般人家是无法企求的，是高尚的事。

父亲幼年丧父，奶奶是个性格刚烈的女人，她老人家看到父亲天天趴在庙后的沟沿上远远地望着学堂哭，就断然决定：借钱也要让她苦命的儿子上几天学堂！

父亲就是这样走进了赵庙小学。他的蒙学是在极端困难的情况下完成的，别人坐板凳，他跪在地上，别人吃饭，他躲进沟底下趴着，别人写字用笔，他用手指头蘸水……我无数次听父亲给我讲他幼年读书的故事，讲他穷且益坚，发奋读书的点点滴滴。

泪水浸泡着我幼年的心。

我在赵庙小学度过了童年的快乐时光，那时我父亲是学校校长，他拼命地工作，他把那样偏远的一个不显山露水的小学办成了一所乡中心小学，所有的教研活动、节假日联欢、集会、大小通考，全在这里。乡亲父老多自豪啊！在赵庙小学读书的孩子们多自豪啊！

那时的赵庙小学就是十里八村的乡间政治经济文化中心，是周围乡村孩子十分向往的地方！一说是赵庙小学的学生，别的大人孩子立刻刮目相看！

那时的赵庙小学四边有流水沟，沟边绿树成行，沟里溪水欢畅，鱼虾嬉戏，清波荡漾。

树上有很多的鸟，春光明媚时，到处都是鸟语花香。

父亲在世时，每到一个学校，最喜栽树，正合了那句话：种桃种李种春风！

那时的赵庙小学，真可以算是一座绿色的学校。桃李、苹果、槐、椿、桑、枣、杨、柳……

数不清的鸟儿在树上坐窝、成家、生子。

数不清的花儿在溪边闹嚷嚷地含苞、绽蕾、怒放。

我们在树荫下读书。

我们在花丛中成长。

父亲在世时常说：树是人身上的毛，树旺人气旺，前人栽树，后人乘凉，这是行善啊！

那时乡村生态好，每次周末，父亲总是带领全校老师和学生一起到田野里打野兔。打野兔的情景特别壮观：几百号人，有大有小，扛网的、拿棍棒的，还有队旗，红红绿绿。五颜六色，五彩缤纷……

田野就像无边的大草场，几百号人大声地吆喝，震耳欲聋。打兔子的季节大多在秋后，草已经枯黄了，有一种衰草连天的阔大莽远，天显得很高，很蓝，有白云在高天上静止般的定格，很写意……

父亲总是将军般地走在最前边，他大声地呼喊指挥着师生们，让大家东进西去，日欲落，天将黑，草丛中的孩子们笑闹一团，丰硕的成果吸引了所有人的目光，大孩子的棍棒上挑起了一个个草黄色的兔子，那都是战利品。

打兔子的季节是乡村小学盛大的节日，节日过后，总会有一些孩子的书杂费被学校免去。孩子的家长说不尽的感激，然后就是要孩子好好学习，父亲不喜欢听前面的话，只喜欢听后面的，父亲常说：少年不努力，老大后悔迟！

那时，因为父亲的缘故，我在学校是很受宠爱的，但是父亲从不溺爱，他对我比对别的孩子更严，他的口头禅是：棍棒底下出孝子，严师出高徒。那时的调皮学生大多怕父亲。

我父亲喜打球，带领学生挑战蒙怀两县边远地区，给枯燥的乡村生活带来了许多欢乐。

父亲喜武术，从小习武不间断，在赵庙小学时，还开着长拳、棍拳等武术课。在冬日夜凉如水的夜晚，常见父亲在校园里飞奔腾越，棍棒刷刷地响，惊动檐下的窝鸟仓促逃窜，古树间的古铃叮当响。我常在梦中醒来，望着窗外父亲矫健的身影，心中充满了崇拜、自豪和骄傲……

那时，中心校经常举办年级赛考，我们的学校是常拿前几名的，如果有一次没拿到，父亲就会好几天都不开心，就像生了一场大病。父亲说，成绩上不去，村庄里的孩子就没有出路了。那时，周围村里的孩子都来赵庙读书，从这里走出去的高中生、中专生、大学生多得很！我们常常以自己是赵庙小学的学生而骄傲自豪！

我的母校，我的知识之门开启的地方，我的人生第一站！

先看了我的小学，还没来得及给你介绍我的村庄呢！

# 我的村庄

涡河之南，有一条横贯东西的蚌阜公路，公路之南，有一方长达四十五里的湿地，人称四十五里烟袋湖。二十世纪六七十年代，这四十五里烟袋湖全划归了军垦农场。有许多下放学生、复转退军人，都在这里垦荒种田。那里有高大的瓦房、明亮的灯光球场、溜冰场，甚至还有电影院。那时，农场不叫农场，叫一，二，三，四，五，六，七，八，一直到九连，最后还有农场总部！

从农场总部朝西南去三十里地，就是我的村庄——钞家湖了！

小的时候，我常常不明白：为什么我们老家的村子都叫"什么什么湖"？比如：张湖、李湖、韩湖、马湖、褚湖、杨湖、邵大湖、肖湖……

长大后，才知道，就因为这些村子都紧靠着湖洼地，过去是大雨大灾，小雨小灾，没雨旱灾，蛤蟆撒泡尿，庄稼水里泡！直到解放后，兴修水利，情况才有所改变。

和那些湖洼里的村庄一样，钞湖村就坐落在四十五里烟袋湖的南部边缘地带，西靠蒙城县地界，南靠凤台县境，所以，自古就有"鸡叫狗咬听三县"之说。

因为地处三县交界，历来是匪盗作乱，百姓难安的地盘，赌博、做假烟酒、聚众打家劫舍……人无三日宁，村无三日平……

我们的村子还好，因为钞姓是小户人家，平时过日子更多的是谨慎从事，声不敢高，言不敢重，惹是生非的机会不多，被外姓欺负了大多采取的办法是：多一事不如少一事，打碎了牙齿肚里咽，进一步悬崖绝壁，退一步海阔天空。小时候上学，就有邻村的孩子骂我们：前孙家，后赵家，中间夹个"稆"钞家，这个"稆"字，在我们地方口音里，是骂人的话，意思是野生的！

小孩子没办法，跟人家对打对骂，闹出点事来，回家总被大人打耳光！

钞家湖分四个自然村，东钞、西钞、前钞、后钞，我家就在西钞。

四个自然村，就数西钞最小，小到什么程度，可以说，从来没超过一百个人！

十来家住户，大小院落参差不齐地摆放着，小泥屋、小洞窗、小压井、小麦场，家家屋后还有个小茅房。村子再小，也少不了流水沟，小村前有一条溪叫南沟，村西有条大甲沟，也叫大甲溪。这条大甲溪曾几次进入我写的书里，在书里，它是那样的流光溢彩，叫人羡慕！

村东本来没有沟渠，但是村里人生生挖出一条洗草的沟来！一个村子，有水没水不一样！有水发，没水不光旱，而且穷，村子里的人都是这样说！

春种夏长，秋收冬藏，村庄就是这样一年年的走过，走着走着，就把村庄的孩子变成了面目全非的模样！

村庄上空的月亮继续圆缺轮回，村庄上空的太阳依旧东升西落，花开花落的日子里，许多老人不见了，草黄草青的季节里，又听到了婴孩的哭啼，苍茫的暮色中，村子里一个最长辈的老人谆谆叮嘱身边的小青年：记住啊！我们的辈份是紫、万、军、明、士、景、玉、金、友！记住啊！去找我们的先祖，我们是女真的后代！我们是东北山林里马背上的民族！

许多的老人就是在这样的暮色中走完了一辈子的光阴……

许多的年轻人就是在这样的暮色中进入了青春的梦乡……

在淮北大平原上，有着许多的村子。每一个村子，都被许多的村子包围着，我的村庄也是这样。在我的村庄周围，还有更多的大大小小的村子呢！

# 在我们村庄周围

在我们村庄周围，还有许多村子：向东有赵圩子、白家湖、蓬松杨、肖家湖，向北有五姓庄、段湖、西北赵、邵大湖、小李湖，向南有庙前王、尚庄子、宗庙、王巷子，向西有西陈家、前后孙、荣白赵、西王家、西高家、西卢家。过了西卢家就是最大的村子——老虎赵！

在我们那里，提到赵姓，赫赫有名！赵钱孙李，周吴郑王，谁不知道赵姓是大姓呢？我小的时候，乡村因为芝麻大的事都会打大势架，现在看来，那时的大势架有很多聚众游乐和显摆的含义。

首先，同姓的青壮年聚集在一起，手拿权把、扫帚、扬场锨等各种家伙，满村叫嚷呼朋唤友，然后齐头并进蜂拥而至，直闹得一方说和才算了事。胜者都是大门户，先服软的都是小姓或小门户。那些小门户要想在乡村大战中获胜，只有去攀大姓。我们钞家湖是小姓，只有上千人，四处没有同姓人。但是祖祖辈辈总结经验，大都找出了保护自己的办法：和大姓联姻！

老虎赵就是我外婆的村庄，我外婆的老虎赵可不简单！前前后后七八个大村子，以老虎赵为中心，前面有绵羊赵家、扁担赵家、赵油坊、西赵东赵、前赵后赵……一个村子唱大戏，都有几千人，黑压压的好大一片啊！赵姓的亲戚若是在外受了气，那可是了不得的事啦！出动几千口子不费吹灰之力！小的时候，不懂事理，常常一受委屈时，就会大声说，我外婆是老虎赵的，你小心啊！这话有时还真管用。我小的时候，有很多时间是在我外婆的村庄老虎赵度过的。老虎赵村子很大，有我们村庄四个大，村子里有很多我们村没有的树和花，还有很多好玩的石器碾子、碌碌磙子、石碓，等等。我小时候一到外婆家，就赖着不想回家来。外婆就大声说：就姓赵吧，算老虎赵的人啦！我外婆是赵姓门户中特有名的人物，我曾多次想为她老人家写部连续剧的。她叫高看远，就凭老人家这个名字，你就能想象到她老人家一定是个有故事的人。下文我将写写我的外婆——高看远！她老人家住在我们村庄正西六里之外——老虎赵村。我每天傍晚爱站在屋后向西望，西边的西王家过去就是老虎赵，可是老虎赵常常被西王家遮挡，只能看到满眼绚丽多彩的晚霞，那是很美很美的霞光。

　　对我们这些乡下的孩子来说，一年中最期盼的日子，就是过大年！吃好的、穿新衣、看烟花、放鞭炮、打灯笼、贴窗花，都是过年才有的美好事物。大家记忆最深的莫过于那些村庄里的年俗了。

# 村庄里的年俗

## 1.吃过腊八饭

吃过腊八饭,就把年来办!这是我母亲最爱说的话。

那时的乡下,虽然不很富裕,但是欢乐还是不少的,特别是过年,再穷,在孩子们的眼里,也还是年味十足的!

腊八饭大多是粥一类的,稀柔的粥里放有豆类、菜叶、小米、细粉丝,还有碎肉丁,我们小孩子不懂事,常常拼命拣肉丁。我母亲仿佛早知道我们的企图,越发地把肉切成粉末状,让谁也拣不到,结果大家只得好好吃饭,谁也别想占巧!那年月,乡下孩子的妈妈,都是这样的不偏不向,要不,养活一大群孩子,真不容易!

乡下的办年,虽然动静大,轰隆得厉害,其实,却是没有大钱花的。

母亲一趟趟赶集,买来花布、针线,巧剪裁,精缝制,过年了,一群孩子总是要穿新衣裳的,那可是每家新年的门面啊!

猪肉是必买的,一年里吃猪肉的机会是有限的,春节买一块,不会立刻吃完,还会放到元宵节后,直到那肉皮油光闪亮地挂在门前老桃树丫上,走来走去的邻居都看到了,呵,那就是这家人的光景啊！

君祭三，民祭四，祭灶之后，年越来越近了。粉条、年糕、大白菜、萝卜、鱼，等等，都是要陆续买好的，一般到腊月二十七八就开始蒸馍、蒸花卷、炸圆子、炸焦叶、炸麻花，等等。那时满村子都是香味，孩子们到处放着零星的散炮，那几日，母亲的围裙是整日整日不下身的。

还要到集上买门神，买扎灯笼的红纸、蜡烛。爆竹是绝对不能少的，没那不能算过年，打一斤香油吧，每个菜盘上都浇点，母亲常说，浇浇碗头就行了。

扎好灯笼，贴门神，贴了门神写春联，春联一写完，那就眼巴巴地等着吧。

让我们这些孩子们望眼欲穿的大年，就在眼前了！

## 2. 写春联

在我的乡村，过大年是最喜庆的，是孩子们一年的期盼，是大人们劳累一年的成果，家家都必须认真对待、隆重准备。特别是贴春联，就是再穷，哪怕揭不开锅，也要买红纸、买年画、贴春联。

每年春节，我的父母都是村子里最忙的人。母亲剪灯花，父亲写春联。我们大都不叫"春联"，叫"门对子"。整个钞家湖连同前后孙、荣、白、赵好几百户人家，早在十天前就有人把红纸送到我父亲工作的学校里，按顺序排队。我父亲一直不停地写着，一直写到年三十上午。那时，父亲累得直不起腰来，我跃跃欲试想顶替父亲一把，父亲从来不肯。他一笔一画写得极其认真，我在前面扯住对联，他写一下，我朝前挪动一下。虽是大冷天，但父女俩都筋骨酸痛。写好一张，我和妹妹们就忙着拿到床上、桌上、地上，用东西压好四边、晾干。我父亲写门对子有一种发自内心的虔诚，他洗手净面，毕恭毕敬，笔锋刚劲有力，点撇之间从不潦草。有时某一点不如意，父亲就立刻伸舌头把那团墨舔掉。这个奇怪的动作在我的记忆中十分不可理喻。写得不如意撕了就算了，但父亲说乡里人买一张红纸不容易，撕了太浪费，舔了墨迹不影响用！

等到大年三十中午十二点以前，家里晾干的门对子已经被村里的乡亲拿完了，父亲才真正开始写我们自家的。"人勤春早，六畜兴旺"，"福如东海长流水，寿比南山不老松"，"向阳门第春来早，勤俭人家庆有余"。我父亲写门对子从不看小本子，或什么"黄历"之类的东西，我就亲眼看他写了一天不重样。也许写门对子是他作为乡间文化人最开心的事吧，他的心底汩汩地流淌着那么多的吉祥话语。

大年初一的早晨，接连不断的鞭炮声中，村子里一片灿红。家家户户的院门、房门、鸡圈、猪圈、牛槽、灶房、锅门前，大车、架子车、磨房、牛屋甚至拴牛马的桩上，到处都贴满红灿耀眼的门对子。什么"上天言好事，下界保平安"、"牛羊满圈六畜旺，五谷丰登粮满仓"，真可谓抬头见喜，金玉满堂，火红一片，品种繁多。走在村子里，望着满眼的鲜红，亲身感受着祥和的气氛，真叫人从心里感叹：春天真的来了，大自然的春天正是这耀眼的春联引回来的啊！

## 3. 剪灯花

乡村年三十晚上打灯笼是沿袭很久的习俗了。

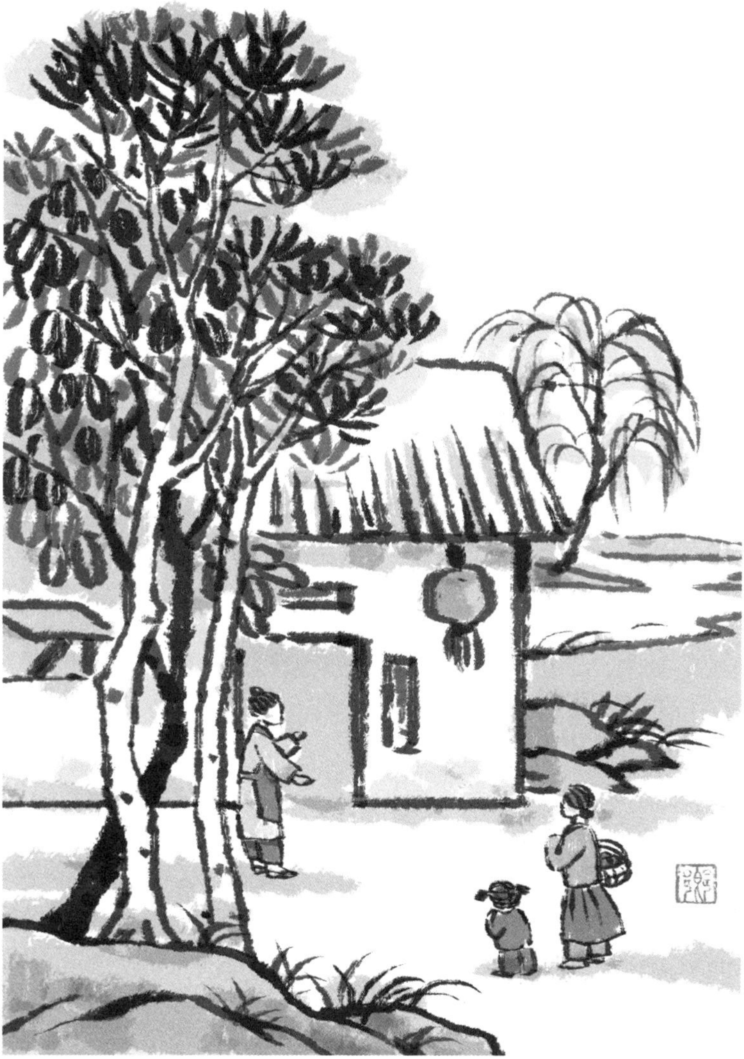

打灯笼是过大年时孩子们最大的期盼!

扎灯笼一般在腊月二十八九就开始了,也有的人家直接从集上买回来,但是灯笼花一定是要贴上去的,谁的灯笼没有贴花,就叫光腚灯笼或者白灯笼。谁家的灯笼没花,孩子就又哭又闹不肯打出去。于是我母亲繁忙的时节就要到了!

我母亲的剪纸在我们那十里八乡是赫赫有名的!

在老家,乡亲们对红白喜事还是比较讲究的,谁家老人去世,送老的鞋子上要绣上各种丝线绣的花,我母亲就会剪出"鸡吃白菜""狗撵鸡""老妈妈挎篮送闺女"等图案,红花绣在鞋尖上,儿孙代代都沾光。

谁家儿娶女嫁,也要剪花,大红的喜字,精美的窗花,盆上、簸上都有花!

灯笼上的花更是丰富多彩!

头几天,我们家里就会收到许多的红纸,那都是四乡八村送来剪花的,母亲让我们给那些纸写上名字以及交花的日期,我母亲办事极其认真,从不食言。

母亲剪灯花大多在晚上,白天家务活多。一把剪刀在母亲灵巧无比的手中翻飞舞动,零碎的红纸屑在母亲的指缝间飘散落下,直到地上堆积了厚厚一层。

母亲剪的灯花很少重样,有花鸟虫鱼、有树木林草、有生产农具、有红男绿女,只要我们目所能及的,我的母亲都能剪出来,见不到的可以想象到的,她也能剪出来。比如戏曲中唱的、传说中讲的,还有二十四孝传的,她都手到擒来!

我母亲常在灯下边剪边唱,那些灯花差不多都是在她的歌唱声中流淌出来的,她的歌唱似的叙说极大地影响着我的日后思维方式和我对苦难生活的汲取方式!

要想欣赏我母亲的剪纸手艺，那须等到年三十晚上全村吃过晚饭后，孩子们呼朋唤友滚蛋儿似的蜂拥着跑出家门。

乌黑的夜晚就像一块巨大的幕布，无数的灯笼汇聚集成一条闪亮的珍珠球链，在巨大的幕布上缓缓飘动。郭举埋儿、王小卧冰、小老鼠上灯台、鲤鱼跳龙门、王三姐坐寒窑、薛平贵征西、牡丹与花猫……千姿百态，目不暇接，那都是我母亲的精心制作啊！

剪灯花是我幼小的心灵里最深的记忆，我就是在一个乡村妇女丰富阔大无边的内心滋养中长大的！

## 4. 守夜

大年三十晚上守夜是乡村久远的风俗了。现在的人可以看看电视什么的，但那时我的乡村还没有这些好玩的东西。等我们这些孩子们打灯笼闹腾累了，打着呵欠回家的时候，更鸡都开始叫了，灯笼里的蜡烛流完了最后一滴红泪，孩子们拖着巨大的麻窝儿，三三两两地走回自家的院落。堂屋的神台上摆满了敬供的食品，有雪白的馒头，炸好的圆子、麻花，还有不多的肉，有时甚至还有水果、花生之类的稀罕物。孩子们贪婪地望一眼，就一声不吭地爬上床睡去了。

真正守夜的人常常是家里的大人，父亲抽着烟卷儿极少说话，母亲脚步零碎地收拾东西，柳编的芭斗里盛满了黑白馒头，要一斗一斗地摆齐、加盖，因为那时乡下的老鼠很多很多，一不小心就会被老鼠偷啃了。包好的水饺要分开摆，免得粘在一起了，初一不好分开。还有那些零食要一一点清，年初一亲邻来拜年，该拿哪样出来都得准备好。

所有要做的都做好了，床上传来孩子们香甜的鼾声，家中神台上的蜡烛换了几根，终于最后一根也灭了，父亲说：天不早了，睡吧！母亲说：你睡吧，有我守着呢！终于，父亲也去睡了。屋子里黑暗下来，母亲是不舍得点蜡烛的。

四周里一片神奇的宁静。只有母亲剥玉米粒的声音窸窸窣窣……

小时候我常常闹不明白，守夜到底守什么呢？

多少年以后，当我的母亲永远地离开了我，当我夜夜遥想娘亲的时候，我多少明白了守夜的含意。

一个乡村的主妇，就是一家的主心骨，主妇的守夜，守的是一家老少的平安，守的是家庭的温馨，守的是日子的充盈丰实，守的是一份乡村的宁静，这份宁静，是今天用金钱也买不到的。

## 5. 过年的水饺

过大年，吃水饺，是乡村久远的习俗。一般吃水饺在大年初一，但是包水饺却在年三十晚上守夜的时候。大人说着话包着水饺，孩子们则在旁边跑来跑去，有时会趁大人不注意，伸手抓一把素馅吃。那时乡村的水饺大多分素馅和荤馅两种，素馅多，荤馅少，村庄里买得起肉的只有几家，差不多是年三十中午烩大萝卜烧一大盆，一般不舍得剁碎包饺子，那得多少肉啊？况且又不解馋！大萝卜、大肥肉，夹一块是一块，放在嘴里直嚼得油光闪亮，那才叫过瘾，那才叫光景！

大人们和好面，雪白的好面只有在年关才能见到，那晶莹的白真像雪花一样啊！那雪花一样的白面在孩子们的眼里，只有生病的时候才能见到。擦案板，洗净擀面杖，把面团揉成一个长条，切成一个一个的剂子，用小擀杖把那些剂子擀成薄薄的皮，这就是饺子皮了！现在想来，母亲擀饺皮真叫艺术！一团面，在她的手心里飞快地旋转，小擀杖就像个陀螺上下翻飞，一张张饺皮就像在流水线上操作而出，四五个人都包不过来！

切饺馅、拌饺馅都有讲究，饺馅切得要碎，又不能太面，太面了没味道，太大了不好包，恰到好处为好。拌饺馅要拌匀，不咸又不淡，料子要放油盐、姜葱、八角、茴香料，常常打个鸡蛋搅一搅，饺子熟了馅成团。做这些活儿的时候，母亲总让女儿们在身边帮忙，女儿总要出嫁，成为人家的媳妇，女红不会哪行？在乡村，这些都是女人的活计呢！

包水饺也有讲究，一般人家就包些老老实实的样子，更多的人家则花样繁多。有的是花边的，有的是三角形的，有的包成棉花朵形的，有的包成猫耳朵形的，包好了就把那些形态各异的小家伙们摆放在扁筐里，静静地等到第二天早晨，也就是年初一下了吃。

包饺子的时候还有一个悄悄进行的仪式，在饺子里放上一枚分币，第二天，谁吃到这枚分币，就预示着谁将来长大后当家理财。

大年初一，开锅吃饺子了！全家的欣喜溢于言表，母亲手拿勺，轻声唱：咯咯咯……锅里有群大白鹅，大鹅前边游，小鹅后边歌，问你干啥去？俺们要过河！过河干啥去？那边青草多！

大家开吃了，有惊喜突发，分币被我家老五咬到了！

一连几年都是这样，大人并无多少惊喜，因为排行较小的孩子并不是父母心中的最爱，他们有自己的寄托。直到今天我才敢说，我真的为那枚分币悄悄流过无数次眼泪，我是老大，我想承担责任，我希望当家理财。但是，有些事或许就是命中注定吧，日后我的苦难人生或许那时就初显端倪。更叫人不可思议的是，我家老五长大后就真的从事了当家理财的工作，并且过着衣食无忧的日子。说什么呢？人强不如命强！

## 6. 过年的零食

乡村的孩子期盼过大年，不光是热闹、好玩、有新衣服穿，更开心的是有很多的零食吃。

乡间过年的零食品种有很多。其中大部分是油炸的，比如小金果、泡毛酥、绿豆圆子、馓子、三刀子、蚕豆花，等等。特别是蚕豆花，吃起来香脆，做起来真不容易。头天就要用温水把蚕豆泡软，然后用刀子把蚕豆一粒粒地划个十字口，一粒蚕豆要划两刀。可以想见，那么多的蚕豆要划多少刀啊！有的人家还用盐水泡，可以做成甜的也可做成咸的。到最后，哪里是吃蚕豆啊，完全是吃工夫！

油炸的东西大都无法装在孩子们的口袋里，孩子们过年都是要打堆儿在外面撒欢儿玩的。所以家里就把藏在屋梁上、葫芦头里的花生取下来。那时乡村很少种花生，偶尔有一点，也是家长们东藏西藏好不容易才留到了冬天的。孩子们的眼都瞅红了，才终于把它们瞅了下来。花生果毕竟是很少的，大豆子也拿出来炒了给孩子们装着。口袋里有东西，就是家里光景好。各家这时候都变得大方起来，小场娘炸的绿豆圆子全村闻名，毛孩娘的焦叶子又薄又脆，小萍媳妇划蚕豆花刀子像是在飞。小金果是瞎眼老太的强项，每年大年初一，都要端一扁筐在门前等人来尝。小娥娘最擅长熬红芋糖，软软的糖稀一拽多长，那沁心的甜味一下就粘到喉咙眼里。金心的娘每年都会把她娘家一个炸米花的喊过来，那几天村庄格外热闹，从早到晚都有孩子端着盆、提着罐、挎着篮，有小米、有大米、有高粱、有玉米。那个戴着乌黑绒线帽的老人，脸上粘满了黑灰，不停地摇着手中炸米花的手柄，转动着葫芦状的容器，转呀转呀，"砰"的一声震天响，"哗"的一下倒出来，哈！全是白生生、胖嘟嘟的米花儿。

那几日，乡村的空气中整日整日地弥漫着奇异的香味儿。

乡村真的变成"香"村了。

## 7. 拜年啦

大年初一拜年，是乡村孩子们又一件重要的事。

从早晨起来，就开始穿新衣服，换新鞋子，有条件的人家，还会在孩子的脸上抹上胭脂，红红的脸蛋，还要扎上鲜红的蝴蝶结。男孩子大多是新理了头发的，一般也就剪个锅盖头，细心的母亲会用写春联剩余的纸头沾着唾沫在孩子的脸蛋上按一下，留下一团好看的红来！

那时候，若是晴天，太阳温暖而又明亮得照在节日的大地上，村子里充满了节日的喜庆气息，到处都有人们在走动。互相的问候声一声连着一声，大人们今天的脾气特别的好，离老远就抢着讲话、搭讪，仿佛分离了好久刚又重逢！

若是阴天或者下雪，或者雪后放晴，都没关系，拜年的心情是不受天气影响的！那时的冬天总是很冷，孩子们出门大都穿得像个棉墩儿，一群孩子走在冬天的雪地上，就好像滚动着一群棉球儿！那声音清脆而单调地响着，一个一个的脚窝参差排列，白雪、红蝴蝶结、红脸蛋，还有妇女们红红绿绿的新衣裳，还有父辈们的大声说话和吆喝，即使是阴天，乡村也是不寂寞的！

乡村拜年少不了磕头，晚辈磕头天经地义！长辈们早就坐好了等在那儿，口袋里准备了压岁钱，面带微笑，很和善的样子。大人们说着不疼不痒的闲话，孩子们早等得急不可耐了，没等发话，就跪在地上磕头如捣蒜了！

压岁钱不是很多，三毛两毛，块儿八角都有，主要看经济条件和亲远关系。不论给多少，对于孩子们来说，都是一次难得的丰收，那种快乐，无法言表！

村庄的路上总是不断人，大家嘻嘻哈哈，弯腰作揖寻开心，到一家就会吃一家，油炸的小金果、焦叶子、麻花子，熬的红芋糖，咬一口，糖稀拽多长，甜味沁到心眼里。姐妹们说着亲热话，妇女们说着东家长西家短，那份乡村的和谐，真叫人感到暖融融热乎乎的。

## 8. 打灯笼

打灯笼几乎就是过年期间每天晚上最快乐的事，只要有一只灯笼在村头亮起，就像连锁反应似的，接二连三的灯笼就会不断地飘出各家的院门。

灯笼是各种各样的，有方灯，有长灯，有走马灯，有莲花灯，有桔杆灯，有铁丝灯，有白纸灯，有红纸灯，有蜡烛灯，有棉捻子灯，还有金鱼灯……品种之多，不胜枚举！

大孩子带着小孩子，姐姐带着妹妹，哥哥带着弟弟，高个子带着矮个子，一村的孩子们浩浩荡荡地在村子里游行一般地走着、唱着：打灯笼，照舅舅，舅舅藏到门后头！舅舅你别藏，外甥给你做件花衣裳！打灯笼，照葫芦，葫芦结了一嘟噜！打灯笼，照锅上，锅上馒头喷喷香！打灯笼，照花床，苍蝇蚊子死光光！打灯笼，照粮仓，麦子黍秫往下淌！

要照的地方很多哩！在这大年的夜晚，喜庆的灯笼照在哪里，哪里好啊！

总之，孩子们的喉咙到最后都累哑了！

那些灯歌都是一代一代传下来的，每一支歌都寄托了乡村美好的希冀和祈求，孩子们唱着唱着就走完了少年的路，开始了年复一年，代复一代的乡村人生。

那火红而灿烂的灯花多像孩提时代一个五彩的梦，等到灯歌不再唱，那梦也就早醒了，只留下一丝温馨的念想。写到这里，遥想那些牙牙学语的灯歌，禁不住泪水蒙住了眼睛！

## 9. 大年初一的事

乡村的大年初一，常常是一年中最热闹的日子。

这一天，最清闲，不是清闲，是有天大的事，都得放下来！

在孩子的眼光中，早晨起来第一件事，就是狗叼馍！

初一的早晨，总是开始得很早很早，睡梦中就有无数村子接二连三地响着震耳欲聋的鞭炮，那时还没有春节联欢晚会之说，乡下人还不知道电视机是什么东西，但是打灯笼是孩子们的最爱，一直要闹到半夜三更，初一早晨总是被大人嚷醒。

等孩子们一起床，就看见母亲在一个篾筐里放着两样的馍，走到门槛上大声唤狗，黑狗欢天喜地地跑过来，母亲拿一黑一白两个馍头扔过去，下面的细节是一家人最关注的！那只黑狗若是叼了黑馍，就预示着今年收成不好，歉收总是日子难过，一家人就有些闷闷不乐！

相反，黑狗要是叼了白馍，一家人就会开开心心，一天里充满了精神！由此足见我们乡村对丰年充满了希冀，渴望着好日子。

## 10. 祭祖

祭祀祖宗、祈祷平安是乡村沿袭已久的习俗了。张王李赵无数个村子，大多各以本家的宗族为团体，在同一个时间举行仪式。这个日子常常定在大年初一或年初二的早晨。

这天早晨，刚吃过迎春的水饺，新贴的对联和门神还在噼啪作响的晨光中闪耀着喜庆洋洋的色彩，主妇们尚来不及收拾案桌上七零八落的饭碗菜盘，就慌忙地走进里屋，从柜头箱顶取出年前就上集赶店早已买好的冥纸。拿了冥纸，又从做针线的鞋匾子里找出乌黑光亮锋利的剪刀，将那一摞摞发着暗黄色的粗糙冥纸一一剪成四四方方的形状，再把这些四方形状的冥纸叠在一起，放在掌心里，用手后掌加力慢旋，只几下就旋出非常美观受看的折扇形花纹。再把这些扇形花纹状的冥纸依差不多的等份分开一一折叠。我奶奶说过，这些折扇形的纸烧了以后就等于到了阴间地府，这样阴朝里的亲人收到阳间亲戚送去的冥钞，手头宽裕，日子就会好过。我奶奶还说，人间阴朝一个样儿，没有钱日子都难过。钱是人的脊梁，有它没它不一样。有它腰杆就硬，没它嘴巴就短，宁肯阳间受点苦，也不愿地府里的先人直不起腰。因此每年春节，总是老人们对购买冥纸的事儿叮嘱得最紧。买回来之后放在高高的地方唯恐孩子乱拿乱扔了。

冥钞折叠是一门技术，生手总是弄不成那种花样，因此只得手艺娴熟的长辈们亲自来操作。完了之后，就放进早已准备好的篾筐里。篾筐里放着由孩子们早已从各家的麦草垛里扯来的干燥麦草，这些泛着银白光亮的麦草，是活着的亲人送给阴朝地府里的先人的银条。人间麦草不值钱，可是到地府变成银条就价值不一样了。所以各家的孩子便格外大方，扯了一抱又一抱，恨不能将篾筐塞得满而又满。一切准备就绪，男人便领着儿子或带着孙子出发了。

祭祖的活动，人们总是表现出严重的重男轻女的封建意识，一般是不允许女人入祖坟地盘的，除非那些颇有些身份的人家，偶尔一次新鲜带去一个尚未涉世的女娃儿。我父亲一直在乡村小学校任校长，我家当时又是清一色的女娃儿，因此，我便有幸每年跟在父亲的身后，去参加年复一年的盛大祭祖活动。

去祖坟的路上，仿佛是一次家庭人丁兴旺的公开比试和游行示威。祖父辈在前，父辈居中，孩子们如雀子般欢呼跳跃于人前人后。祖父们还穿着颜色很深的古老长棉袍，棉袍里壅塞着过多的棉絮，走起路来显得笨拙沉重。很沉的棉袍上面是一张极威严的紫铜色的脸，幼小的孩童们抬头仰看，总是很难看清老人的鼻眼，因为鼻眼全都跌进那些横七竖八的褶皱里了。一条长长的老蓝布腰带松松地系在祖父们的腰里。腰带上常常别着一根竹管长烟袋。祭祖的路上祖父们不抽烟，只有祭完了才抽出烟袋装烟点火深深地吸两口。最好看的是长烟袋杆上吊着的烟荷包，随着祖父们的走动悠来晃去的挺有韵味。那荷包大多年代久远，有的甚至是祖父祖母们早年的定情之物。有的或许是儿媳进门的第一件孝敬杰作。荷包差不多都选取黑红两色。红的一面像火焰一样热烈，黑的一面如铸铁一样深沉。两面都有繁密的绣花。有的是鸳鸯戏水，有的是松鹤延年，密密的针脚，精巧的构思。只是那松、那鹤、那鸳鸯，早已都被祖父们年深日久的烟熏火燎，污染得面目全非了。只剩下厚实的布袋，呈现着年代久远的深爱，伴随着主人凝重的生命时光。

稍微年轻的父辈们，早已不再穿风情古老的棉袍，一身爽手利脚的短打扮。有的还穿着时兴的绒衣和粗线织成的毛衣，提着篾篮，有说有笑。他们大声地喊孩子，议论年景，品评集市见闻、村民轶事，还有的放开嗓子唱段泗州柳琴、河南梆子戏。有一股股哈出的白汽，从父辈们的嘴巴中呼出后又在空气中回旋。大年初一总是很冷，地上厚厚的白雪不见融化，土地在雪被子下冻得硬邦邦如钢板一样坚挺。祭祖的人群走在厚厚的雪被子上发出一阵阵咕咕嚓嚓的杂乱声响。旷远寂寥的田野，失去庄稼生长时期的勃勃生机，裸露的四周都是积雪的银白反光。偶有田埂上的古坟从雪中探出一个小小的黑点或者一顶黑黑的帽子。苍白的日头，就在依稀的云层里移来移去。云也是白乎乎水汽挺浓的云。天上没有飞鸟的半点影子，远处却有一排排细脚伶仃的大雁在浩瀚的雪野里卫兵似的静默而立。母亲曾说，小燕来了笑咪咪，大雁来了哭啼啼。可是，我却从来没有见过大雁哭。只是在乡村的冬日，多次仰慕地亲见了这些勇敢的飞禽于冬日的天空下，昂首挺立于严寒之中的矫健风姿。大雁不怕人，面对祭祖队伍的大声喧哗，它们仿佛视而不见丝毫无动于衷。大雁是冬日里的圣武。冰天雪地里的严酷中，只有它们才敢与人为邻。祖父们从来不允许子孙侵犯这些圣武的光临。除非万不得已的鞭炮震耳欲聋地响起，那些圣武们才潇洒自如地拍拍翅膀，展翅远飞。

　　燃放鞭炮是祭祖的第一个程序。这挂鞭炮常常是一个宗族力量的显示。大多在春节前由族里的主事人集资买好。当然要挑最大的盘炮，最低两千头，或者两千头以上。由身强力壮的人扛在肩上，活生生就如扛了一盘磨豆浆的小石磨。

　　祖宗的坟地有一片颇具规模的松林，鞭炮就开盘了，然后延续不断地分别挂在坟地间的松树树杈上。祖父们从烟荷包里掏出火镰、纸媒,"当当"两声清脆而准确地敲打,炫目的亮光一闪,粗糙的纸媒上冒出了一缕蓝莹莹的青烟。祖父们将纸媒点燃炮捻,只听"刺拉"一声,噼噼啪啪的连响便在冬日广阔的天宇间一串串接连不断地迸发了。大人们惊叫着捂起耳朵,一个个闪着身子打着趔趄朝后跑,只有那些被新鲜和稀奇弄得胆大无比的孩子,不顾一切地在纷飞的炮火中穿梭往来,挤做一团地抢那落地未炸的哑炮。

最后一响终于在大人们久久的等待中结束了。雪地上落满了红红绿绿的纸屑儿,一如急雨普降,飘零了满园芳菲般的缤纷。依然有余烟在落红般的碎纸间盘旋燎绕,空气中充斥着刺鼻的火药味。父辈们纷纷从篾篮中取出冥钞和麦草,跪在祖坟前一一点燃。随着一缕缕一团团浓烟滚滚升空,袅袅入云,地府里的先人们肯定是欣喜若狂地在接收着后代们的钱钞和银条了。那时的我便想,祖宗们该怎样去分这些钱财呢?他们也会像阳世上的人为分不均匀而争斗得鼻青脸肿吗?

冥钞点燃之后,便是跪拜叩首,群体祈祷。这时候,所有的长袍短袄,大人孩童,不分长晚辈,不分老少,全都整齐列队,正了衣襟,庄重而严肃地面向祖坟齐齐跪下。最长的祖父口中念念有词,大声喊着:一叩首、二叩首、三叩首。偷懒的人弯腰屈膝点头示意而已。老实本分的人则不然,大多将身子放直了,五体投地尽施孝道。叩拜完毕,最长的祖父便要说几句,主要的内容和宗旨不外乎是说,咱们近门血亲,凡事齐心合力,五服之内仍旧是一只手丫巴掰不开的,大事小事要包涵着点。祖父们的话说得既威严又动情。在冬日苍凉的天空下,后辈们认真地倾听着长辈们的训斥和教诲,虽然说不出血浓于水的语言,但觉得出有一股斩不断的亲情在脉管里流淌。经历了世事沧桑的父辈们已明白了对付大自然带来的苦难,要想挺得住,就得齐心合力。咱们的家族就是在齐心合力征服自然中，才得以延续壮大的。祖父们的话在天地间轰轰作响。祖父们指名道姓地念出我们的数代祖宗在世时的业绩和创举，述说着先人的辉煌与荣辱。完了之后，祖父们便毫不客气地一一罗列一年里的某些触犯家规的小人行径。怒冲冲地责骂他们忘记祖先遗训，鸡肠小肚只打个人小算盘，行为举止给先人抹黑。祖父们沉痛地说，小人滋生是家门的不幸，当谨慎改之。若不思悔改，宗族将全力诛之。祖父们说这些话的时候，坟场上一片肃穆，连众多麻雀般叽叽喳喳的孩子也不敢造次。墓地上鸦雀无声，只有寒冷的朔风将偌大的一处黑松林吹得瑟瑟发抖，如怪兽一般呜呜作响。祖父们的训斥终于在极其冷峻威严的气氛中结束了。于是，宗族里的一个稍有头面又爱张罗的人便出面宣布下一个程序。该是一年一度的驱邪忏悔洗心革面的时刻了。那些在一年里吵嘴打架斗殴闹事，有过不良记载的族人，便会有些不十分情愿地缓缓站起，走到坟场的一边，挨次地叙述着自己的过失杂念。他们的脸憋得通红，话也说得断断续续极不连贯极杂乱无章。但众目睽睽之下，人心如镜如秤，又不能不说。忏悔之后，便切齿地起誓：往后的日子里重新做人，决不再犯。宗族里有个叫豹子的，平时好斗，总是寻茬儿惹是生非不肯安分，每年这个时候，就免不了在祖辈们的监视之下检讨一番。当然，狗改不了吃屎，检讨之后仍旧重蹈覆辙，不思悔改。但大多数的后辈们是能够节制自己的。这一天说过了自己的不光彩行为之后，从此很少再犯。因此，这一年一度的祭祖活动，大多是聚合家族力量，重叙血缘宗亲，忏悔过失，宽容别人的。这一天，同宗同族的人深深地触摸着了血缘的纤绳，体验了亲情的安慰。有意见的消除了隔阂，有过节儿的和解了矛盾。过去的一年如一页薄纸，轻轻地翻了过去，全族的人重新打理着心灵的窗户，朝着新的开端迈步。宗族里有一个叫猫子的人，手脚不稳小偷小摸，爱翻个瞎话嚼个舌头，曾几次和邻人打破了头皮。这一天，最长的祖父便让猫子先跪祖宗，再跪邻人，跪完了再起誓永不再犯老毛病，要不然明年就不让猫子参加祭祖。猫子全都一一照吩咐做了。邻人果真就二话没说原谅了他。因为不让祭祖就仿佛是将自己从宗族里开除了出去。作为一个大男人，面子放到哪里去？还有比没有祖宗更让人难堪的侮辱吗？

那时候，乡民们是很看重自己的祖宗先人的。我的祖辈父辈们就曾经从自己并不宽裕的口袋里掏出舍不得花的血汗钱，派年轻力壮的后生们东进西去南下北上，去找我们先人的先人。查根求源，寻访我们这个奇怪稀少的姓氏到底是从哪里来的。可惜，那年月交通不便，信息闭塞，先辈们又无文化，仅跑了几百里，便认为跑遍了天下。他们忍饥挨饿，风餐露宿，走过了平原沙丘，走过了崇山峻岭；走得双双脚板血流如注；走得整个人儿黑皮寡瘦，活脱一个剔去了肉的骷髅。不同的语言，不同的服饰，不同的生活习惯，不同的地理环境，使我的先辈们坚定不移地以为到了外国，到了天边。先辈们停住了长途跋涉的双脚，按住了饥肠辘辘的肚腹，沉思了半晌，得出了如下结论：我们祖先万不可能是从外国而来！于是，他们只好咬着牙撑着疲惫不堪的身子，垂头丧气地踏上遥遥归途。

总也没问出个水落石出，因此，终究没有弄明白祖先的祖先，那个面目模糊不清的老人，到底是从哪里流落此地。探访、查询，一次次的努力几乎都以失败而告终。这件未了的心事，常常成为宗族里最年长的祖辈们生命最后时刻口眼难闭的遗憾。

其实，对于姓氏的起源，《辞源》和《辞海》里早有记载。可惜，世代生于偏乡僻壤的祖辈们识字不多，且也无人见过《辞源》

《辞海》这类巨砖般沉厚的大书。所以祖父、祖父的祖父，谢世的最后一口气常常慨叹："唉！糊里糊涂过了几辈人！"他们那时哪里知道，只有文化和科学才能解开祖先之谜呢？总以为是自己双脚的力量有限，而因为力量的不达，才没有找到那个解谜的地方。

祭祖，常常使散漫的家族重振精神和睦如初。祭祖，使孩子得以了解自己繁衍的血脉。只要是曾经参加过祭祖的孩子，便与那片延续生命的土地，那缕四通八达的血脉结下了终生难解之缘了。

乡村的祭祖活动总是隆重盛大，封建的形式中同时也折射出人性的敦厚、亲情的纯美、血缘的力量。这一天，各家的男人全部出动。为了一个目标，走在一条路上，平时不搭腔的搭腔了，不说话的说话了，有仇的泯灭了仇气，来往的则亲上加亲了。祭祖结束，众人从雪地上站起，揉揉长跪已久略显麻木的膝盖。然后，分别取出篾篮底下特地留好的冥钞，将其一张一张地悬挂在大小松树的斜枝上。太阳从移动的云层里露出了烙饼似的白脸，那些黄黄的冥钞，便在阳光下错落有致地张扬着。到此，祭祖的内容差不多结束了。若是晴好天气，便有几个身强力壮的汉子自动扛来锹锨等工具，在长辈们的指点下整整坟地。若是雨雪天，便提篮携幼，各自归家。

我曾经好奇地问过奶奶，为什么要将纸钱像小旗一样地挂在松枝上。奶奶笑着说，是给那些误出阴朝地府的夜游祖先引路领零花的！我又问奶奶，什么时候去地府？我也为你挂零花钱！奶奶翻着眼，在我头上拍了一下骂道："傻妞！"

我最后一次参加宗族里的祭祖，是在文化大革命前的一年。那也是全族最后一次集体行动了。后来的岁月里，这项活动被作为"四旧"彻底清除。再后来，宗族里整日战火绵延，内讧不断。人人恨不能你吃了我，我吃了你，斗鸡似的红了眼。只要得手均往死里整。血缘宗亲全被变了态的格斗弄得踪影皆无。人人自危，家家设防，勾心斗角，鸡犬无宁。祖宗的大老坟已是数年再无烟火。一次平坟造田的运动中，祖宗那座颇具规模的大老坟，在拖拉机隆隆的轰鸣声中片刻夷为平地。那片古木苍苍、蓊蓊郁郁的黑松林，也被家族里鸡零狗碎地分砍而光。

再也听不到松涛阵阵响耳畔，再也看不见青烟袅袅入云里。至于祖父们关于做人的谆谆教诲，恐怕也早已连同祖父的遗骨一道，在乡村土地的深处化为尘埃了吧？

## 11. 年初五的事

年初五最大的事是早晨要吃水饺。年初五的水饺不叫水饺，叫扁食或蜈蚣嘴。所以包水饺不叫包水饺，却叫捏蜈蚣嘴。

在乡下，一到热天，会有许多的蚊虫之类对人造成伤害，蜈蚣也是其中之一。那种小虫长长的，浑身长满软足，人一被碰身上就是一条红印子，会疼会肿会起包，令人们常常防不胜防。

捏蜈蚣嘴就是先人传下来的习俗，管不管用，不知道，至少是一种寄托吧！在新年到来之际，把害人虫的嘴捏住，看它还咬不咬！

更好玩的是，每逢这天吃水饺的时候，母亲总是要细细地察看每个孩子的嘴里，有没有把蜈蚣嘴嚼碎、嚼烂，连蜈蚣都嚼碎了，还怕蜈蚣嘴咬吗？

嚼蜈蚣嘴是一场没有反抗的大战，孩子们都是胜利者！蜈蚣嘴包完了，也一个不剩地嚼完了，这一天的任务就算完成了。

## 12.年初六的事

乡间年初六主要任务是走亲戚。走亲戚串门儿是孩子们最乐意的事。穿着新年刚做的新衣服，脸蛋抹得红红的，嘴巴里不停地吃着零食，一路不停地吆喝着村里的伙伴。因为这一天走亲访友的真多！一路碰头的都是熟人。年后晴天也多，太阳明晃晃地照在刚刚开冻的土地上，土壤暄得很，一踩一个深深的脚窝儿，脚窝儿的边边上甚至出现了小小的草芽儿，孩子便大惊：看啊！草都冒青了！

有新娶的媳妇走娘家，就稍微麻烦些，要换最新的衣服，要买重要的礼品，要给父母做新鞋子，给侄儿侄女做新衣新鞋……经常是男的骑自行车，女的坐在后面，提的背的一堆东西，车上面还挂着，一路车铃叮当，男欢女笑，新媳妇脖子里的红围巾，像极了一团火苗，在晴空下灿灿得灼人眼睛。

那时乡村自行车还不是很普及，许多人家出门还要靠步行，有的人家送老人走亲戚还用手推车。老奶奶坐在手推的独轮车上，大多穿一袭黑衣衫，头戴花毛巾，儿子或者孙子两手紧握小车把，一步一趋地走。俗话说：推小车不要学，只要屁股扭得活！年初六的乡村大道上，推独轮车送老人走亲戚，绝对是一处农耕文明的风景！只不过今天这种景象再也看不到了。

红男绿女们在乡间土路上不紧不慢地走，抬头四望，周边都是人，都是走亲戚的人，人们拉着呱，哼着曲，显示出闲适悠哉。黄褐色的土地上一群群的人漫步似的镶嵌着，小河的水早已开冻，有鸭子在绿水中游，一个孩子扔下一块泥巴，惊飞一群嘎嘎大叫的鸭子！

春来了，春天就在脚下了，春天在水中，在空气中，在人们的眼中心中。因为大家都知道，初六走完亲戚，年基本上就算过去了，又开始了新一轮的播种耕耘，日子又要忙活了。

想一想快要过去的年，心头禁不住生出一点点的怅然，年，就这么快地过去了？

## 13. 正月十五这一天

正月十五这一天是元宵节，给我的印象最深的是玩。不仅是我，连我们村的孩子们也都期待元宵节里的玩耍。我们的孩童时代，正是困难时期，物资极端匮乏，小时候没怎么见过糖，但并不缺少欢乐！

我们村过十五的习惯很简单，割一块肉，萝卜烧肉。过大年剩下的圆子、干鱼粉条，再烩上干葫芦条、干豆角、干冬瓜条，再洒上鲜红的辣角粉，深咖啡色的八角粉，满满当当一大锅，一家人吸吸溜溜，辣得满头大汗，吃得志得意满，过瘾得很呢！大人孩子都撑得肚子滚圆，扶地而起。想一想吧，这一天过后，再吃肉食品，不知要等哪一天哩！

吃了中饭，年味就更稀了，大人慵懒地伸着懒腰，打着呵欠，有的去遛遛，有的去打打小牌，有的去上上坟，还有的精力旺盛的就去找来粗大的缏绳，到小定家门前的大桑树下拴秋千。小定家的桑树是我们庄里树冠最大的树。盛夏时枝叶茂盛，可覆盖十几间屋，荫凉得很。桑树大枝干粗，每根枝干又像一棵树。村庄的孩子们常常在树干上拴了绳子当作秋千，玩得昏天黑地。村庄最爱和孩子们玩秋千的就数先叔和根哥了。大桑树可以拴两副秋千，村庄的孩子们分两支队伍，一支归根哥，一支归先叔。大人们先把绳子拴稳，再把一块横板拴在底坐上，秋千绳粗、板阔，又稳又舒服。两队的孩子坐稳了，一声号子响，两队的孩子一会儿上天，一会儿入地。那情景，既惊险又刺激。太阳暖洋洋地照在身上，村子里所有的一切都立在午后安静温情的日光里，随秋千飘在高处的孩子眼中看到了平日轻易看不到的东西，随秋千回到平地的孩子一瞬间享受了降落的妙处，他们大声地尖叫，激情地呼喊，老桑树下充满了欢歌笑语！排不上的孩子就急得哇哇大叫，坐地下大哭耍赖，忙得秋千上的孩子叫停下来换人。

难得的清闲，难得的大人参与，桑树下的快乐会一直延续到明月东升。

晚上的食物常常是简而又简的，烧红芋茶蒸馍，或许再馏个剩菜什么的。吃什么不重要，重要的是不能误了打灯笼！

十五晚上总是晴天多，最好是晴天！孩子们拿着馍就慌忙跑出来了，年三十晚上的灯笼大多已换了灯花，跟新的一样！灯笼与灯笼排在了一起，雪白的灯纸、通红的灯花、喜盈盈的孩子脸，孩子们继续唱灯歌："打灯笼，照舅母，舅母藏在门后头，打灯笼，照葫芦……"灯歌的歌词依旧千年不变，只是唱灯歌的孩子已经一拨一拨地更换，各不相同了。

天上有圆圆的月亮，地上有闪烁的烛光，正月十五的晚上，留给孩子们无数念想。遗憾的是，正月十五一过，年就彻头彻尾地结束了。

好日子总是过得很快！年过完了，村庄依旧在四季里四平八稳地走过，四季里会发生许多的事，我这里简洁地把它归类为村庄里的风花雪月吧！

# 村庄里的风花雪月

## 风

在现在的乡下,已经很少见到当年老家那种狂野的白毛子风了。打从春天起,一直到冬天,几乎没有停止过。十来户人家,前前后后散落着。泥土坯垒成的墙壁,五花八门的木头支起的屋架,都蒙在一层厚厚的灰尘里,看不出本来的颜色。早春的风干冷、干燥,老屋前的垂柳就是被那些剪刀风铰成披头散发模样的。夏天的风就像无浪神,把麦垛旋起,一缕缕在空中舞蹈;把屋顶掀翻,把杂七杂八的物件刮得满地都是;把门前屋后的果树拦腰折断。随风而来的,大多是冰雹和帘子雨。人们都躲了,只有新娶的大嫂在白花花的雨水中呼喊着抢那些风中飞舞的杂物。怪风撕碎了她红色的大襟小褂。躲在猪圈子里大气不敢出的三哥事后说,他那天亲眼看见了大嫂胸前那对雪白的小兔,他都懵了,可是,怪风一瞬间就过去了,他一直怀疑自己是不是做了一场桃花梦。他一直不敢说那天自己的遭遇,他怕一说出来,嫂子们就说他是"骚狗子精"。说那场风有邪气。

## 花

老家的花几乎全是母亲侍弄的。母亲先是在屋前栽了一棵极少见的大鸽花树,那树见天长,很快就树冠花如云了。偶有南风吹来,整个小村暗香浮动,芬芳沁人。墙角、屋后,见土的地方遍栽桃、李、杏、枣、苹果、梨子。桃花开、杏花谢,枣花满枝落如雪。南瓜花、葫芦花、韭菜花、月季、丁香、大丽菊,还有那些红黄紫白的满天星。母亲从大田归来的零碎时间,大部分都在花草树木中忙活。她知道,再怎么精心操劳,那些花用不了几天会落入泥土。可是,她相信:花落会再开。有一天夜里,齐腰深的满天星花丛中有窸窸的动静。母亲以为又是狗獾在闹腾,便拿了根棍子走过去,原来是村子里两位下放知青。花事正旺,母亲沿着花地悄悄退回。

## 雪

老家的冬天,干冷得多,雪下得少,但下起来就不得了。小妹出生的那个雪冬,沟满河平,举目苍茫。奇冷,呵气成霜。支棱在绒帽外面的耳朵犹如刀刻斧凿般疼痛。雪把门前的路堵实了,吃水靠化雪;雪把屋顶压得吱吱响;雪把院里的松树压断了。铲雪的日子很闹猛,家家户户就像庆丰年。饿急了的麻雀、小鸡全都围着铲过雪的黑地打转转。我们很少堆雪人,我们一筐筐、一篓篓,把雪搬到自留地里。母亲说,麦盖三床"被",枕得馒头睡。有雪的日子总是有大雁。我跟在打猎的叔叔后面亲眼看到的。那阵势极是壮观,高大威猛。在荧光独照的雪夜,偶尔发出几声苍凉的鸣叫,雁阵边有一位走来走去的"哨兵",它警惕地巡视着四周，丝毫不放过一丝风吹草动。叔叔说，它是鸟类中最有责任心和奉献精神的。它像一位精力充沛的夜警，那些大雁们都在它的守护下酣然入梦。

## 月

老家的月亮给我的印象是洁净的。不像今日城市的月亮：昏黄、惨白、无精打采。老家的月亮充盈、水灵、表情丰富。夏天，它如明镜高悬。月光下的土场上，收获着稻麦，也滋生着无尽无休的传说和故事。有月光的夏夜，常常是女人的乐园。村后的大甲溪里，扑扑通通的声音连接不断，白天晒温了的溪水滑爽得很浸润着她们黑白相间的肌肤，就像朵朵睡莲开放在夜月下的溪面。秋天的月亮不仅洁净，而且沉稳。农人趁月光收获着棉花、花生、玉米。那时老家喜种红芋，切红芋片大多在晚上月亮地里干。我家没有男劳力，姐妹几个总是落在最后。夜深凉意浓，明月正当空。黑黢黢的野湖地庄稼棵让我们心里发毛，姐妹几个就朝着远处放声高唱。那悠长嘹亮的女声连我们自己都震惊了。生活是一个舞台，每逢新的角色上场，就必有老的角色下场。几十年后的故乡，一切曾经熟悉的东西正在或者已经退出人们的视野。往日的温馨化作生命的记忆，沉入生活的深处，偶尔想起禁不住心存感激。活过，经历过，我们应当懂得感恩。

村庄里孩子的乐趣有很多，游戏也有很多，下面我带大家欣赏几种。

# 村庄孩子的游戏

小时候,村子里有很多游戏,都是小孩子玩的。那时的乡间,每家孩子很多,生活并不宽裕,家里大人极少有给孩子买玩具的,至少我就没见过哪个孩子有买来的玩具。虽然没有从集市上买的玩具,但是我们这些乡下孩子并不缺少玩具。说来你也可能不信,我们每个人差不多都有几套玩具!

首先是拾子子,这个"子子"不好写,我只好用这两个'子'字代替。就是在沙碛地里找的小小圆圆的石头子子。先来五个子的,第一遍拾一个,第二遍拾两个,第三遍拾三个和一个,第四遍说一声:告备缺,来两河,然后重头再来。很有意思。那时乡间、田间地头,到处都有石头子子,女孩子最爱玩这个,男孩子也玩,每家孩子都有几副子子,有的还染上红绿蓝颜色。树荫下、柴垛旁,甚至月光底下,都常常见到孩子们在玩子子,边玩边唱:一河西,一河对,告备缺,来两河……小孩子们的说唱很响亮,四五个人来子子,一起合起来唱,那时童声飞扬,清脆又中听!

除了玩子子,还有荡秋千。每个村庄都有许多副秋千,扔一根大粗绳拴在老树上,就是一个秋千,村子里树多,好多树上都有秋千架,只是我们那儿不叫秋千,却叫"骑悠"。

不知道是不是骑在绳拴的板上，悠然的悠来悠去的意思。

推铁环是村子里男孩子常玩的，大人买铁环的不多，都是用破水木桶的桶箍。桶坏了，铁箍还可以做铁环给小孩子玩，这在乡村还是满合算的。

还有一样是气势很大的，每个人拿一个长长的木棍，棍头带个弯儿，一个人把守一个坑，如果把一个石球赶到谁的坑里谁就算输了！七八个人参加呢！

最方便的是跳鞋牌。无论几个人，都要把鞋子脱下来，反过来扣在地上，每个人光着脚从反扣的鞋上跳过去，看谁跳得多、跳得远，最多最远为胜！

还有跳绳，大人搓好的绳子随便用，天冷的时候，连大人也来一起跳！

踢毽子也是乡村孩子的最爱！从流行全村的毽子就能看出谁家母亲手最巧，两个铜钱几根鸡毛，一会儿工夫，一个染得红红绿绿的毽子就缝好了。一个小小的鸡毛毽子在孩子们的脚上飞上飞下，跳来跳去，有的孩子一踢老半天，那个小毽子就是不掉，神奇得就像粘在了脚上。

在我的村庄，可玩的东西太多了，而且都不是买来的，好像大人孩子随便想个主意，就会有一种新的玩具或者玩法，又简单又锻炼身体。乡村自有乡村的乐趣，这些乐趣也是现在孩子们享受不到的！

金萍的村庄里有很多的树，每棵树都有自己的故事，去看看那些树吧！

# 村庄里的树

我的西钞村虽然是个很小的村子,但是,村子里却有很多的树。

村东人工挖的那条沟,刚一成形,就被村子里的人给抢占了,家家挖坑种树,不久,沟沿上就桃红柳绿了。

杏花寒、梨花满,

燕子不归春事晚。

清溪漫、长空蓝,

布谷声声催日暖。

桃花开,杏花败,枣花开了热天来!

杏花开得很儒雅,淡白淡白的,不抢春光只留香。

桃花可不一样了,粉红桃红,闹闹嚷嚷,花丛中蜂飞蝶舞,把个东沟沿绚烂得迷人眼睛!

南沟沿很少种果树,大多是水柳,还是红皮柳。在众树中,数柳知春最早。早春时期,其他的树还在冬的尾声中沉默不语,那些柳们则在自己的枝杈上点满了绿色的逗号,不久,也就是一晃眼的工夫,它们便披头散发,垂下千条万条绿丝绦了!

柳丝轻拂水面,快乐的是鱼儿,这些小家伙认不清眼前到底是什么好吃的东西,只顾一次又一次地蹿出水面,虽然总是不成功,但总是充满希望,一次又一次地起跳,搅得水面上一片波光粼然。

从柳条泛绿的时候,村子里就滴滴呜呜地响起柳笛,一直要响好些日子,那些七岁八岁万人嫌的孩子们,除了吹柳笛,还要戴柳条帽,拿着木棍当马骑,神气得很!碎柳枝撒了一地,惹得大人在后面不停地吼!

我家靠村子最西边,整个西大甲沟沿都是我家的,我父亲最爱栽树,我家的树是村子里最多的,西大甲沟沿上的树多是杨树中的阔叶杨,等到初夏时节,巴掌大的杨树叶子在太阳光下油光闪亮,风一起,哗哗作响,好像许多人在呵呵大笑!那时,很少见到叶子上生虫生疤,那肥厚的叶面,清晰的叶脉,真有些像丰盈光滑水嫩的美人脸呢!

西大甲沟的树很旺,用村子里的话说:就像夹的篱笆子,可是我母亲不舍得伐,她总是觉得那些树可以壮胆!

我父亲在学校很少回家,我母亲带着几个孩子在村子西头,平日人少,总是有些害怕,特别是屋后就是阔大的平原,十几里没有村子,晚上朝北一看,黑咕隆咚一片。那时,我们晚上都不敢到家后解手。那时,我母亲就会大声地说:怕什么呀?我们有这么多树呢,一棵树就是一个人哩!再看一看那些高大整齐、排排站立的大树,心里果真有些不怕了。我们爱树,在那时,我们几乎没把那些树当树看,我们心里觉得,它们就是我们家的一口呢!记得有一次,家里有急事没钱,需要伐一棵树卖,我母亲抚摸老半天不舍得,等到买树的真来了,我母亲还流了眼泪。困难的日子,那些树还真的救了我们家的急,所以,我的母亲经常爱说,树是我们的恩人,我们要善待它们,敬重它们!

靠近门前屋后,树的品种就多了,桃李、枣、椿、槐、乌柏、苹果、皂荚、柿、香椿、毛桃、胡子赖、棠梨、桑树、榆树……还有许多叫不出名来的，蓊蓊郁郁充满了村子的每一个角落。

我家门前屋后的果树是最多的，春暖花开，门前屋后就是百花园，馥郁的芳香整日飘浮在空气中，落英缤纷的时节，一抬脚，就像踩在海绵上，那时，我母亲就拿着扫把，轻轻地扫，把那些落下的花瓣收在一起晾干，然后给我们姐妹缝枕头，一年四季那花的香味，就再也挥之不去了！

村子里有很多的椿树。不知道我们村为什么那样爱椿树，砍一茬发一茬，长得多又快，有四五节料子，相当于五丈多吧！离我们村子五里远，就可以看到那些高耸入云的椿树王了，虽然我们村子不算富，但是我们村子的树，在老家那一片，可以说，是很有名的。

金萍的村庄是一个绿树葱茏的村庄，不仅有许多的树，还有一个规模不小、远近闻名的林子。在我们淮北大平原上，村村有树不稀奇，但是能有一个相当规模的林子却不多见！

# 村中的林子

在我们村，要能算上林子的，就是我爹爹坟地里那片黑松林了。

在我们那个地方，爹爹就是对爷爷、祖父的称呼。

为什么叫黑松林？那片林子太大，方圆百亩，郁郁葱葱，遮天蔽日。一出涡河向南是一望无际的大平原，突兀间出现那么一片苍翠的林地，显眼得很。那常年不断的翠绿、浓绿、深绿，远远望去，黑咕隆咚，所以四乡八带的人都称它为黑松林。

我爹爹兄弟三人去世后，都葬在村庄之南、高岗庄户地上，一排排的松树庄严肃穆地守护着祖辈的坟墓。那些松树大概都是刺松吧！一年四季常青常绿，叶如簇簇钢针，常有松果、松球随风落下。

炎炎夏日，有农人扛一柄锄，脱下浸满汗渍的草帽，在树荫下酣畅淋漓地打一顿呼噜，既解困又解乏。下雨天，常有路人躲进树荫下，不时伸头看天。若是那雨下得久了便更加有趣，林子里茸茸的草丛中会生长出许多的菌子。雨还没有停，村子里的孩子和村妇就忙活起来了。披着蓑、戴着笠、挎着筐、提着篓、端着盆，嘻嘻哈哈地在林地里捡拾那肥嘟嘟的菌子，家乡人称它"地里皮"。

没见过谁为那片林子松土，没见过谁为那片林子施肥，更没见过谁为那片林子浇水。它们依地而长，靠天而生。从我记事起，它们就那么精神地长着，且一直长得那么旺盛茂密。

我曾经问过父亲，是谁栽下这片林子？是爹爹，还是爹爹的爹爹？为什么栽下这片林子？父亲说，不知道。因为他记事时就有了这片林子。

"前人栽树，后人乘凉"，先辈们是深得其味的。至于后人如何回馈先人的苦心，就不得而知了。

这片林子还是村子里孩子们的乐园，逢年过节，折几根松枝插在供台上，向征着寿比南山不老松，秋后拾柴，在林地里不大一会儿就拾一大捆。我上小学的时候，每天要经过林地边，那儿几乎就是我自演自唱的舞台，受了委屈在林子里偷偷哭泣，成绩考好了受了表扬，偷偷在林地里乐呵，很多的光阴在不知不觉中就都抛在树林里了。

按理说，大平原上的林子，得风得雨得太阳，应该高大挺拔直冲云霄的，但这片林子却很特别，有的奇形怪状，有的虬枝盘旋，当然大部分都亭亭玉立，华盖如伞。那些奇形怪状的树最受孩子们的欢迎，搂住怪树的脖子，骑在怪树的身上，都是最快乐的时光。老人们说，树长成那样子，都是干旱和缺肥造成的，但是没有谁在意。

刺猬、獾狗和猫头鹰是林子里的常客，我的一个远门叔爷就经常在林地里抓住獾狗，那时，人们还不懂保护动物的道理，经常去捉刺猬。猫头鹰的眼睛是非常亮的，看见过的都说害怕。

村庄里的乡亲都是老实人，"文革"期间破四旧，没有人提出那是四旧，还好，撑过了一段时间。但是到了割资本主义尾巴时期，终于挺不住了！

我爹爹老弟兄三家的后人，连天加夜研究讨论，最后作出决定，大小按总数分三份，一家一份，那片经过百年，或者更多年，经过了水灾、旱灾，经过了战火、动荡考验的林子，终于一夜之间化为平地！

呜呼！

可怜的树！

可怜的林子！

可怜的先辈！

更可怜的还有我的族亲，他们为树的大小不均而激战，打得头破血流，直到我父亲出面表示：我家的那份不要，分开补给他们两院大家小户，最后他们才破涕为笑，握手言欢。

我母亲哭了一夜，她说我们家是老大，大树都是老大管理的多！不过，母亲一生都是听父亲的，从不问对错！

林子化为平地后，我母亲拾来好大一捆松枝，每天替换着供几枝在堂屋的供台上，一看到松枝，就好像又听到了松涛声，又看到了那片大平原上轰轰烈烈的林子。

那片轰轰烈烈的林子，在母亲的泪水中消失了。栽树百年，毁林片刻，村里人都惋惜不已。栽花种树是村庄里沿袭已久的好习惯。早春到来的时候，家家户户就开始在田边地头、溪畔、墙角，但凡能够插进一棵树苗的地方，都及时种上一棵小树。那些树苗，品种繁多、大小不一，给村庄带来了无限的生机，长在哪里，都是一处风景。

先说说那棵红皮柳吧。

# 红皮柳

早些时候的乡下,是没有绿色环保及植树造林之说的,栽树只是一种随意的行为。村子里所有的树错落无序,几乎有土的地方就有树。每棵树都按自己的意愿自由生长,或正或斜,或高或矮,或生或死。

我们村子里的树品种之多之杂,也是别的村子不能比的。

有一年,村子里仿佛一夜间长出了许多小楝树苗,死了一些,活了一些,活着的一天天长大!春风里,那些楝树枝条上缀满了紫莹莹的花,秋天,那些花又变成一嘟噜一嘟噜橙黄的楝豆果,可惜那些楝豆果儿没用场,连小鸟也不肯叼一下,落得满地都是。

南沟沿还有一种鸽花树,为什么叫鸽花树,就因为它的花开起来就像欲飞的鸽子,花朵大的像牡丹,紫白色的,端庄绚烂,美丽至极,很有些大家闺秀的味道。鸽花树长得很慢,枝条虬劲,弯曲如苍龙,但树干犹如荆条类,不好做大材。

村子里还有一种叫"小孩拳"的树,很好听的名子,但大人说,这种树材质瓤,什么用也没有,只能做刻私章的料子。可那时在农村,谁才能用得着私章啊?在人们心目中,用得着私章的都该是那些有权有钱的大人物吧!

所以,那些水灵旺盛的"小孩拳"树,几乎不被农户看好,随便砍伐做柴烧,或者搭猪圈,或者随地扔掉。

不被看好的还有楮树,卵形的叶子和茎上长满了白乎乎的绒毛,扎在身上很难受,春天开花,花后长出许多毛毛虫一样的东西,村子里的人都叫它"楮不几子",也不能吃,还会结出绿球果,果外面长有红色的软针似的东西,用舌尖舔一下,有甜味!

红皮柳是很受欢迎的,木质细腻,纹路漂亮,没气味,可做案桌、案板、凳条几,特别是做麻窝底,最合适。

那时,乡村很穷,没见过胶鞋,下雨天大多穿麻窝子,条件好的人家穿麻窝有讲究,一律是木底的,木底的材料,几乎清一色的红皮柳。

家里有棵红皮柳,昂头人前走一走,就是说的这个意思。我家就是有一棵很大的红皮柳,它长在南沟沿的最东头,孤独地立在那里,得风得雨得太阳,长得很快。每次村人经过,由不得都要摸摸它。家里困难的时候,树贩子每天都要来号几次脉,可是母亲就是不答应。母亲说,村里就这一棵红皮柳了,等到春天的时候,再栽几只柳条,让沟沿上成为一片像样的柳林,到那时再说吧!其实,就是不想卖树。可是,不久的一天,我家二妹跑回来家,气喘吁吁地告诉母亲说,南沟沿的红皮柳被人砍掉了!母亲不相信,说二妹瞎讲!二妹说,不信你就去看看!我们娘几个手牵手,疯跑到那里一看,只剩下一个深深的土坑了。是谁偷了我家的树?我们娘几个一起喊了起来。可是喊破嗓子也没用,那棵红皮柳真的没有了。事情过后,村里有人告诉我家,那树是我家门的一个远房叔叔砍去做案板和方桌了,他听说我们娘几个看见树被偷了,难过地流了眼泪,多少有些不好意思,趁夜晚偷偷给我家送来一双麻窝底子。我父亲用那红皮柳麻窝底子给我编了一双麻窝子。我一直穿了好多年,还能闻到红皮柳的味道。

红皮柳被挖了,母亲伤心了许久,可是我们家还有声名赫赫的椿树王呢!

# 椿树王

写我的村庄，免不了要写写我家的那棵椿树，因为我家那棵椿树不仅是我家的骄傲，而且是我们村子的骄傲！出了龙亢汽车站沿着徐圩子向西走，有几个不知道钞家湖的大椿树的呢？那可是我们村庄的地标啊！

我家门前自留地里的这棵椿树，是二十世纪六十年代初自己从地里发芽长出来的。这棵椿树可以说命大！刚发芽的时候一大片，母亲拿镰刀砍的时候忽略了它。到了第二年，它一下子蹿出老高，让我们家人不得不刮目相看，还是我母亲决定留下它，并给它浇水施肥松土，砍光了它周围和它竞争养料的所有青棵棵。椿树王小的时候是在得天独厚的环境里成长的，一大片自留地，只有它那么一棵树，这在乡村是很少见的。它也和南沟沿的红皮柳一样，得风得雨得太阳，没有几年便呼呼长到三丈多高！令人惊奇的是，它只管往上长，专注蓝天，从不旁逸斜出，一根乱枝都没有，亭亭玉立，笔杆子一般的直，看了叫人心生羡慕。

等到大椿树长到五六丈高的时候，东邻来说，西邻来讲，我们家也生出了几分担心：是啊，大平原上谁见过这么高的孤独的树呢？万一大风刮折了不就可惜了吗？知道了我们家的担心后，乡村那些树行的人一天到晚就在我们家附近转悠，希望我们家卖树。爱树是我父母亲最大的特点,他们眼里常把树们当孩子看待,眼见树行人的巧嘴滑舌,他们却坚定不移了:不卖!

大椿树心安理得地长,呼风唤雨地长,直长得在树下望树顶,总会掉落帽子!村里人都说,大椿树可以做六七节房料了,简直就是大平原上的椿树王了!椿树王就此喊开了!

椿树王挺拔高大,树顶就像一蓬圆形的大伞,威风八面地擎在天空,这下可乐坏了那些可爱的鸟们,树顶上到底有多少鸟窝?谁都没办法数清,苦了那些掏鸟窝的孩子们,看的眼酸却只能远远地望着。椿树王又是鸟的世界,那些可爱的鸟们,若知其间的原由,该会怎样的感谢一位慈祥的母亲呢?

村里的树,有的是村民栽的,有的却是自然生长的。不知道什么时候起,空落落的野地里,就突然长出一棵怪模怪样的树来。那时候,这棵树就成了大地的一个印记,村庄周围的一个地标。它得风得雨得太阳,是村庄的骄傲。大家都叫它"猴子松"。

# 猴子松

从我的村子向西南五里路远的地方有一乡间小集——黄龙集。乡里方圆几十里都赶这个乡间小集,大部分的村庄都在东北面,所以赶集人大都从我们村前过。离我们村二三里地(与黄龙集中间),有一片高岗地,高岗地上有一棵孤独的松树,因长得奇形怪状,就像一只蹲着的猴,所以乡间都称之为猴子松。

不清楚是谁栽了这棵树,也不清楚是什么原因这棵树长成了现在这模样。

猴子松,树冠如伞,树干呈弓形。在乡间,在平原,在一马平川的淮北大地,这样的松树不多见!物以稀为贵,猴子松成了一处风景!

不仅是风景,因为它独特的形状和地理环境,猴子松还成了路标和地名的专用名词,只要有人问路,马上就有人回答:从猴子松朝哪哪儿去。

猴子松不仅是地名,同时又是乡村的"亭",赶集的、走路的,常在树下乘凉、歇息、拉呱说话。猴子松下是条乡村土路,路边是条灌溉渠,乡村卖葱、韭菜、黄瓜、萝卜、桃李等,挑到树下都会到渠里洗干净,然后上路。

周围村庄有红白喜事,猴子松会早早知道:挂红纸、系红带子、撒白灰，披红挂绿，彰显内容。头疼脑热，驱鬼送邪，烧纸焚衣，甚至孩子闹夜，也要在树上贴上：天惶惶，地惶惶，我家有个吵夜郎，过路君子念十遍，一觉睡到大天亮！

猴子松树丫间垒有许多鸟窝，一年四季常有大大小小的鸟儿在树的上空盘旋。我小的时候去数过，枝叶间有八九个窝哩！真不知道它们不一样的品种，不一样的年岁怎么能在一棵树上和谐相处平安无事？更庆幸它们生在了一个好年代，那样一棵孤独的树，弯曲奇形，树下的人伸手就可抓到，竟多少年没有人掏鸟、破坏鸟窝、砸鸟蛋，它们竟能一代代繁衍生长。

冬天的夜晚，猫头鹰是猴子松的常客，有人说它的眼睛是绿色的，可我没有亲眼见过。我倒是亲耳听过猫头鹰叫声的，很凄清。听大人说过，猫头鹰叫一声，世上少一人。可是，猫头鹰叫了一个冬天，村子里也没见少一人，慢慢长大的孩子们就觉得这话没多少道理了。

猴子松的记忆是温馨的，因为我母亲爱赶黄龙集，每到下集时候，我都会到猴子松去接母亲回家。那时的乡村集市，就是孩子们的天堂。天堂里有许多好吃的、好玩的、好看的，母亲会把那些东西一次次地从集市上背回来，不管春夏秋冬，无论风雪雨霜。我们常常在猴子松下眼巴巴地守望，直到远远望见母亲归来的身影。

那是一段宁静的童年，那是一次次等待母亲归来的幸福时光……

村庄里种果树的不少，但是家家只种了不多的几棵，只有老兽医家里才有一片柿子林。

# 柿子树

村庄里有几十棵柿子树,排成三排,都是老兽医家的。老兽医家住村东头,有一座四合院,房子不高大,清一色的灰瓦。院门前直抵正南方一片空地,全栽上了柿子树。整整齐齐地排成了三行。那些柿子树棵棵造型都极好,粗粗壮壮、矮墩墩的,脖细头大,华盖如伞。叶片乌油油的嫩,乌油油的绿,每一片叶子都像注满了水分似的。夏天的时候,那些柿子树就像撑起了绵厚的绿伞,晴天遮太阳,阴天遮雨水。树下的土地被踩得溜光溜滑,一个土坷垃都找不到。孩子们在树下追跑打闹玩游戏;妇女们在树下纳鞋底、绣枕头、编草帽、扎鸟笼;男人们忙完了农活,蹲在树下来六州、搓草绳、打麻窝儿,盘古论今瞎白话儿;柿子树下就是村庄里的小广场,大人孩子都打堆在这里聚集。这里也是村子里的各种消息集散地,谁家的猫过窝了,谁家的羊下羔了,谁家的媳妇小产了,谁家的青豆、秫秫、红芋干被偷了,生老病死、悲欢离合,春种夏长、秋收冬藏,芝麻大的事儿转眼全村都知道。当然柿子树下也生长着流言蜚语:有一天,村子里的几个小媳妇在这里说小话,不知是谁说漏了嘴,传出去村里的女人和外村的人有一腿!红杏出墙,那还了得?差一点两个村子打起了大势架,操刀操棍甚至还架起鸟枪。后来乡里来了武装部长,开大会，臭骂一顿长舌妇，才把这次惊天动地的群殴压了下去。那个武装部长是个秃子，头皮亮闪闪的，还包了一嘴磁牙，一咬牙发狠训话，头皮亮和包牙亮交相辉映。村里的孩子都吓得不敢出声，从那以后，村里谁家的孩子不老实听话、夜里无理取闹，家长就会吓唬说：再哭，再哭部长来了！孩子立刻就安静了。

那次闹事后，兽医就向村里喊话说，"妇女不要再来柿子树底下了。扯老婆舌子会出大事！"主人有话了，各家的女人也都小心起来，去得少了。只有孩子们依然在柿树底下欢叫着、跑闹着，传递着村庄的活力。部长再也没有来过。可是他那亮光刺眼的头和阴森森贼亮的牙，却一直伴随着我们这些孩子长大。

柿子树最风光的岁月是在秋天。秋天来了，柿子树上挂满了果子，那些果子个个都比拳头还大。把树枝沉沉地压弯下来。这时候，兽医家的人就忙活起来，他们把一根根木桩子绑在树下，支撑起那些快要撑不住的树枝。一根根木桩组成了一片光秃秃的林子，把树下的空地几乎占满了，孩子们再也无法在柿树底下嬉闹玩耍了。树叶和树叶说话，果子和果子密语。就在它们安静交谈的日子里，初冬来了。早晨一地寒霜，草叶上一层白。柿树的叶子也白了。那些厚重的刀状的叶片开始徐徐下落，没几天工夫，枝头的叶子全光了。霜打红了柿果儿的脸蛋，没有了叶子的遮挡，那些果子很快就全红了脸，裸在阳光下羞涩着。秋末冬初，山寒水廋，村子里一切都枯黄了。只有兽医门前的那些柿子树上，挂满了无数盏红灯笼。那些熟透了的柿蛋儿，招来了许多馋嘴的鸟儿，连麻雀都飞来了。它们在空中盘旋着，欢叫着庆祝收获季节的盛宴。兽医一家人都开始忙着扎天网，赶群鸟。村里人也都跑来帮忙，齐声喊着赶鸟。虽然也会有果子被鸟吃得大窟窿小洞的，但大部分还是好的。这种齐心合力赶鸟的日子会延续一些日子，直到柿果儿全摘下，村子里每家都得了一份，才算结束。那些日子真是村子里人心齐、干劲大，村风和睦的节日呀！

　　在金萍的村庄里，生长着那么多的树，有树的地方就有鸟，可爱的鸟们终于发现了一个好去处，它们再也不舍得离开了！

# 树上的鸟

村子里有许多鸟，小燕子在每家每户的梁上垒窝，小麻雀在屋檐下垒窝，村庄里是清一色的土屋，土坯打墙，茴草苫顶。房子都不高，一家接一家地排列在一起，静静地躺在蓝天下。

村子里家家户户都栽了各种各样的树，春天来了，嫩芽像一个个饱满的绿色逗号，井然有序地点满了枝干梢头。椿树总是稍晚些时候才醒春动身冒芽。农谚里常说，椿树窝纂，种棉花不晚。言下之意，椿树冒芽的时候，天已经很是暖和了。我家门口的椿树是十里八乡有名的椿树王，过了涡河向南，大老远的就能望见。七八岁的孩子都会唱："椿树高、椿树长，钞湖的椿树是大王。大王浑身结鸟窝，一个两个八十多。树下鸟屎三尺厚，架车子拉，粪箕子撮。"孩子们唱得没错，站在椿树下望不着树梢，树枝上一层一层地缀满了鸟窝，最大的是老鸹窝，村里称乌鸦叫老鸹。老鸹是一种乌黑的大鸟，羽毛就像乌黑的锦缎，嘴大而直，它们呼朋唤友，群居在我家门前高大的椿树上。按照周边村子里的说法，头顶有乌鸦叫不好，预示着不吉利。但我们村庄不这么认为，村里的老人们说，我们是山西老鸹巷移民过来的，老鸹是我们的先祖魂灵现身追随而来，我们有责任保护它们。所以椿树上才有上百只鸟窝平安存在，才有了无数只大小老鸹安居乐业。早晨它们扑打着翅膀，呼啦啦地飞出去觅食。傍晚又徐徐地飞回窝来。它们飞翔起来，犹如漫天黑风，迎着太阳，尾翼闪现出深蓝墨绿的光，高贵而神秘，那阵势壮观极了。有外村的孩子好多次想来掏鸟蛋，都被我们村的大人孩子齐心合力击退了。外村的孩子逃出村子就一齐大喊：乌鸦叫，晦气到！乌鸦嘴，倒霉腿！我们村的孩子就手拿弹弓，一气乱射，直到掏鸟蛋的孩子跑得无影无踪。

乌鸦家族在我们村繁衍生长，族群越来越大，树下的鸟屎落得真有几尺厚，村里人纷纷拿了去种菜种地养花，肥力真的很壮。后来，我家孩子多，经济越来越紧张，几次有游走于乡村的木头贩子想高价买走那棵缀满鸟窝的大椿树。出的价也很高了，可是我母亲坚决不同意，她说，砍了树，那些老鸹就没有家了。那可是我们先民的魂灵呢！实在没办法，母亲就断然决定：让我家老二、老三辍学在家干活了！日后，树上的那些鸟得以继续轰轰烈烈地群居繁衍生息，而我家的老二、老三在母亲再三掂量的取舍决定下，终生做了老老实实的种地人。

杏树是村庄里开花最早的树。杏树结的果子也很好吃，特别是那些麦黄杏。可是家里的大人不让孩子们多吃！他们说，杏子很难消化的。可是杏树开花很美，杏花一开，春天就来到了。

# 杏树

我们村的杏树是不多的。不知什么原因，村里人喜欢种桃，不怎么喜欢栽杏。"桃保人，杏伤人，李子树下埋死人"，这首孩童皆知的民谣或许就是其中的原因之一吧。

二婶家门口有棵杏树，年年花枝繁茂，年年硕果累累。要是别的果树，长到这般兴旺光景，定是要派人长眼看着了。可是，因为是棵杏树，尽管由它长去，青杏涩嘴，牙都不敢合啊！谁去动它呢！那些青涩的果子肆无忌惮地在枝叶间猛长。可怜的是再长它们也长不大。二婶说，天不怨地不怨，就怨品种不好！二叔说缺肥料，到了冬天松土的时刻，二叔给杏树上了鸡粪牛粪土杂肥，又上了人粪尿。春天来了，花开得更艳更猛，果子还是长不大，二叔气在心头，不再争辩了。满树的青杏疙瘩，任其自生自灭去。后来，村里娶的新媳妇，常来树下张望，望着望着，嘴角就流出了酸水。二婶看见了，就摘了一兜送过去。青杏还没吃完，新媳妇的肚子就见天长大。

二婶家的杏树不再寂寞得讨人厌了。不光我们村，连周围村子的小媳妇也常来树下张望。只要有人望着青杏子流口水，村子里就添人加口，并且还是个男的。酸儿辣女，大家都这么说。

二婶家的杏树越长越粗了。常常有人家来给它披红挂彩。披的红是线呢的花布，挂的彩可能是被面，或者是一挂百头、千头的鞭炮。那时的二叔，欢喜得满面红光，挺有成就感的。那棵杏树虽然依旧默默地立在二婶家门前，但却成了村里一个喜庆的标志。

杏花开的时候，春天已经到了。那时的村庄里，到处是一片暖融融的气象。虽然还是有小风轻轻地吹过来、吹过去，但那风已经不是很凌厉的模样了。拂在村人的脸上，就像孩子软绵绵的小手一样舒服。母亲说，这时候的风，应该称作"杨柳风"了。

# 杨柳风

"云破月来花弄影","吹面不含杨柳风"村庄里的人从我父亲那里知道了这些诗。

应该是有杨树有柳树的地方吹的风,才叫杨柳风吧!我常常这样想。

我的村庄是经常刮这种风的,因为村庄最多的树是杨树和柳树。一来杨树和柳树容易成活,特别是柳树,折一根柳枝,随便插哪儿,只要有土和水,一插就活。一活就抽芽吐丝,两三年间,便成气候;二来长得快。杨树栽下去,四五年就可以砍伐应急用;三是生机。一个庄子里只要遍栽杨柳,就有了蓊蓊郁郁的旺气。

春日近,春阳盛,杨柳堆烟,雨滴黄昏就是我那偏远村庄诗意的风景。

村中人家大都在宅基地的周边栽一排排杨树,那些杨树挺拔向上,杆直叶阔,就像哨兵守护家园。村中的柳树大多栽在绕村而流的溪水旁。那些柳树多是垂柳,柳絮如丝轻舞飞扬。春日长,柳丝更长,池塘生春草,园柳变鸣禽。那些欢快的鸟儿在柳丝与春水之间打着旋子。杨柳风中,柳丝长,春雨细,细雨鱼儿出,微风燕子斜。杨柳风吹过的日子是舒服的日子,惬意的日子。暖洋洋，懒洋洋，就是那些日子滋生的词。只是林花谢了春红，太匆匆。杨柳风过后，炎热的夏天就到了。

先别忙啊！在杨柳风轻抚村庄的时候，在杏花日渐凋残的时候，春天才算刚刚打开序幕，紧跟而来的还有那些千姿百媚的桃花呢！

# 桃条子

雨横风狂三月暮。掩黄昏,无计留春住。泪眼问花花不语,乱红飞过秋千去。杨柳堆烟,桃源望断无寻处。知道这几句词,是在我长大很久的时候。每次想到这些句子,就想到村庄里的那些铺天盖地的桃花。想到那些桃花,心中就生出一丝温柔,一丝怜爱,一丝惆怅,一丝忧伤。是啊,花开自有花落时,春回终将春又去。

花开得再好,还是要凋零的。

村庄里的人爱说,春风拉马登干路!意思是说,春天风大,拉马的工夫,本来潮湿的路就干了,可以上路了!

不光是春风,还有春雨呢!先是如牛毛花针,后又像千百万条银线,到最后就变成"风横雨狂"了。那些妖娆的花瓣怎经得起风雨的如此蹂躏,谁也没有办法留住它们了。空留下赤条条的桃枝们默默无语地仰望着春天里的斜阳。

金萍的村庄里的人从不说桃枝,他们说桃条子。可千万别小看了桃条子,这一截小桃棍在村子里的地位是很重要的:谁家孩子生病,不忙找医生,先去折桃条子,拿了在身上扑来扑去。村子里比较娇气的孩子走亲戚,串门儿,都要在身上插几根桃条子。还有的把桃木雕成小刀,锯齿形状,给孩子带在身上,作用就是避邪避灾驱妖魔鬼怪。不光是妇女孩童，就连那些男人们夜晚走黑路，还要拿根桃棍在身上壮胆呢！

桃花落尽，桃枝发出碧绿的叶子，正是春三月，草长莺飞万物复苏，天不冷不热，走亲戚的好时光，细菌繁殖的好季节，仿佛村庄里的孩子们生小毛病的也多了起来，走亲戚的也成群结队了。每年这时，就是桃树的一劫。门旁、路口、村道上，到处扔的都是桃条子。

等到花期全过，幼果登枝，桃树飘出大叶，人们就像约好了似的，不再折桃条子了。之后的桃树，才能够得风得雨欢天喜地地猛长。

桃条子长在桃树上。母亲说，桃条子是桃树的孩子，母亲不旺，孩子难活！那么，就让我们去看看那些母亲树吧！

# 桃树

春节刚刚过完，村子里的桃树就开花了。红桃灼灼，绿柳依依。我敢肯定说，桃花是乡村最美丽的花。它留给乡村孩子们的记忆，就像沉淀在心底的老照片。

我们村庄的桃树分为三种：大桃、毛桃、胡子癞。

毛桃就是一般的乡村桃树，挂果多，成活少，果子小，浑身长满毛茸茸的白毛，不好吃，爱生虫子。果子还没长成，黑褐色黏糊糊的虫屎就裹满了全身。

大桃是毛桃嫁接。小时候，见父亲削一根树枝，在一棵毛桃树枝上捆绑绳子，又是动刀，又是动剪，又是糊泥巴。来年春天，那捆绑的桃树枝竟泛绿抽芽，挺神气地活了！几年过去，小树长大，毛桃终于变成了大桃。

大桃果真不一样！先不说果子，就看那枝、那叶、那花吧！大桃的树枝不像毛桃那么干枯，油嫩水旺，鼓胀饱满，丰厚得可人。大桃的叶子油光滑亮，叶脉清晰，滋润的仿佛随时可以滴出水来。大桃的花颜色鲜艳，粉红浅白，红白相间，就像新媳妇盛妆的脸蛋，又像瓷做的雕塑，狐仙般的妖娆，走着闻着，忍不住想用手指头轻轻弹了去。那可不行啊，一伸指头，娇羞的花瓣颤抖不已，簌簌掉落，瞬间幻影般的红雨纷纷。大桃的果子体大味鲜，形状多样，有的像西红柿，有的像棉花朵，还有的长成大歪嘴。吃大桃就像吃瓜，咬一口嘎嘣脆，口舌生津。那些成熟的大桃，藏在碧绿的桃叶间，偶尔露出一星半点胭脂红，就如同电击一般晕人眼。

胡子癞是次一些的品种，我想它应该也算做桃类吧！大桃虽然好，但在村庄里数量不多，毕竟会嫁接的人有限。到处蓊蓊郁郁遍地生长的就是这些胡子癞。也难怪，胡子癞熟了，村子里的孩子随地吃，随地吐核子，无数的核子入土睡了一冬，第二年春天，遍地发芽，尽管砍柴的打草的三番五次连根掠掉，但是村前村后还是长满了挤挤挨挨的胡癞树。村庄的老人都说，树贱命大呀！胡子癞不生虫，果子颜色就像红高粱，喜开花，闹闹嚷嚷，花盛时蜜蜂打团儿飞。村里的孩子闹花海，被蜂子叮了多少次，大人不护短，反训道：你不闹花，蜂子怎么会叮你呢？

每到春天花期的时候，大桃、毛桃、胡子癞一起赶花趟儿，我们的村庄看不见别的，就是一片花的海洋。那时，我们的村庄就真的成了桃花盛开的村庄了。村庄边的大甲溪也变成桃花溪了。桃花随水去，有鱼花下嬉。常有村庄的女孩在溪边戏水、发呆，羊角辫上的蝴蝶结与水中的落红相互辉映，那情景，颇有几分诗意了。

春天里的村庄就是花的世界。你在村庄里走着，走着，身上就落满了花瓣，你不用拍打着去除那些花瓣，因为，还会不断有新的花瓣落在你的肩头、发梢、眉眼、颈项，甚至你的鞋面上。除了那些花瓣，还有香味呢，那香味是正宗的香味，没有一点杂质。那时，你就得小心翼翼了！因为，会有无数的小蜜蜂嗡嗡嗡地紧紧盯着你飞来飞去！也许它们正在心里犯着嘀咕：这棵开花的树，为什么会走动呢？

# 春天的花朵

在决定要写村庄的这些日子里，我的心中充满温文尔雅的宁静。那宁静是蓝天般的至纯广阔，草原般的碧绿无际。我不知能把我的生命初始的地方写成什么样？我有没有这个能力？但我靠的是我对故乡的一片真情和真诚。在我的心底，故乡和父母是无法分开的！想起父母就想起故乡，想起故乡就念念不忘父母！如今正值暮春三月，又见桃花开，更立斜阳外。我的村庄该是花开百媚生了吧！

其实，春天的时候，村庄里不光有桃花，各式各样的花多着呢！最先开的是杏花，桃花开杏花败，梨子花开清明来。春阳娇娇，桃花妖妖，说的是大晴天须红日桃花分外好看！看梨花则要等到雨天了，细雨似有若无，似花非花。梨花带雨，那是何等的妩媚娇羞，楚楚动人啊！在春天里开的花还有玉兰花、月季花、蔷薇花、蒲公英花。蒲公英花很有意思，金黄色的花盘开到最后，就变成毛茸茸的一把小伞，在风中飘呀飘，直飘到不知哪里去了。我母亲常说，那黄灿灿的蒲公英花有时很像女孩子的命运呢！玉兰花村子里种得少，仅有几棵，很金贵的样子。村庄最多的是月季，红红白白，颜色鲜艳，花姿多彩，到处都是。我母亲最爱种的是满天星，房前屋后，见地皮的地方就有满天星花。连到屋后上厕所，都必须在花丛中穿行。最大面积的花当数油菜花了！我们的村庄是种油菜的基地，油菜花开的时候那就是接天连日，从天边直到脚下全是黄金海啊！无数的蜜蜂和蝴蝶在花海里飞来飞去，忙得不亦乐乎，那是它们的快乐时光！

春天的花朵还多呢！麦眼珠子花、大鸽子花、绣球花、苹果花、海棠花，等等。红的、白的、黄的、紫的，五彩缤纷，春天就是花开的季节，春天就是为花而有的！

同样在春天里盛开的还有村庄里的女孩子，憋了一个冬天，终于脱去了累赘的棉衣，女孩子穿上了春天的衣裳，窝在屋里一个冬天，捂白了细嫩的皮肤，女孩子的脸粉嫩，红里透着白，白里透着红，仿佛一碰就浸出水来。那时候，若是女孩子走在村庄的花丛中，你就真得分不清哪是女孩哪是花了。在我的后文里，我会继续写写我的村子里的女孩。乡村女孩是开在乡村四季里的花朵。

# 鞋尖上的花

在我们的村子里，大多数女人都穿绣花鞋，只是绣的内容不一样而已！年纪大一点的女的，如婶子大娘妈妈奶奶们，鞋尖上绣的一定是细长梗尖花叶，飘弯曲的丝儿，花瓣多为深红或粉红，叶浓绿色，看上去有沉稳感，但是色彩透亮柔和，很舒服不俗气。年轻人喜欢绣大红大绿，张扬明快线条流畅。小孩子的花鞋就带有场景，故事化、性格化了。比如说绣个小老鼠上灯台，偷油吃下不来，就是一段场景。比如说绣个情郎看榴花，榴花红似火，何日榴结籽，情郎来娶我，这是一段场景。还有的绣个吹胡子瞪眼的老虎头，寄托了对孩子成龙成虎成大器的美好希冀，当然也有的人家是为了避邪。什么样的人家绣什么样的花，都是有讲究的。看看鞋尖上的花，明眼人心里就明白了这个家庭的家境及家风家训家教处是在什么样的。所以，那时只要一出门赶会逢集，碰人多的地方，大家都会低头朝鞋尖上望几眼，看看鞋尖上的花，就知道家里过得怎么样！那时，我的村庄还盛行相亲，媒人介绍好了，就要两头互看一下，相亲时很好玩，脸没看到，就朝脚上看！女方那天是认真准备的，那双花鞋是经过几位高手联合操作的。鞋尖上的花，那真叫插花描云，细到看不见的丝线，在鞋尖那并不宽敞的地方绽放出惟妙惟肖的灿烂花朵，就像活生生的花瓣和叶片，随风飘落而来，就在鞋尖上绚丽绽放、活色生香。

女孩子的花鞋都是自己绣的，先剪花样，然后把花样贴在鞋面上，再慢慢地照样子绣，但是手熟了之后就不用样子了。我母亲每次都是拿过来就绣，她的花样子在心里，每次绣的都不一样，每次都有出新，一次比一次漂亮逼真！我小的时候穿的花鞋是村子里最好看的，只要我一出门，总有许多女孩子追在后头看。乡下女孩子学得快，一个新花样出来不久，马上就流行开了。

乡下女孩子的鞋面大多是黑色的，黑色的鞋面配上红红绿绿的花朵枝叶，那真是人走到哪里，花飘到哪里！春三月的时候，更是晃眼。你想想，树上有花，空中飞花，地上开满了花，辫梢上的花，鞋尖上的花，还有女孩子身上的苏联大花布衫，哈！到处都是花的世界啦！

# 辫梢上的花

我的村庄的女孩子差不多都留辫子。女孩子的小辫子编起来特别有讲究,刚刚扎起来的生手,只会编简单的三股麻花辫。那些扎了几年小辫的就不一样了,一丝一缕细细编来,一直编到五股十股,甚至十六股。头发少的是两条细长的碎花小辫,头发多的则是又粗又黑的两根油光闪亮麻花大辫子。细长小碎花辫显得女孩格外小巧精致,粗黑油亮的麻花大辫子。则显得女孩端庄大方高贵华丽。并不是每个女孩一开始就会扎辫子,大多都是母亲手把手亲自教成。开始的时候找根布条扎上就成,等到女孩慢悠悠长成像模像样姑娘时,就逐渐知道如何打扮自己了!

乡村女孩的打扮大多花在辫梢上。那时,我的村庄经常有货郎摇着拨浪鼓来门口卖东西,都是一些零碎的小物件,女孩能用得着的就是发卡、毛头绳,等等。乡村女孩子手里没有钱,好在货郎叫大家拿东西换,每个人忙着翻箱倒柜,找出铁块子、绳头子、麻窝子、塑料布……换回发卡、毛头绳。毛头绳先是系在辫梢上的,折成几股系,最后系成一团毛茸茸的花,毛头绳就是现在的毛线,那时我们从没见过毛衣,只知道毛头绳可以扎小辫。那时货郎换的毛头绳颜色鲜艳,红绿蓝黄都有,真好看!我们村的女孩子,每人都有好几团,只要一过节,或者去赶集,都会把自己的箱底翻出来，拣最鲜美的往辫梢上系。那一团团的大红、紫红、鸡冠红、粉红、橘红、铁锈红、玫瑰红，真是鲜艳夺目，抢眼得很啊！

毛头绳兴起了一段时间后，村庄里突然又出现了"桂子"。什么叫桂子？就是丝绸裁成一条一条的，再留上犬牙交错的花边，就叫桂子。女孩子又开始钟情桂子了！

桂子价格比毛头绳要贵些，真难为了我们这些乡村女孩子，春花为了买桂子，偷着把家里的铁锹给卖了，被她大哥打了一顿。秋月更好笑，实在找不到东西换，竟把她爹的烟袋头拿去换了。乡村女孩子，爱美爱得不容易！不到几个月，每个女孩子都有自己的好几条桂子了！每个人心里乐滋滋的，半夜里笑醒的都有！那时乡间农闲时，经常唱大戏，乡村女孩子肯定是要去的。这时正是大家展示的好机会，谁也不会错过！台上咿咿呀呀地唱，台下的女孩子却在东张西望，不用说，心里都知道：在悄悄比桂子呢！

那些红红绿绿的桂子，寄托了多少乡下女孩子的美好梦想。那些五彩缤纷的桂子，像一只只天外飞来的蝴蝶，生动鲜活地驻足在乡村女孩子的辫梢上，尽管她们身穿粗布衣，尽管她们吃粗粮粗饭长大，但是，那些花朵一般的蝴蝶结却展示了她们天然朴实无华的美丽，那些辫梢上的花朵会永远开在乡村女孩的心上。

在金萍的村庄里，枣树是最受欢迎的。枣子也是大平原上年年都要收获、拿到集上买卖的商品之一。鲜枣甜脆、干枣能放，吃一个冬天没问题。

# 枣树与女孩

老屋的院门前，有一棵歪脖子枣树。之所以歪脖子，是因为有一年冬天，父亲砍枣树边的一棵臭椿，不小心碰断了枣树一根挺拔向上的枝干而造成的。断了一根主干，那营养仿佛全都攻在了另一根侧枝上，虽经大人用绳子勒了又勒，终究没扳过来，依旧长成了一棵歪脖子树。村里的孩子常常得意地骑在那裂缝森森的脖颈上，忘形地做出各种逗人发笑的鬼脸儿。

枣树知春，总在很晚的时候，其他的树们早都满头苍翠绿意浓浓了，枣树才大梦初醒般的有细芽冒出。

枣花开的时候，纷纷扬扬，细密碎小，就像新下了一场银白的小雪，闹闹嚷嚷地招蜂引蝶儿。村里的孩子们仿佛早就盼望着这一天的到来，成群结对地打从树下过。可是，有个杏眼圆脸的女孩儿，挺厉害地坐在树下守着，一刻也不曾离开过。

她不准一个大胆的野小子再骑到歪脖子树上.因为大人说过，这时候的枣花很金贵，晃动了枣树，枣花就会簌簌如落雨一般地掉在地上，那些枣花就是日后的枣子呢！

村子里的孩子们果真不敢乱动了，只好抬起头，馋馋地望着歪脖子树上那无数个闪闪发光的小太阳，直到把眼睛都望花了，花成一串串五彩缤纷的流星。

洁白的枣花纷扬着淡雅的清香，将古老的院子点缀成了一支温馨悠远的歌。女孩的母亲总是在这样的日子里，安宁而慈祥地坐在歪脖子树下纺线。黝黑发亮的老纺车，嗡嗡地转动着岁月的木翅，一圈又一圈地按主人的意图，赶着千年不变的老路。长长的棉线一如永不干涸的溪水，在母亲灵巧的指缝中涓涓流淌，纺线声和蜜蜂采蜜声嗡嗡地合为一体了。

阳光在枣树的枝叶间筛落，院子里那只憨态可掬的大黄猫，每每迈着绅士般的步伐走过来，慵懒地卧在母亲的衣襟边，呼呼地打起瞌睡。

微风沙沙地吹过，吹落了一层纷纷的银雨，枣花将大黄猫斑斓的身体覆盖了，枣花落在母亲乌黑的发髻上，母亲成了一位绝色花娘！

母亲身边那个扎羊角辫，穿花布衫的杏眼女孩笑傻了，咯咯的笑声如一串银铃，在老屋前飘洒，笑声把歪脖子树上两只相依相偎的红嘴鸟儿吓跑了。

古老的纺车转了一圈又一圈，细长的棉线，转成了一个个鹅蛋般大小的线穗。

就在那纺车声声里，枣花落光了。

枣花落光不久，就有羊屎蛋儿大小的青枣儿在枝叶间探头探脑。

几天不见，那些青粒儿一嘟噜一嘟噜的垂挂了。

这以后的日子，母亲不再纺线，母亲把那些洁白的线穗儿收藏在草编的篓子里，等到冬闲，再重新取出来浆晒，绕到线圈上分出经纬，然后才爬上高高的织机，织出枣花一样洁白的土布，缝制出枣花一样美丽的衣裳。

可是，眼下不行，眼下母亲要去大田里做活，正是农活就像筛子眼一样稠密的时候呢！

老屋前后的土地上，乡村开始了辛勤的耕耘，布谷鸟开始了声声啼唤，大地旋转着碧绿的衣裙，一望无际的田野里，到处都是生命亮丽的音符。

母亲整日整日在清新的泥土气息中忙碌，在庄稼野草的芬芳中奔波。

母亲在地里忙活的时光，是女孩最费力的时候，歪脖子枣树下一刻也离不开人，女孩就寸步不离地坐在枣树下守候，定定的，就像一座凝神的雕像。渴了喝口水，饿了啃块饼，困了，拿薄荷草揉揉太阳穴，闲淡了，就拿一扎泡好的麦草掐草帽辫，这一招是新学的，手艺很拙劣，歪歪扭扭一路斜。

一天两天，就在守候成熟的日子里，那手艺也练得令人刮目相看了。

草帽辫掐完了，枣子还青着，女孩就纳鞋垫，直纳出一摞厚厚的乡韵来。

村子里的孩子们不停地从枣树下走过，三三两两地瞪着焦灼的眼睛望天，仿佛一个个希冀的眼神，就能把那一树的青涩望得红熟，透亮，坚实滚圆。等呀等，盼呀盼，一天也不漏过，好像是一天的疏忽，就会错过了枣儿成熟的日子。

打枣的日子就在无尽的期盼中来临了！

枣子成熟的季节是女孩的盛典。

一声清脆的呼唤，引来各家孩子们的欢笑。

一根长长的葵花杆，搅动了满树的玲珑，在孩子们身上溅起了丰收的金雨。

成熟的秋天里，歪脖子枣树下，千万颗小太阳映照着村人们纯净透明的脸，守望的女孩终于被收获的喜悦陶醉了。

美好与众人分享，咯咯的笑声中，等待的焦渴，守候的疲惫，全都不翼而飞了。

欣喜浸透了老屋，也浸润了老屋前的歪脖子枣树。

歪脖子枣树已经很老了，枣树下母亲的纺车也早已不转了，可是，枣树下那个守候成熟的女孩呢？给一根长长的葵花杆，她还能够咯咯地笑着，搅动一树红红的期待吗？

村庄里不只有果树，还有材质很好的槐豆树，还有一个因槐豆树而引起的女孩的故事。

# 紫胭与槐豆树

在我的村庄，有两种槐树。一种是开着白色一嘟噜一嘟噜羊角花，浑身长满尖尖刺的槐树，一种是不长刺，开着浅绿包着白花的槐树。

女孩子紫胭家就有一棵不长刺的槐树。这种树开过花后，会结出很饱满的槐豆，因此，村子里的人都叫它槐豆树！

紫胭，很好听的名字。喜欢唱小曲，干活累了就坐在田头溪畔捏着脚脖儿唱小白菜，叶儿黄。

那时，故乡有许多茼草地。秋天一到，铺天盖地的茼草秸秆黄亮，花絮飞扬。就是在那收割茼草的日子里，紫胭和邻村的男孩黑九好上了。

偷偷摸摸地赶了几回集，黑九给紫胭买了红绿两条桂子，就是扎辫子用的绸子。

紫胭的头发还短，派不上用场，那两条桂子一直藏在席底下。

第二年春天，茼草芽钻出地皮，开始泛绿，家里听到了信影儿，说什么也不同意，原因就是黑九兄弟太多了！

要想同意，除非给织一挂大网。

紫胭的大哥喜欢撒网捕鱼，门前屋后到处横里竖里都是沟渠，一到夏天，男人背网，孩子提篓，隔三差五，总有一番收获的喜悦。黑九果真是买不起一挂大网的。事情就搁浅了。

紫胭不死心。

夏天到了,门前的大槐豆树苍翠葱茏,先扬花,后结荚,满树累累的样子。

紫胭每天就不停地爬上树去摘槐米,摘下槐米晾干拿到集上卖。供销社大量收购。

卖槐米的钱果真够买网绳了。

紫胭心头的疙瘩解开了。

一个日头很好的中午,紫胭最后一次爬上槐豆树,这次是摘槐豆荚。

娘给紫胭做了件白粗布小褂,需用槐豆荚煮过的水染成松黄绿才好看。

紫胭爬到了一根细长的枝条上,正伸手去摘扬在半空的豆荚,突然一阵旋风,细长的枝杆断了,紫胭随着枝杆落了下来。

紫胭是匍匐着吻地的。

大哥将她翻过身来,见她满脸盛开成一朵鲜红的花。

午后,黑九送来一张大网,猪血煮过的,网坠纯铅,很沉,网纲乌黑油亮。大哥二话没说,就将那张网罩在了紫胭身上。

还有那件没来及染绿的粗布小褂。

多少年过去后,大槐树还在,只是比以前更老了,它是历史活着的证人,它真的知道乡村孩子的一切。

人世间的事情就是这样,好与坏并行,吉与凶同在。一帆风顺只能是人们生活中的美好期待和祝愿。紫胭的伤心事咱就别再提了,还是带着大家去看看村庄里的开心事——剃龙头吧!

# 二月二的事

二月二有什么呢？你也许会疑惑地问。可是在我们乡间，二月二却是个重要的日子！这一天的重大事情必须有家庭主要人员和亲朋好友的参与才行。这个重大事情就是"剃龙头"。本来，二月二是传统节日，叫作"龙抬头"，听大人说就是要打雷下雨，开始雷声隆隆电光闪闪、春雨遍地流了。寒冷了一个冬天，沉闷了一个冬天，冰冻了一个冬天，终于可以脱下冬装，轻舞飞扬，喜迎那贵如油的浸润万物的春雨了。虽然二月二年年都有，但是村庄里的人还是年年都忙活。迎接龙抬头的这一天也是有仪式的，最常见的一件事就是：驱虫！在我们乡间，驱虫的仪式很好玩，大多由母亲们端一盆或拎一筐灶间的草木灰，沿墙根撒一遍，边撒边咕叨着些什么，一直把住家的外墙根鼓鼓地撒出一道灰围墙来。据大人们说，龙抬头就是冷天过去了。冷天过去，热天就到了。热天一到，凡世间的百虫开始活动起来，撒这些草木灰就可抵挡虫子对人的伤害。可笑的是所有的母亲都说，虫子也是命，撒灰并不是想致它们于死地，只是想吓吓它们而已。所以，在撒灰人的前边，往往让几个孩子敲着碗盆小勺子，叮叮当当一路鸣响，算是提前预警告示打个招呼吧！

一村的人家都在做同样的事，锅碗瓢盆小铲子齐声敲起来，满村的响动，满村的喧闹，真好像是一场宣战。在我童年的记忆里，这是村庄里最齐心协力的事情之一。

"驱虫"仪式结束了，"剃龙头"就在各家开始了。

在我们乡村，对龙的崇拜是很神圣的，龙就是至高无上和威严的化身。但是重男轻女还是很普遍的。女孩子留长发梳辫子，即使剪发，也是由母亲用剪刀剪剪了事，绝不可能请人来剪。男孩就不同了，男孩剃头动静很大。乡村给男孩剃头是有讲究的，特别是春节两边。要么春节前剃，要么节后出了正月后再剃。正月里是不准剃头的，因为祖上有传：正月里不准动刀动剪等凶器！最好的日子是二月二，因为二月二是龙抬头的日子。所以这一天剃头的孩子叫"剃龙头"。村民们把对龙的崇拜和对孩子的希冀融为一体了。

剃龙头和平时剃头是不一样的，首先要给剃头的代尚，也就是理发师傅，缝一条荡刀布，还必须是红色的，象征着大红大喜大福大贵。要给孩子做新衣服，要摆酒宴请亲邻共庆。剃龙头这一天，孩子就是小皇帝，穿大红衣服，吃果子，喝红糖茶，被家人邻居簇拥着，很金贵，很开心，很得意的样子。不过龙头剃完了，二月二过去，一切又复归原样，生活还是那样的平淡着，天热天又凉，草青草又黄。

"春雨惊春清谷天，夏满芒夏暑相连，秋暑露秋寒霜降，冬雪雪冬小大寒。"奶奶教我这首节气歌的时候，我刚刚掉牙，一个"春"字憋了许久，就是发不出来。等讲到春分的时候，可就更难了，一个"分"字，把我的眼泪都憋出来了。因此，我对"春分"二字，记忆特别深刻。

# 春分这一天

春分到了,天气很暖和。突兀而来的寒流看样子要结束了,心中一下子有了暖洋洋的感觉。在很小的时候,我和我的弟妹们根本听不懂什么是春分,就去问母亲,我记得母亲就说一句话,我们立刻听懂了。母亲说,就是白天黑夜一样长!因为早先的时候,母亲曾经说过冬天夜长白天短,夏天夜短白天长。春分这天平均了,白天黑夜一样长!

春分麦起身,一刻值千金。从今天起,小麦就该呼呼向上猛长了!目极千里伤春心,东风泪眼故园情。离恨天涯远,无奈唱阳关!燕子来了,黄昏来了,可是哪里去找母亲的庭院?母亲的庭院虽小,但是满院绿树红花,剪春裁秋,那是我们乡下孩子诗意的栖居。那是我们乡村儿女精神的港湾。哭了,累了,笑了,醉了,闹了……我们从不害怕,因为我们还有家可回!在我们乡村孩子的心里,无论走到哪里,最后的目的,还是要回家!落叶归根一词也许就是这样产生的吧?几年前,我写过一篇散文叫《回家》,那是我从云南回来写的,我归心似箭,但是我是幸福的急切,我的渴望,我的急不可耐都是有结果的。今天,我依然是望眼欲穿,可是我哪里去寻母亲的庭院?那个小窗有声含晚籁,绿树无语立斜阳的小院!那个红椒玉米五彩色,几只鸭鹅向天歌的温馨庭院!

　　我不能说那时物资有多丰富，我不能说那时生活有多宽裕，但是，我们乡村的孩子却在那样的庭院里活得安心安稳安静。今天，我们的生活发生了变化，然而今天栖居在天地之间的我们却活得并无诗意。我们焦躁不安，我们的心灵无家可归! 当我们在键盘上回忆我们曾经的家园时，从容淡定中该是怎样的不舍和眷恋? 这种感觉只可意会，不可言传。

　　我们从心底回忆我们曾经的故乡，回忆我们远去的亲人，回忆我们恬静的生活。今天，我在这个安静不眠的夜晚写下这些文字，就是想给漂泊的自己找一个安放心灵的地方，仅此而已。

　　村庄里的仪式有很多，剃胎毛和换牙就算得上两个。

# 胎毛及换牙

在我们乡村,男孩是很受家庭欢迎的。谁家生了男孩,母亲的地位立刻不一样!在男孩百日的时候一般都要剃毛头。剃毛头是很隆重的,先不说要给代尚缝两条花红的荡刀布,要给代尚一定的礼钱,更重要的是要请客、办酒席,并且不能办得差,办差了要挨骂!因为剃胎毛只有男孩才有,女孩是没有资格的。

剃胎毛那天不仅是请客办酒席,还要定响班,乡村的响班虽说规模不大,但是也是很招摇的!吹鼓手腮帮子累得通红,若是再有个唱角,那就是热闹得翻天覆地了!乡村的唱角不简单,见啥唱啥,遇啥说啥,一点都不打顿。唱到开心处,全场都笑得弯了腰!乡村的村民很容易满足,笑一笑开开心就是他们的幸福了。

满月的男孩头发软软的绒黄的,用代尚的话说,是比较难剃的。

在代尚的大手扶助下,婴孩那柔软的胎毛终于小心翼翼地落在了一个小巧的铜盘里。落下来的胎毛是不能乱扔的!必须由孩子的父亲亲自扔到屋顶上去,只有扔到屋顶上才吉利,那样才象征着步步高升,前途万里!

扔到屋顶上的不仅有胎毛,还有牙齿。在乡间,小孩子换牙的时候,落下来的牙齿也要扔到屋顶上去。这一点好像不分男女，因为我小的时候，换下时牙齿也是扔到屋顶上的。

故乡的草屋屋顶留下了乡村孩子太多的初始，不知这些今日还有没有？但是走千里万里，那些扔在屋顶的记忆却越来越清晰！

村庄里走出来的孩子，都对小燕子记忆深刻。因为乡村的日子差不多都和小燕子连在了一起。

# 小燕子

小燕子是我们村庄的贵客。其实，严格说来，小燕子应该是我们村民家中的一员。因为它和我们共同生活得太久太久。

大雁来了哭啼啼，小燕来了笑咪咪。两种表情代表两个季节。大雁来的时候天寒地冻，想当然哭哭啼啼。小燕子来的时候春暖花开，当然是笑逐颜开了。

那时我的村庄还是清一色的泥土墙、茴草顶的土屋。小燕子最喜欢在土屋的梁上垒窝。一口一口地衔泥，一根一根地叼柴，有时是几只燕子一起忙活。它们团结合作，它们锲而不舍，因为它们知道，它们在建设自己的家园。看小燕子垒窝很有意思，当垒到一半时，经常见它们叽叽喳喳地讨论，我想，那一定是家主在征求成员的意见，到底垒成什么样的形式？等到没有喧嚷了，那就是意见统一了，意见统一后，进度就明显快了，成窝的日期就在眼前了。

小燕子终于在一家家的屋梁上安家了。面对新来的小生灵，家家都掩饰不住内心的欢喜，因为在我们村庄有一种说法，小燕子来家里垒窝是吉利，是喜庆，不来还不好呢！说明你家的风水有问题！所以，小燕子是我们乡村最受欢迎的。

绿杨烟外晓寒轻，红杏枝头春意闹。双燕飞来，陌上相逢否？春水绿，春草青，春花开，春阳暖，春雨勤，春耕忙。小燕子生来就是阅尽人间春色的。

我母亲是最爱小燕子的，她每年都要扎好几个席笆子，专门给小燕子吊在窝下。这样小燕子从窝里撒下来的东西就会落在席笆上，不光是为了卫生，更重要的是，能从小燕子的粪便上看出小燕子的健康状况。缺水啦、发热啦，等等。我母亲还经常在席笆子上放一小壶水或者小米之类的东西。我们家的燕子年年归来，从不更改。每年小燕子回来的日子，我母亲都格外开心高兴，又是撒小米，又是扫屋梁。哪里是小燕子归来啊？分明就是孩子回来呢！小燕子在屋梁上亲昵地依偎着，彼此传情相望，我母亲就会喃喃自语：看人家多好啊，人有时还不如人家呢！后来，再后来，泥土屋推倒了，换砖瓦屋、换平楼、换防盗门。不知是小燕子找不到归路了，还是其他什么原因，先是梁空落燕泥，后来燕子双飞去，山长水阔知何处？

想那些小燕子如果还健在，应是壮年了吧！晓来雨过，一池萍碎，小燕子，还记得那个给你们喂水的母亲吗？

那时候，乡村特别爱下雨，一下起来就没完没了。那些男孩子喜欢下雨，可以打水仗，可以去沟里摸鱼，可以穿着蓑衣去湖里遛遛玩玩，看看庄稼。可是，女孩子们只有窝在家里，哪儿也去不成！那时，一下雨就连阴天，一阴起来，就三五天甚至十几天不开眼。地里的活计做不成、家里的衣服不能洗、捂得酱豆子不能晒、淘的粮食就快出芽了，你说该怎么办？村庄里的妇女们就是不简单！她们发明了一种好办法："扫天婆"扫天！

# 扫天婆

小时候，村里的大人告诉我们：远古的时候，天和地刚刚分开，世界一片混沌。月亮出来了，才有了亮光。月亮高悬在天上，孤零零的，很寂寞，她就请来了星星。星星来了，满天亮晶晶的，很热闹。可是，只有天上热闹，大地还是一片死寂和清冷。月亮又去请太阳，太阳也兴冲冲地来了！太阳一来，红彤彤，暖洋洋，大地一片光明。草长莺飞，树木葱茏，百花盛开，虫鱼鸟兽，竞相奔走。天开地朗，世间立刻变得朝气蓬勃。人是最后来到这个世间的，人是来享用这个世间的。

人来到这个世上，要生儿育女，要耕种庄稼，要终生和大自然打交道。长辈们叹息着说：人是无法战胜自然的，人只有顺应自然！村庄里的人祖祖辈辈想了很多办法，试图顺应大自然。有的管用，有的作用不明显，只能算安慰了内心。扫天婆就是其中之一。

春风化雨，一下起来，没完没了。春雨贵如油，这是老幼皆知的农谚，但是雨多了也挺烦心的。不能春耕，也不能播种，就连脱了棉衣想到野地里耍一耍的孩子们也被封在了屋里出不去。村里人想太阳眼都望穿了，天空依然是水茫茫的一片。

种子要入土，花儿要开放，孩子们要放风筝，不能等啊，村庄里的母亲们开始行动了！扎扫天婆！

在我记事时就有扫天婆。我母亲说，她是跟她外婆学扎的。可见在我们大平原上扎扫天婆已是很久远的风俗习惯了。雨淅淅沥沥下个不停，各家的屋檐下挂起了高粱杆扎的小人儿。那些小人儿都是寸长的高粱秸剥去篾，然后再把篾折成一截一截，分别当作胳膊腿状安在剥去篾的瓤子上，就成了人形模样。讲究的人家，会给小人儿穿上布缝的衣裳，甚至戴上头巾，不讲究的干脆光着就插到了屋檐下。每家屋檐下的扫天婆手里都拿着一根篾编的扫把，在风中摇摆着，扫呀扫呀，白天黑夜不停息。

终于有一天，天放晴了，大人孩子们一齐欢呼：扫天婆啊！终于把天扫晴啦！

村庄里有流动的理发师。可是村里人从不称他为理发师，而是叫他"代尚"。庙里有和尚，村庄里有代尚。这也算是大平原里村庄的奇特之一吧！

# 代尚

在我们乡下，有世代相传为乡民理发的家庭。这样的家庭里，男性养家糊口的本事就是靠给四乡八村的乡亲们理发。让我弄不明白的是乡村理发员不叫理发师，也不叫剃头的，却叫"代尚"，"代尚"二字是我根据音译的，并不代表具体意思。庙里有和尚，村庄有代尚，这或许就是我们乡村的特色吧！

我们村庄常来的"代尚"叫卢小胖子。在我童年的记忆里，他已经很老了，他的相貌就像小画书里的黑旋风李逵，黑色衣服、黑老布鞋，腰间系一条黑色的又大又粗的粗布腰带。长一脸闹哄哄的络腮胡，样子很有些怪怪的。他差不多每月来两次，他每次来都是从村庄西南部走来。他总是在中午饭后来。那时，太阳暖洋洋的，小风微微地吹，村子里的人吃过饭，正在各家门前闲聊呢！村民们大声地打着招呼，然后就稀稀落落地挨过来，谁先谁后都无所谓，村子里的人从不着急。代尚也不着急，慢悠悠地打开工具包，拿出剪子、推子、剃刀，还有挖耳勺，等等，到最后才把荡刀布拿出来系在一棵细小的树枝上。

一把椅子或者一个凳子、一盆水，这就算开工了。乡村"代尚"都是自备毛巾，那毛巾从来分不清颜色。热天都在大树下，冷天常在牛屋里。乡间理发很简单，大多剃光为止，村民都叫葫芦头。也有年轻的爱漂亮，就剃个分头。那时只有三七开，很少有中分。

乡村代尚的荡刀布很有讲究，一般都是黑的多，如果出现了红花的，或者鲜艳夺目的，那一定是有了情况。乡村的情况一般都与女性有关，在单调的乡村生活里，这种情况常常让人眼前一亮，那个"代尚"也会因"情况"而突然极受村民欢迎。村民会在无数次的追问中享受生活中的乐趣。这样的问答不会使代尚尴尬，更不会使代尚生气，相反，大家都很开心！如果，一个乡间的代尚能有几条色彩鲜艳夺目的荡刀布，那绝对是极受人羡慕的。那就说明：这位代尚何等了得！旧社会，代尚和戏子的地位几乎差不多，都是被人看不起的，被人鄙视的，但是在我幼年的记忆里，代尚真是给我们乡村的孩子们带来了很多的欢乐！

因为，就是再忙，卢小胖子一来，村子的人就全都聚集一起来了。开心地打招呼、说笑话，和谐得好像一家人。

金萍的村庄里，每家都有一个菜园子，小小的，种出的菜，只够一家人自己消费。

# 菜园子

村子里家家都有菜园子，有的大些，有的小些。有的品种多些，有的品种少些。像我家的菜园子，就只种些常规菜。比如韭菜、茄子、辣椒、西红柿之类的大路菜。我家的韭菜长得青绿可人，我母亲常常积攒草木灰上在韭菜地里。春雨飘洒过后，韭菜钻出嫩黄的芽尖，三两个太阳，黄芽变成了绿叶，再过几天，那嫩绿的叶子丰厚肥大，我母亲就拿一把小镰刀，紧贴地皮小心翼翼地割一小把，回家后掺馓子剁成馅，包成香喷喷的饺子，那味道美极了！所以童谣中才唱道：三月想吃头刀韭，四月想吃青菜棵。

菜园子有时也种青菜，但是在地里的时间很短，飘大叶就拔吃了。辣椒、西红柿是天天要吃的，到了秋天，还要腌制一些咸辣子，留着过冬吃。我们村菜园子种得最好的是友仁家，他们家有人手，弟兄多，菜地边靠近溪水的地方，挖的有水口，每天弟兄几人扯着水桶浇园子，菜地里一年四季碧绿葱茏，赤橙黄绿青蓝紫，丰富多彩。吃不完的菜，他们会挑到集上卖，一季下来，赚的钱很有些，他们家的日子在村子里相对宽裕。村子里都是茅屋的时候，他们家盖起了砖屋，村里人想盖砖屋时，他们家就在谋划盖平楼了。村子里从他们家的日子得出了理论：不可小瞧菜园子！

村庄里并没有菜农，都是种田人，春种夏长秋收冬藏，全靠庄稼粮食过活。可是两兄弟不一样！

# 菜农

村庄里种的几乎都是庄稼，麦、豆、高粱、玉米、红薯，最多偶尔种很小一块棉花。没有种其他品种，大田块，主要是麦豆红薯，便于管理。村里专门种菜的几乎没有，每当春天的时候，门前屋后，种瓜种豆。家家都从旧箩筐里、小纸包里搜出去年存下来的种子，在房前屋后点几棵扁豆、南瓜、豆角之类的。以后的日子里，农活像筛子眼一样多，那些扔进土里的种子常常疏于管理，大人们都忙着干地里活去了。那些出土的小苗，黄皮干瘦地在角落里默默地撑着日子，饥渴难耐，不久就变成一根干枯的小棒棒。一年到头，村里人很少有蔬菜吃，要吃就得到远离村庄几里路的黄龙集上去买。

也有和村里人家不一样的。那就是有水弟兄俩。老大叫有水，老二叫有溪。俩人从小没爹妈，靠全村人你一瓢面，我一碗稀饭帮衬着长大。两个孩子心灵手巧，干活儿不惜力，出工不偷懒，过日子是好手，种庄稼是巧手。种菜几年又变成了老手。门前屋后，沟沿路边，都是他们种菜的地方。他们种的菜地有长条的沟沿坂，也有锅盖大的坟场边。因为他们没爹妈，就像村里公养的孩子，也没有人说三道四，就任着那些菜们青枝绿叶地生长着。小青菜、毛白菜、水芹菜、大白菜，还有满沟沿的黄花菜，

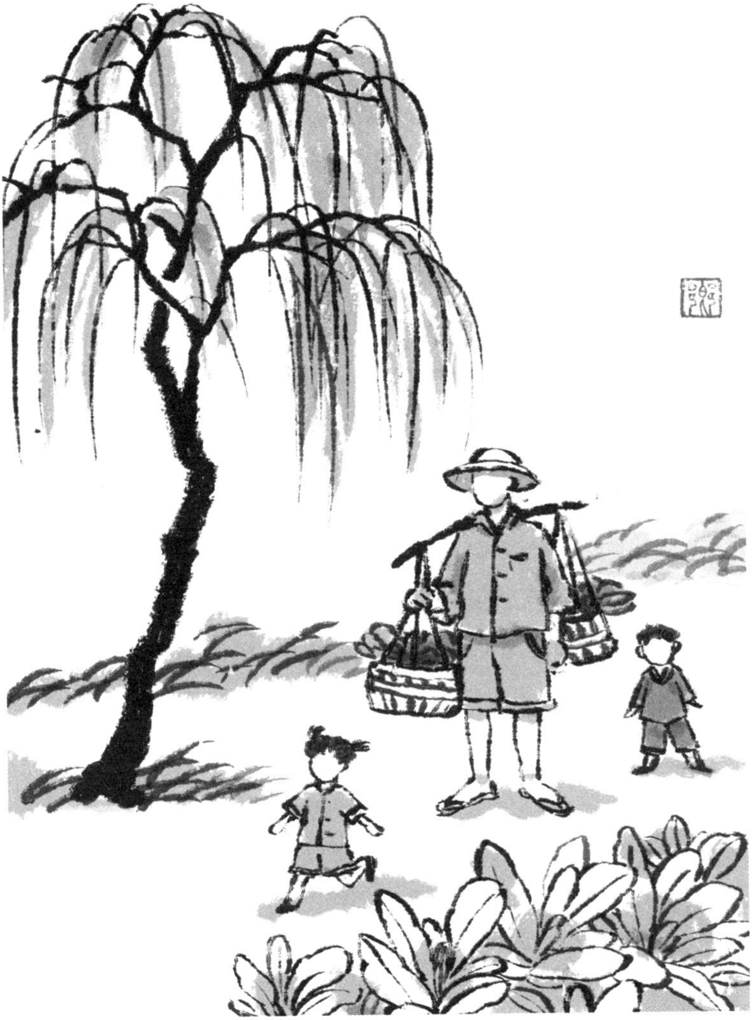

扁豆、茶豆、四季豆，还有满坟场里顶着白花的大青豆。弟兄俩靠卖菜盖起了茅屋，娶了媳妇。慢慢地活出个人样来了。收菜的时候，有水有溪到黄龙集去卖菜之前，总是挨家挨户送一遍。有谁家没有人在，就把菜放在门墩上。卖菜要起大早，时常各家醒来一开门就发现门墩上放着一把水灵灵的青菜，或者一把豆角、韭菜。村里人记着有水有溪弟兄两人的好，每到收菜时，总会有许多孩子跑来帮忙，比如摘黄花菜，比如爬到树上摘扁豆和豆角。还有那村南村北坟场里的大青豆，都是四邻的孩子一起奔跑着寻找收回来的呢！村里人都喊有水有溪叫"菜农"，村里人用乡情喂养了"菜农"，"菜农"用劳动和汗水回报了乡亲。那些青枝绿叶的蔬菜不仅丰富了村人的饭桌，也点缀了遥远村庄的风景。那些蔬菜成熟的收获季节也成了从乡村走出来的孩子永远难忘的温馨回忆。

前面的文章里，金萍给你写到了二月二要撒清灰灭虫子的事。其实，村庄里就是有许多的虫子。别害怕，跟我一起去认识一下吧！

# 村庄里的虫子

乡村的虫子是多种多样的。许多乡村的孩子认识虫子的模样,却叫不出虫子的名字。

## 花大姐

我小的时候最早知道的虫子就是花大姐。鞘翅红色或橙黄色,背呈半个水瓢状,上面有七个黑斑点,所以学名叫七星瓢虫。因为身着漂亮的外壳,所以村里人都叫它"花大姐"。花大姐头黑色,复眼黑色,成虫过冬,第二年四月出蛰。母亲告诉我们,花大姐是益虫,专吃麦蚜虫、棉蚜虫、槐蚜虫、桃蚜虫等。那时候,农村还没有大面积使用农药,花大姐就代替了农药的角色。这小生灵还特有心计,知道保护自己,每当遇到强敌,就立刻装死,从树上掉到地下,把三对细脚缩到肚子底下,躺在那儿一动不动,蒙混过关瞒过敌人而求生。我们常常聚在一起静观那美丽的小生灵,但是谁也不去动它,因为它不光是美丽,更重要的是,它在近八十天的寿命中,可以吃掉上万头蚜虫,厉害吧!

## 吊死鬼子

这是一种软乎乎肉乎乎的小青虫,翠绿的颜色,常常在树枝上蠕动。初夏的时候,小青虫就出来了,在树叶间一弓一弓地寻食。天渐渐变热,小青虫便开始悠哉悠哉地吐丝。一阵小风吹过,小青虫便顺着丝吊了下来,那细得用肉眼几乎看不见的丝在空中飘来荡去,不见丝,只见虫。孩子们常常惊呼:看啊!那只会飞的虫子!夏日午后,大人孩子都在树下乘凉,一睁眼就看到三五只小青虫在漫不经心地打秋千,样子很危险,却不会掉下来!

## 土鳖子

在墙角里,在屋子犄角处,在门槛底下碎土中,有一种叫"土鳖子"的虫子(我不敢断定是不是虫类),这种虫子有大拇指大小,土灰色,圆圆的,爬行极快。扒开土灰,就见一簇簇的土鳖子纷纷四处逃窜。当时的乡村集市黄龙集供销社收购这种虫子,说是有药物作用。该它们倒霉了吧!家家都在捉拿它们。听大人讲,土鳖子可以消炎。那时,村庄的孩子们爱长"蛤蟆瘟",家长常拿土鳖子捣碎了,然后糊在孩子腮帮子上,管不管用我记不清了,总之,那些毫无抵抗能力的虫子算是倒霉了!

## 豆虫

可能是因为这种虫子常在豆叶间活动,所以大家称它为豆虫。豆虫肥大,个大不咬人,吃庄稼。有青色和黄褐色,会随着庄稼的颜色而改变自己的颜色。

有一年村庄突发大豆虫灾，非常可怕！一夜之间，那些虫子不知从何而来，铺天盖地，所到之处，青草、豆苗、红芋秧，所有发青的东西，全部风扫残云般的一扫而光！碧绿的田野仿佛被脱光了衣裳。早起的村民吓直了眼睛，四处一看：树上、田里、水里、院落，墙里墙外，都满满当当地爬满了虫子。就连村里的水井都漂了一层！虫子在村子里待了一天一夜，那些可怜的树们全都变成了光棍！

村里的人都惊呼"神虫"，大人孩子慌忙敲锣打鼓，燃放鞭炮，点起香烛，磕头跪拜，直到夜色来临，那些虫子才滚滚向南而去。这次虫子事件留给村庄孩子的记忆是深刻的。这也是日后我一见到虫子就发怵的根本原由。

村庄生长着许许多多的野菜，村庄里的孩子就是吃着这些野菜长大的。

# 村庄的野菜

在我的村庄有许多许多的野菜,多到连老人也说不清楚名儿。在我的记忆里,印象最深的是荠菜。记得上个世纪看到女作家张洁写的挖荠菜,我很新奇:她也知道荠菜?

乡村二月最早探头来到人间的野菜,就是荠菜了。锯齿形的叶,也有光滑的叶,开小白花,有好闻的清香味儿。那时,乡下的孩子爱唱儿歌,其中有一首就是唱菜的:正月想吃黄豆芽,二月想吃青菜棵,三月想吃头刀韭,四月想吃嫩窝苣,五月想吃双芽儿,六月想吃苋菜包,七月想吃南瓜头,八月想吃老菱角,九月想吃头节藕,十月蘸酱就大馍,十一月腌好雪里蕻,腊月腊菜细细嚼。这样的儿歌记述了一代又一代乡间的习俗,是乡民们日常生活的念想,是心目中的需求。野菜是土地的恩赐,代代传唱的儿歌是对土地的赞美与颂扬,是对土地的感恩与承情!也是村庄自生自长的宣言与展示!一代一代的乡人,与土地共命运,与自然共依存,人伺弄了土地,土地养育了人,千重要万重要,土地才是乡亲们的命根子。那些看来微不足道的野菜就是从土地里长出来的,人活一世,菜长一春,只是时间长短而已,人和菜其实都是土地的孩子。

二月想吃青菜棵,其实就是指荠菜。我的村庄都叫香荠菜。

有着淡淡的清香。可包饺子，可包馍，可清炒。荠菜开花后就老了，生命期很短。没关系，田边地头的野菜随着春天的脚步，纷纷而来！芙儿苗、面条菜、灰灰菜、不楞古子、鹅棱菜、拉拉藤、刺刺芽、土见头、麦眼珠子、禾蟆头棵子、独草、马齿苋、苋菜、双芽儿、野小蒜……许许多多叫不上名的野菜多不胜数，喜盈盈地见天往上长。特别是苋菜和独草，长得最旺！苋菜分白苋菜红苋菜和毛苋菜，毛苋菜一般不吃，毛哄哄的涩嘴，白苋菜和红苋菜比较受欢迎，那红苋菜往锅里一丢，立刻染红一锅汤，大人会说，红苋菜含铁，多吃啊，小孩吃了长个子！

名子叫独草的并不是草，细长的叶子很规律地长，老了可以扎扫把。马齿苋也不是给马吃的。乡村野菜名字很怪，不知什么来由，从我记事就这么叫着。我小的时候，正是村庄最困难时期，和野菜打交道多，常常一口气能报出上百种野菜名来。母亲夸我嘴壮，是个靠野菜能养活的孩子。

在我眼里心中，村庄的野菜就是我儿时的玩伴和朋友，我把它们记在心里。想起它们，就会想起土地。想起土地，就会想起回归土地的父母双亲，以及村庄里离去的老人。

村庄里依然会生长着和我儿时一样的野菜，生长着和我儿时一样的孩子，一代一代，生生不息。只是不知道，现在的孩子还会不会唱野菜的歌谣？还能不能报出野菜的名字？那些野菜们是不是还在老地方寂寞地生长？

写我的村庄，一定少不了我的家族。写我的家族，首先要写的是家族的女人！家族的女人很多，我想，还是先从长辈老年人来吧！

# 家族里的女人

## 1. 太太

太太是母亲的姑奶奶。小脚、瘦个,袖珍而古典。太太常提的话题是"开脸",旧时做新娘的一种仪式。细线,白粉,由经验老道的女人手牙并用,哧哧绞动,片刻将额间鬓角茸毛绞光。刺疼和欣喜尚未消尽,太太的"外头人"忽得急症暴逝。太太孤身新寡,三次割腕未遂,娘家人奋力救回。太太定居娘家,外婆还没过门。外婆九十大寿,太太依然健在。那天,太太拿捻线的铜陀螺,连击自己朽得发乌的寿材,殷殷叮嘱:看远哪!百年之后千万送我回去和那死鬼合葬,小辈们不亲了,这事你得盯着!外婆嘴上应:好好好!这心思都被你揣出霉了。心里却说,那地方鬼子的炮弹轰过,八路军的地雷炸过,修过高炉,扒过大沟,前两年铺上铁轨又跑起了火车,别说是坟,怕是魂也找不到了!小辈们也愁:太太真要仙逝,怎么立碑?太太一生没名儿!

## 2. 外婆

外婆姓高，乡集上大户人家的靓女。十八岁因家人吸白面而家道中落，屈就嫁了胆小怕事的外公。迎娶佳期，外公踮脚尖掀掉红头盖，滋润得两眼发直了半日。洞房花烛夜，外公说：啥都好，就是脚大！外婆叹：赶牛爬坡，少不了大脚！

大脚损了外婆，大脚也救了外婆。跑鬼子时外婆扶老背幼，牵羊拉猪，大脚板比鬼子的子弹头还快。外婆脚大胆也大，戴礼帽穿长袍鬼子眼皮底下救外公。鬼子进村寻女子作乐，外婆一个主意，十个鬼子同时烫死在牛草缸里。外公读过私塾识文断字，闲月雨歇，外公翻动那些线装竖版泛黄的书页，津津有味地唱三皇五帝，吟商周隋唐。外婆听得兴起，忍不住撩长衫甩水袖，口念"令呛令呛令令呛"，来段神采飞扬的小花场，一口清音嘎嘣脆，余韵悠悠长，挺像回事。外婆爱土地爱庄稼。外婆说，庄稼是人的孩子，人不尽心照料它，它就不长。外婆又说，人是庄稼的孩子，没了庄稼，人就没法活。外婆的庄稼总是长得好，日子过得不坏，外婆抠牙缝省钱买田置地。可是那一年，外婆却一声不响地把心尖尖上的岗地卖了一半，钱变成粮全送给了民兵担架队，淮海战役打得紧。外公心痛不敢嚷，他领教过"大脚"的难缠！后来土改划成分，因土地不够，给外公评个中农，成了团结对象。外公心服口服，悄悄对外婆说，原来你头发长见识也长啊！入高级社上户口，社里给外婆上个名字叫赵高氏，外婆知道了大骂：你爹你娘才是赵高呢！赵高指鹿为马，我就那么混账吗？外公姓赵，外婆姓高，旧时已婚女人随夫叫，不叫赵高氏又叫啥呢？众人皆为难。外公出来圆场：人家裹小脚，你放大脚，人家置田你卖地，你比别人有眼光，就叫高看远吧！外婆化怒为喜，乐颠颠地应了。九十大寿那天，红光满面的外婆乐极生悲，指着外公的灵位泪汪汪地说：老头子，我说不要死不要死，咬牙忍过去好日子在后头，你不信！你受不了漏划地主的高帽子，非要去死！瞧瞧，现在的光景，可不又叫我看中了！

## 3. 母亲

母亲十指匀称修长，插花描花织布纺棉剪裁烹煮编筐打篓，唱中听的曲儿，说捧腹的笑话，除了不识字，啥都没挑剔。母亲比父亲大两岁，嫁到这个孤儿寡母的小姓人家全是算命先生作的祟。母亲过门八年喜得一子，长至三岁突患疟疾，求救庸医，误诊夭折。母亲哭了七七四十九夜，眼滴血嗓冒烟，哭得天降豪雨洪水泛滥，淹了千里之地，只留下母亲赖以为生的几亩沃岗。农活中最难的是撒种，特别是撒芝麻种，村子里能拿起这活计的男人，几乎都是母亲的高徒。四乡八村有一句歇后语：赵满天撒芝麻种——绝活儿！赵满天是母亲的名，自个儿起的。儿子夭折后，母亲连生五女。三代单传，危如累卵，父亲暴躁，祖母忧怨，母亲头顶几重山。有一年村里发选民证，母亲当着众人高声说：别给我填上赵氏李氏这是那不是，我有大号，就叫赵满天！众人喷饭大笑，起哄说这名字蹊跷。母亲说：什么蹊跷不蹊跷，你们嘴上打漂心里藏刀，不就笑我没儿吗？今天挑明说了，东西南北中，五女满天下，我比谁也不差，一个花木兰胜你一百个王连举儿呢！众人哑口不语。自此母亲就理直气壮地有了大名。外婆过寿，小辈皆说恭词，母亲却说，这辈子啥都好，就是个睁眼瞎！外婆佯怒：你呀你，心气太高，你家毛头掏过云南的鳖蛋，喝过蒙古的羊汤，拜过武陵的人祖，照满天下了，你还不满意？

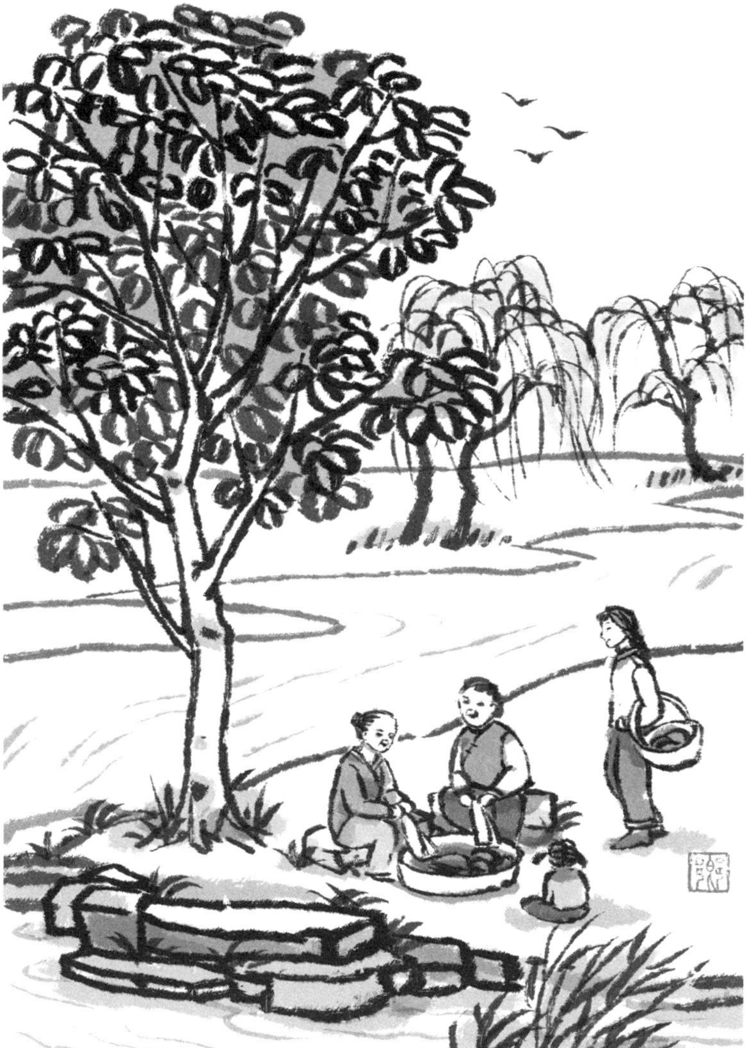

## 4. 毛头

毛头是我，出世时难产，将母亲在冰窝里折腾了五天五夜。产婆说，这妮子恁磨牙，必有妖孽之气，便使家人取红布包了罩在筛子下驱邪。三日过后掀筛子，母亲痛断肝肠，心想必死，不料，红布一揭，嘶鸣如锥。太太说，不祥之兆扔了算了。外公却说，不可！天降大任者皆与众异。母亲便将毛头权当儿子立门户养了。逮鱼摸虾砍柴打草，挨过饿罢过课，流浪半生没工作，口袋里常常没有一分钱，苦了心志，劳了肌肤，终究成了个记述凡尘轶事的小笔工。外婆祝寿，我的礼物是两本新书，一本《百年守望》，一本《大脚姥姥》。舅父刚读了作者介绍，外婆便朝着母亲嚷：瞧，你的毛头摆阔呢！咱娘们一个名都求不得，她有小名、大名，还有个啥笔名，老书上皇帝爷才有几个名呢！寿宴上，太太、外婆、母亲最喜啃猪蹄，她们牙劲好。我嗜烈酒，和舅父表兄众人连碰八圈。女儿乐乐不吃不喝，好奇地瞅太太的月牙脚，摸外婆的龙头拐，然后打俄罗斯方块。甜食所致她患龋齿，咀嚼不力，只舔蛋糕上的奶油。她是吃奶类食品长大的。

村庄里有许许多多的小物件，奶奶和母亲手中常常离不开的就是捻线的拨锤子。

# 拨锤子

在我的村庄，拨锤子是家家必备的。

拨锤子是乡村女红中的一种工具，捻麻绳用的，拨锤子差不多都是用牛的骨头做成的。这根骨头两头宽，中间细，用钻在骨头中间钻个洞眼，再穿上一根带钩的竹子，拨锤子就算做成了！

我小的时候，村庄喜欢种火麻。麻籽播下地，很快就出苗、长个儿、开黄花。成熟后，乡亲们把火麻砍下来，放到水沟污泥里沤，直沤得乌黑发臭！几天后捞上来，用清水洗，剥麻皮，晾晒干，松软了就可使用了！也有的家庭到供销社去卖了换钱花。

留做家用的有几种：男人用来搓绳，那种粗长的绳子都是用来捆绑东西的；女人用来捻麻绳，这种麻绳都是纳鞋底的。

我记忆里的乡村，鞋子都是手工做的。那时村里的妇女们只要闲天，就是纳鞋底！纳鞋底的麻绳子，就是用拨锤子捻出来的！

新衣初试，清明时期，微雨落花，淅淅沥沥，正是捻麻绳的好时光。那时，细雨湿流光，泥院出海棠。空气中软软的黏潮，正好滋润着还散发着太阳味道的麻丝，捻麻的手指不容易干燥，捻出来的麻绳板劲、均匀，不会断头发杈。

那时的村子槐豆树下，三五人一堆，只听得一片叽叽喳喳的笑闹之声！我母亲和她的一帮老小姊妹们，一边说着前朝后代的笑话趣事，一边捻着麻绳。一只提着麻丝的手高高地扬起，另一只手不停地拨拉着拨锤子。那只多少有些显得蠢笨的拨锤子，在母亲们不停地拨拉中，飞快地旋转着，转成了一朵米黄色的圆形飞花！直到把一匹匹一绺绺麻丝，变成一根长长的麻绳。

一团团的麻绳捻好了，母亲们就用麻绳纳鞋底，黄黄的麻绳子在白色的老粗布鞋底上，印出了各种结实好看的花纹，就像芝麻粒印成的焦叶子一样。不久，我们这些乡村孩子，就穿上了母亲千针万线纳就的新鞋子上学了！

麻绳子不仅可以用来纳鞋底，还可以用来扎扫帚、扎扁筐、扎大簸、扎锅盖，这些都是村子里离不开的日用品，谁家少了拨锤子也不行啊！现在虽然用不着了，乡村也很少见到了，但是若论功行赏，我想应该在农家日用品陈列馆里有拨锤子的一席之地。


夏单冬棉，春捂秋冻。一年四季，全家的冷暖都放在母亲的心坎上。孩子们最快乐的时光，就是秋天套被子。

# 套棉被

秋风起,秋夜凉。转眼又到了晾晒被絮、缝制棉被的时节。

小时候,缝制棉被是我最快乐的时光。那时节,金风送爽秋粮上场。在大田里疲于奔命的母亲,终于有了片刻的喘息机会,开始整理零乱的庭院,收拾孩子们接冷的秋装。选一个无风的秋日,融融的秋阳下,扫一片夏秋磙子辗光的土场,铺上宽大的苇席,然后母亲就坐在苇席上套那红红绿绿的大花被。当时的乡村棉床被褥大多是一个家庭中最能体现经济实力的家产。母亲慈祥的脸上挂着殷实人家幸福自足的红光。母亲似乎并不急于飞针走线,而是有条不紊地铺上花条被里,放好网得平坦均匀的被絮,然后扯平了被面,折叠好被角,再穿好针线,在发间蹭了蹭光亮的缝针,才一针一针地缝制。有孩子们嬉戏追赶,有邻人探头啧啧赞叹。天上秋阳西移,树上小鸟唱歌,几只雀子正在草垛边寻找扫落的高粱米和绿豆粒。静静的土场上,盛开着牡丹花的宽大被面,就像一只色彩绚丽的船。年轻贤淑的母亲就坐在彩船上,一边牵引着长长的线,一边轻轻地哼唱古老的曲儿,样子很安详,仿佛一年的辛苦劳累都在此得以缓解消释。我们姊妹几个打从一开始,就快活地跑前跟后。扫地、扛被絮、扯被角,左右不离地围在母亲身边。有时甚至在柔软的被子上跳过,将一个个灰扑扑的小脚印，印在了母亲洗净晒干还散发着皂香的被面上。母亲笑呵呵地驱赶我们："去去去！一边玩去，不走我可要揍人啦！"可从不真地动手拍我们一下。一年一度的缝制棉被，几乎就是我们母女秋日里的一次盛典呢！

岁月如梭，时过境迁。如今的母亲已是两鬓染霜的老人了。那几床曾经使我们引以为豪的牡丹花被面，早已不见。可是那温暖的秋日，连同秋日里母亲年轻的倩影及安详的笑容却永远如刀刻斧凿，深深地留在了我的心底。如今我也做了妈妈。我接过了老人家那光亮的缝针、长长的棉线，连同一颗伟大的爱心。每当夏去秋来，我如当年的母亲一样，喜欢抽出闲暇空隙，在温暖的秋阳下，慢慢地缝制锦缎被褥。我喜欢看我的一双小儿女，如依人小鸟在被褥间跳来跳去；我喜欢看小儿女们粉红的小脚留下的一个个肉乎乎的小脚印；我喜欢小儿女们搂着我的脖子，在海绵般柔软的被子上打滚儿；我也喜欢哼一些古老的歌谣，喜欢唱"在那遥远的小山村"。束缚了太紧的日子与面孔，疲劳倦怠的肌体与心灵，一股脑儿丢进了爪哇国。太阳、空气、儿女是真实的，思维心扉是敞开的。尽情地吮吸着生存的真谛，肆意地享受着生命的乐趣，一次次感悟着秋日丰厚的赐予，禁不住一次次为这温暖的秋日而陶醉了。

尽管时髦高档的高弹棉、太空棉、金属棉、羊毛绒、机织被已几乎覆盖了市场，缝制棉被的机会不多了。我依然是恋旧难舍，保存了两床棉被，以便夏去秋来，重温往日温馨。儿女会长大，小鸟要出笼。我不知道将来长大成人的小儿女会怎样回忆今天。但我知道，秋日里的感觉会伴我终生。

村庄里的人家，大都爱花草，那些花花草草温暖点亮了乡村单调重复的日子。我的父母也是如此，他们的生活就是在花草树木的管理和生长中进行的。因此我说他们的一生是活在花草树木中。

# 花草树木中的人生

父亲在世的时候,最喜种树。房前屋后,林木成行。沿涡河边龙亢镇向南走不远,就可看见我那遮天蔽日的村庄。那些大树,大部分都是我家的。盛夏时节,我家门口总是挤满了乘凉的村民。午饭时,树下就是个大饭场,几十口男女老少,碗筷叮当,甚是热闹。

母亲在世的时候,最喜种花草,木本的、草本的。虽然没有名贵珍品,但一年四季总有花香可闻,有色彩可观,有绚丽盈目。房前屋后,桃花、杏花、梨花、槐花、苹果花、枣花、栀子花、梅花、月季、大丽菊、洋绣球、仙客来、喇叭花、南瓜花、葫芦花、豆角花、韭菜花。最壮观的是那些开在西大甲沟沿的满天星了,五彩缤纷,闹嚷嚷、火辣辣,微风吹过,前俯后仰,波澜壮阔,张扬恣肆得满世界都沸腾了呢!

父母都是乡下人,在他们的生命里,都是能把草木的生死当成自己生死的人,在他们看来,人活一世,草木一秋,都是一样的,没什么区别。只是时间的长短不同而已。他们认为:作为一个家庭,花草树木也是其中的成员。花草树木,欣欣向荣,说明这个家庭小日子过得丰实。树木凋零,人气也难旺盛。再说了,居家过日子,草木葱茏,赏心悦目,心底充实、踏实、厚实。万物繁荣，祥光瑞气，生机勃发，气运旺盛，动植物身上都可以体现出来的。

父母一生侍弄花草树木，就像侍候自己的子女，不说辛苦，不嫌烦累。在他们看来，修枝打杈，培土施肥，浇水灌溉就是享受。母亲常在万物花开的春光里，秋光灿烂的菊花节，修花枝、闻花香、唱花谣、晒花瓣、缝花囊、剪花纸、描花样、收花种。母亲的脸上常挂着花一样的笑容。挖坑栽树、挑水浇花，付出劳动，乐在其中。

2004年元月8日，2007年元月31日，二位老人终于在花草树木凋零的季节，分别走完了各自的乡村人生。他们侍弄花草树木一生，最后就像花草树木一样，回归到滋养花草树木的泥土之中。只要花草树木在，我想，他们的灵魂就在，因为，那是他们生前身后的依附。因此我想说：爱花草树木吧！为自己找一个灵魂的归宿。

村庄里的劳作是辛苦的。一分辛苦，一分收获。没有汗水，哪有丰收？村庄里的劳作也是快乐的。劳动的号子声响彻云霄，大车滚动、小车吱吱；驴子弹蹄、黄牛哞哞。特别是那辆笨重威武的四轱辘大车，是乡村出工下田的重要武器。

# 四个轱辘的大车

对今天的人来说，那也许是个久远的年代了。一个自然村，就是一个生产队。生产队里，值钱的东西就是一两头牛，还有就是一辆四个轱辘的木制平板大车。别看这模样笨重的大车，在当时的乡下，却是孩子们心中的宝物。只要闲下来停放在生产队的土场上，就会有许多孩子攀爬上去，人挤人、人摞人地在上面玩耍斗闹。从上面掉下来，磕碰破皮的事常有，也有家长找来吵嘴斗骂嚷嚷不休的，但事儿都不大，气儿一过，转脸就好，因此，村庄就有了"狗脸亲家"之说，也有叫"红脸绷子"的。意思就是爱变脸生气。一村人，大都是还未出"五服"，上几代人还在一个锅里扯勺子呢！吵几句，嚷嚷几声，事儿就了结了，没人再提，谁要是再纠缠不休，会遭到众人反对。那时，村民还是很讲究颜面的，穷都没关系，丢了面子那就事大了！家里再富，丢了面子，在村里也抬不起头来。

大车停在生产队的土场上，队里的"牛头"就多了一份责任。"牛头"就是村里的饲养员。"牛头"不仅要喂养好队里的两头老黄牛，还要看好队里的大车。大车上只要有小孩子叫喊，"牛头"就会大声嚷骂：炮冲的，狗不吃的，又来闹了，看我不把你逮住扔"窝子"里去！（村里人说的窝子，就是土场边沤草的小沟里那几个大土井）。牛头骂完了，又去铡草拌料去了，小孩子们照玩不误。大车两面两排四杠把手，把手中间还有横杠支撑，坐在上面稳如泰山。孩子们常在大车上演戏。扮演杨家将的就站在大车上举个木条子唱北国烽烟；扮演潘仁美的就跪在车下哼哼着"我投降"。车上的人不过瘾，还跳下来用木条子抽。跪在地下的孩子不愿意了，大叫要轮换着来！于是，车上的下来跪，车下的上去演。一切又正常开始了。大车上的演出很有气势，连《最后一课》《小英雄雨来》《海娃的故事》《白头翁的故事》都演过。词儿都现编，演《最后一课》的时候，因为是外国人，还从玉米地里扯来了玉米须粘在脸上，弄成了络腮胡子的模样。大人都在家里睡着了，只有孩子们还在大车上兴高采烈地喧闹着。乡村的月光出奇得亮，照得土场如同白昼。"牛头"早已进入梦乡了，土场和大车成了孩子们的世界。

　　四个轱辘大车的作用重在乡村运输上，春秋天拉肥，大多是土杂肥。收麦天拉麦子，秋天拉豆子、拉红薯、拉高粱等。

　　拉麦子一般都是用牛拉。麦子堆得很高，车顶上用网子罩住，两头牛在前面拼命伸长脖子朝前挣，模样很吃力。记忆中，乡村的牛总是瘦骨嶙峋的，有人说其牛是三快：睡倒比站起来快，脊背比刀子快，屁股比锥子快！牛使劲拉，赶牛人拼命甩着鞭子叫。大车慢悠悠地晃荡着，一趟接一趟地晃回村子。有时为了赶好太阳晒场，连中午也不休息。牛能苦撑着，人却撑不住了。有一次，赶牛的成友就是走在路上打瞌睡，差一点儿拱到大车底下。幸亏那两头通人性的老牛，关键时刻止了脚步，成友才捞回一条命来，谁知牛辛苦，汗滴车下土？后来成友为了感激老牛救命之恩，偷偷炒了半瓢黄豆给牛吃，没想到被老婆发现了，老婆气得大骂成友是个半吊子，还罚成友晚上不准进家门。成友在田里溜达了半夜,无处可去,最后只好在土场大车上睡了几夜。

　　用大车拉土杂肥、拉红薯,大多是用人拉。那是很热闹很壮观的时刻。拉大车几乎是全村人一起上。泥里水里也不怕。几十条绳子秩序井然长长短短地拴好,红男绿女老老少少一起把绳子在肩上套好,领号子的人一声起,大家一起用力,车子就动了起来。车子一动,号子声就开始嘹亮地响起来了。四叔是村里有名的叫天子,他那号音短脆嘹亮,震撼人心,他一发声,众人就紧跟和音,仿佛一大军团在乡村的土地上行进,大有铁流滚滚不可阻挡之势。拉大车的热闹是任何一种劳动形势都无法比拟的,就是在拉大车的挤挤挨挨中,好几个下放知青成了夫妻,在车轮滚滚的岁月里生下了他们的下一代,只是他们的下一代还是否记得那笨重古老的四轮大车?

　　如今的乡村里,早已不见四轮大车的踪影了,它笨重,实用性不大,但它毕竟是我们的乡村记忆,那些难忘的庄稼、牲畜、农具,还有那些一去再也不复返的日子。

　　"独轮车,不要学,只要屁股扭得活!"话虽这么说,可真的要掌握推独轮车的技术,却远远没有那么容易!

# 独轮车

独轮车是乡村特有的交通运输工具。这种古老的运输工具有两个木制的把手,一只（先前是木的,后来进步为胶皮的）轮子,轮子上面托起两边两个座位,也可放东西,座位中间是拱起的扶手,也可摆放货物。独轮车的承重力主要看推车人的力气和技巧。技术好的可以推几百斤,技术不行的即便是空车也推不走。推独轮车讲究平衡,乡下人常说：推小车不要学,只要屁股扭得活,就是这个道理。这里说的小车,就指的是独轮车。

在农业生产中,独轮车常用来送肥、送粮食,接送亲戚等。

在乡下,每到冬闲时,生产队就会发动群众满村收缴土杂肥。走街串巷,曲曲弯弯,四轱轳大车无法通过,正好独轮车发挥了它的小快灵、掉头转弯及其方便的长处。村上的能人就都上阵了,一辆辆独轮车在村子里穿来穿去,吱吱呀呀的声音就像盛夏里的蝉鸣,连绵不断地响遍里村庄的角落,沉默了一个冬日的村庄立刻活泛起来。

到了收获季节,分红芋朝家运,也大多是用独轮车。一袋袋红芋齐齐地摆上去,小伙子稳稳地握住把手,拴着红穗子的车带子搭在脖子上,"哎"的一声起,那独轮车便吱扭吱扭地走开了。小伙子扭着健步,抖擞精神,时不时地还趁着劲跟着哼唱几句，那精气神还真让人心生几分羡慕，那毕竟是青春和力量的显示啊。

那一年，上海下放知青到村里的时候，正是冬闲时节，看到村庄里的年轻人都推这种独轮车，他们心痒手急，都想试试，结果都摔了跟头。大家都摔怕了，不敢再摸这个东扭西扭把不住方向的家伙，唯有一个叫司沪宁的小伙子不服气，他摔倒了爬起来，再倒下，再爬起来！终于把这个在知青眼里怪怪的家伙乖乖地制服了。司沪宁制服了独轮车，大长了信心，甚至还学会了犁田耙地撒种编筐等无数的乡间活计。司沪宁是一个长着一头鬈发的帅小伙子，微红的脸庞上洋溢着单纯和快乐，拉得一手好听的小提琴，刚来那会儿，一拉琴，就被围得风雨不透。在乡下，谁见过用脖子夹着拉琴的呀？那新鲜可真让村民们激动了好些日子。小司不仅琴拉得好，歌也唱得特棒！他爱唱《喀秋莎》，唱《三套车》，唱《山楂树》，他一张口，那歌声就像山泉瀑布，一发而不可收，听得多少姑娘小媳妇愣了神。下放知青在乡村吃了苦头，但也学会了不少乡间的劳动技艺。不管这些技艺以后用着还是用不着，都是一种经历，都是一份生活经验的积累。特别是司沪宁们给我们这些乡下人带来了新生活的渴望，使我们知道自己以外还有不一样的天空。会四国语言、喜欢拉小提琴、喜欢冬泳的小司早已回归大上海了，但他那流畅娴熟地推独轮车的模样依旧深深地刻在乡亲们的心里。

在乡下，还经常用独轮车接送亲戚。春阳下，春风里，穿红戴绿的小媳妇得意地半坐在独轮车的一边，另一边或者放着熟睡的宝宝，或者放着送给娘家的杂粮点心猪腿糖果。日子的舒心、家境的和睦，仿佛全都展现在这独轮车子上了。

当然，更多的是送老人走亲戚。老人爱坐独轮车，是因为稳当，说走就走，说停就停。戴着鲜艳头巾的老人，安详地坐在独轮车上。她们大都喜欢脸朝后坐，和推车的儿子或者孙子边走边说着话，土路绵软绵软的，小辈话语轻轻的，那份浓得化不开的亲情，一时间把独轮车周围的小风都浸润了。

如今，独轮车早已成为乡村旅游中的古老文物了，没有谁再用独轮车接人运东西了，独轮车仿佛早已完成了它的历史使命，但那些由独轮车所产生的生活故事、生活情结，却刀刻斧凿般的愈来愈发清晰。

犁应是乡间最早的农具了。耕田种地，总是少不了犁。因此，犁已经成了农耕文明的典型代表之一。

# 犁的故事

中国是个农业大国。几千年来的农耕文明告诉我们的子孙万代：爱护土地，爱护粮食，粮食是从土地里生产出来的，种好田地，才能收获粮食；收获粮食，才能有饭吃。幼时读唐诗，就知道：锄禾日当午，汗滴禾下土。谁知盘中餐，粒粒皆辛苦。即便是神仙七仙女也照样得过"你耕田来我织布"的农耕生活。

几千年来的耕田种地总是少不了犁的。看这个"犁"字，就很有讲究，上面一个"利"，这个"利"字就是好处，是利益。下边一个"牛"字，好处要靠牛驮来啊，牛在下面辛苦，上边才能得利。

这个"犁"字就是牛犁田，牛拉犁，牛辛苦劳动。

犁是刀耕火种的见证，是最古老的，沿用至今的农用工具。一把木柄握在农人的手里，一个弯弯曲曲的木铁结合的犁弓子伸到前面。前边牛梭头上的绳子正是拴在犁弓子上边铁钩上的，木柄下面的犁铧铮光透亮，套好了牛，农人一声吆喝，前边的牛伸头蹬腿，犁铧翻着黑土，犁便稳稳地朝前走了。

犁地的活儿常常都是村子里上了岁数的男人们干的事，毛头小伙子是没资格参与的。即便有机会，技术也不行，犁得曲曲弯弯，生生熟熟，不挨骂才怪！再说了，种不好庄稼就是一季的事，谁敢拿一年的收成开玩笑呢？村里的小孬曾经呈能一次，趁犁地的老把式抽烟离开的工夫，扶着犁把，大声喝着牛，就犁开了。谁知一趟还没犁到头，那牛不服管了，挣脱牛梭头，胡乱尥蹶子。小孬扯拽不住，摔倒在地墒沟里，屁股也被犁铧划烂了。鲜血把身上穿的老土布白裤头染成了玫红色的艳牡丹。再说那欺生的老牛，见小孬摔在地上，更是愈发性起，就像着了魔的斗牛，旋风般地在地里狂奔、打转，长一声短一声发疯地吼叫，两只牛眼瞪得像铃铛。村里的小媳妇大丫正在给病逝的丈夫烧五七，新坟滩上的大丫哭命苦，哭命薄，哭男人心狠，哭得鼻子泪三行，哭得天昏地暗，哪里知道危险就在眼前。

两头老牛正在奔跑狂叫，突然看见一身着白衣，裹着白头巾的也在大放悲声，就兴趣盎然地径直闯了过来！

说时迟，那时快，爬在地上的小孬正疼得哇哇大喊，突然看见老牛奔向趴在坟边痛哭的大丫，就一个鲤鱼打挺，顺势又来一个鹞子翻身，三步两脚连滚带爬地冲到大丫跟前，拼命把大丫从老牛那粗大的角上撕扯下来。可怜大丫裤腿被撕烂了大半，破烂的布帘子下边露出了白白红红的大半个屁股。惊吓未定的小孬放下了大丫，一时间，小孬看见了大丫的裸露，大丫也在恐惧中瞅见了小孬流血的粉肉。两个人同时都愣住了……

由犁和老牛引发的事件过去很久了。这次事件促成了一段平淡的婚姻。就在我写这篇文章的时候，小孬和大丫夫妻俩最小的儿子都大学毕业了。扶犁的后人茁壮成长，古老的犁如今安在？

村庄里的农具多着呢！再去看看下面的几种吧！

# 杈子，扫帚，扬场锨

这三种农具是农村收麦季节绝对少不了的。先说杈子吧。一根木棍顶部发三个叉，就是乡间常用的木杈子了。那把柄，那顶上的三个叉，都是光滑圆溜的，拿起来，一点也不磨手。它的功能就是用大车拉麦子的时候，要用长长的三根叉子把成堆的割好的小麦挑到大车里去。盛夏季节，骄阳当头，拉麦子可是个辛苦活。干这个活的都是棒小伙子，没几分力气，也无法挑起那几十斤的重量。戴着大草帽的友根是队里的首个人选。他个高臂长，干活不惜力，还唱得一口好花鼓灯调。夏天收麦子，在乡下几乎是盛大的节日。男女老少都走出家门，来到了田野。村南村北几乎一个颜色：天也黄，地也黄，满眼都是黄金浪。队长跨着大步丈量好了麦垅，大姑娘小媳妇全都嘻嘻哈哈地找到了位置，一个个扬起磨得锋快的大弯镰，弯下腰身，你不让我，我不让你地追赶起来。遍地都是割麦的嚓嚓声，金黄的麦子一垄垄地倒了下去，没来得及倒下的麦子上面飘着五颜六色的头巾，在阳光下愈发夺人眼目，鲜艳至极。拉大车的车把式总是在割麦人干了大半天之后，才甩着牛鞭，慢悠悠地拉着几个扛杈子的，如友根、小夯、小好、人愣他们来到地里。老牛慢吞吞地走着，赶大车的抖着缰绳，训斥着老牛，把管着方向。几个年轻有力的小伙子就

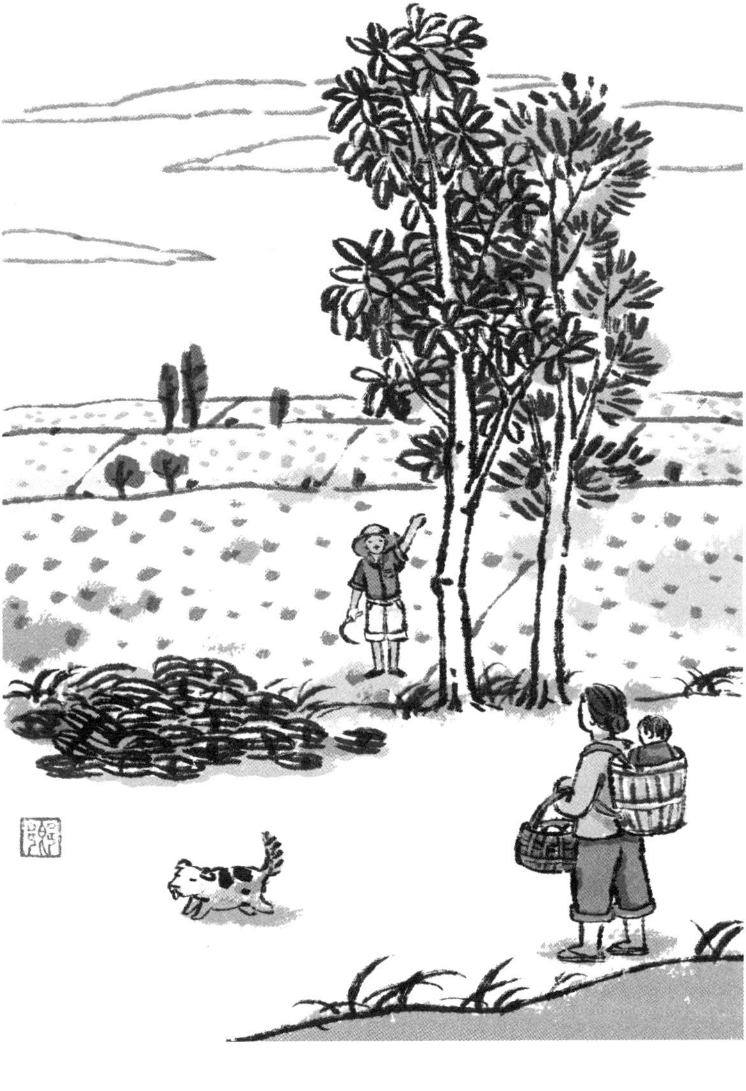

扬起杈子把麦子一杈一杈地装到大车上。友根唱《麦浪滚滚》，就有女孩直腰擦汗看太阳，那海浪般的歌声总是挥扯不去，在耳边缭绕，晒红了的两腮愈发显红，就像两片飞来的红云。小孬、大愣看得出其中的奥妙，也跟着显摆，扯着嗓子嚎，结果惹来婆娘们一起叫骂：你俩驴嚎啊！被门缝子夹住尾巴了吗？哈哈哈哈……麦田里腾起一片欢笑声，笑声惊飞了田里偷食的小鸟，振起翅膀，忽地飞上蓝天。夏日的蓝天，顿时显得格外宁静高远。

扫帚是乡间使用频率最多的工具，也可说是农具吧！门前屋后，打扫卫生离不开它，收完麦子，打场更离不开它。乡下的扫帚大都是竹子捆绑扎成的。新买来时，上面还夹杂着一片片透着青香的新鲜竹叶，家里的主妇常常把那些竹叶采摘下来，一撮撮地泡茶给家里的男人喝，说那东西清火解渴又解热，好着呢！

车把麦子拉家来，堆在土场上翻晒，晒好了就用乡间石磙子轧，正中午头，老牛拉着磙子在烈日下转圈，轧好了翻晒，翻晒了再轧，直到把麦粒差不多都脱了下来。傍晚时候，起了小风，用杈子把麦草挑掉，用扬场锨把麦粒铲成堆，用扫帚清扫土场，再用锨扬场。在乡村，扬场可是个技术含量很高的活计。没本事，你是无法把碎草和麦粒分开的。扬好了场，还要用扫帚在麦堆上轻轻地掠一遍，把没脱净的麦芋头掠掉。

打完了场，一身都是麦芒子，男人们毫不犹豫地跳下村边的小沟里，先吃几个大猛子，把头上的草灰泥汗通通洗掉，然后再慢搓细揉，直到洗得赏心悦目，才慢腾腾地走回家去。

扬场用的锨大都是木锨，既薄又宽大。用起来既轻又能盛货。后来木锨又发展到铁锨，可以用来锄粪、锄土、锄泥巴，挖沟、筑堤、打河坝也用得上了。

几十年后,因工作调动,我曾多次搬家,总有一把小巧的铁锹跟着我南征北战,一次次踌躇,一次次犹豫,总舍不得丢下。是恋人,还是恋物?说不清楚。

# 耙，耩子，木拖车

耙，是碎土和平地的农具。它的用处是把耕过的地里的大土块弄碎弄平。有钉齿耙、圆盘耙和双框耙。钉齿耙是一根把手，一个人耙地使用；圆盘耙大都是拖拉机后面使用；我这里说的是双框钉齿耙。

在乡村，使用最多的是双框钉齿耙，这种耙长长的，安有双排铮亮的铁钉。春耕过后，大片的黑土地都在春阳里晾晒着。马上就要春种了，村里的人开始马不停蹄地平整土地。保管室里的几盘耙全都派上了用场。耙地的时候钉子是朝下的。男劳力威风凛凛地站在木框上，高扬着鞭子喝斥慢吞吞的老牛。把高高低低的土块拥轧得平整细碎，就像黑色的地毯一样，然后才能在平整的土地上播种。

耩子是专为用来播种的农具。有扶手、耩篓，还有尖尖的两只小犁铧。村民大都喜欢在耩篓底下拴个小铃铛，每当耩子下地，播种开始时，牛一迈步，小铃铛就欢快地响了起来，小铃铛一响，种子就顺着篓里的孔眼，前赴后继地流了下来。在后面晃耩子的都是技术活特棒的种庄稼老把式；在前面赶耩子的清一色女孩儿则心细性缓，和着牲口的步子，亦步亦趋，既稳当又省心。太阳金亮亮，牛铃儿响叮当，古老的木耩在老把式的晃动下吱吱扭扭不停地唱。到了半晌午，人困牛乏，终于等到了片刻休息。老牛卧在软绵绵的地墒沟里，女孩子掏出玫红色的小手帕，细细地擦拭晒得如毛红布一样的粉脸。老把式得意洋洋地点燃老烟锅，浅浅地吸一口，那一缕似有似无的轻烟便淡淡地飘向了朗朗晴空。那时候，高远的天上，万里无云，海一样的开阔，水一样的清澈。乡村的时光，仿佛都是静止的。

木拖车，是乡村的运输工具。大多用来运送那些不长腿的农具。如耩子、犁子、耙，等等。人扛不动的就放在拖车上运。这个拖，在乡村，不读第一声，都读第四声。拖车的结构极其简单，就像乡村常用的擀面条的案板去掉面子，四腿朝天，两根主木腿宽厚壮实，承重力很强，放重东西也不怕。

乡村土路多，每逢阴雨天气，泥水遍地，就全靠这种老木拖车了。接新媳妇、送急产妇、拉救灾粮，只要出门承重，就得靠它。泥里水里淌，糊得看不见鼻子眼。村子里的小媳妇不少都是拖车拉来的。不知那时为什么那么肯下雨，一到谁家娶媳妇，就怕天阴下雨。怕着怕着，还就真的下了。下得沟满河翻，鱼虾遍地乱蹦。本来想用大车接新娘，显显排场的，也只好叹息一声，极不情愿地改用拖车了。拖车比大车矮多了，新缝的苏联大花被子几乎都挨着地，新娘子撅着嘴，两只眼睛哭得像水蜜桃。一生就嫁这一次，坐着贴着地皮的拖车出嫁真没面子！接亲的媒人一遍遍地说着好话，埋怨着天不作美，到最后不得不掏腰包给了面子钱，才算了结了一宗婚姻大事。别看拖车土，若是没有拖车，真不知道新嫁娘怎样才能在雨水泥水中走完这段从少女到少妇的路。

如今，乡村耙、耩子还偶尔可以见到，拖车是绝对无踪影了，突然想起那些个撅着嘴巴坐拖车的小媳妇，忍不住嫣然一笑，乐从中来。

牛兜嘴子，驴蒙眼子不算农具，充其量也只能算作牲畜的用具。现在，请大家和金萍一道去看看，看看因这些用具而发生的村庄悬疑！

# 牛兜嘴子，驴蒙眼子与梅英

牛兜嘴子是乡村用牛耕田拉车常常给牛使用的；驴蒙眼子是农家推磨磨面给驴子使用的。这两样小东西可以说是农具，也可以说不是农具，或者说是在两者之间吧。

牛兜嘴子大多是用篾子或者柳条编的，扁圆形，两边拴上两根麻绳，轻轻一套，差不多正合着牛的嘴巴。不管是犁田耙地，还是拉车打场，牛们走着走着，总爱朝两边瞅几眼，每当看到可吃的东西，也不管主人的脸色，伸嘴就吞几口。这几口不仅耽误活，而且会找麻烦。比如吃了新鲜的庄稼，踩了小苗，吞了粮食，等等，不挨村人骂，也得挨队长吵。于是，就有先人想出了好主意，给牛们编出了这么个兜嘴子。这下可好了，牛们从此死心了，看见了青叶子和金黄的粮食粒儿也只得眼巴巴地望着，戴着兜嘴子呢，有想法也白搭，那就只好馋着吧！

也有犟牛，忍不住的时候，就会不顾死活地朝目的地挣扎，尽管鞭子雨点般地落在身上，尽管缰绳把皮肉勒得乌紫，一切只为那一口，全都忘记了平日里训练有素的劳动规矩。牛们也饿啊！

那头犟牛白挨了打，它终于还是什么也没吃上，就是那只小小的牛兜嘴子拦住了它的吃路。当它在农人的鞭子和斥骂声中，汗水淋淋地继续它筋疲力尽的行程时，那只牛兜嘴子简直就成了它怒不可遏的宿敌，那家伙就勒在它的嘴边，它却无法抛开宿敌，只能昂天吼叫，叫声哞哞的。

能听懂犟牛吼叫的或许只有村庄里的保管员梅英了。常常是梅英解了兜嘴子，给牛们的嘴巴放假。梅英是村里一个没爹没妈的孤女孩儿，村人对她大都有怜悯照顾之心，就让她当了保管员。说是村里的保管员，其实也没啥可保管的，就是一些农具，如杈子扫帚扬场锨，犁耙拖车耩子推网子，牛兜嘴子驴蒙眼子大车独轮车，还有就是少许粮食。队里的东西不多，值几个钱的就是这些了。

村子里的人干活出工，需要使用队里的农具，就上梅英那里领，收工回来要到梅英那里去还。梅英是个负责任的保管员，东西再小都不会丢掉。就像驴蒙眼子这样的小东西也收拾得干干净净利利落落。村人都说，梅英就是村里的一把好锁，啥东西交给她都尽管放心呢！

驴蒙眼子这样的小东西其实并不值钱，就是用破旧布缝制的像口罩一样的东西，只不过是口罩戴在嘴上，而驴蒙眼子戴在眼上。

过去乡村吃面要用石磨碾子轧。先前用人推石磨，两个人抱着大木杠子围着石磨转，几圈下来汗流浃背，那个累啊，简直就不是人干的活！何况这种活差不多都是女人们来干，因为男人大多腾出空来下大田。后来生产队里喂养了驴子，人推磨进步为驴推磨，人流汗改为驴流汗了！这一改变，大大地减轻了村民的劳动强度，特别是把妇女劳力从磨道里解放出来，穿红戴绿的女人们再也不用苦不堪言地在磨道里弓着腰转悠了。

当时队里只有一头驴子，一百多口人一头驴子哪能使过来啊？于是每一天都有人家天不亮就去抢驴子，牛房就在生产队的土场上，土场离村庄还有一段距离，五更天的时候，就常有去抢驴的走顶头，会心一笑，啥都别说，一个先使驴，一个暂等着，要是等不及，就轮换着量好粮食，你一瓢，我一瓢，不带多推的，弄得那无辜的驴子跑了东家跑西家，一刻也不停闲。

驴子推磨，并不心甘情愿。一开始很难听话，蹦来蹦去。走几步，就伸着大驴嘴嘬面吃，打着打着，又嘬几口。大睁着双眼，无休止地重复着原来的老路，驴们忍无可忍，终于尥蹶子、刨蹄子、挣套子，就是要跑出去！女人们没办法啦，就急中生智，给它们缝了一个蒙眼子。拿几块破布，垫在一起，千针万线，行行复行行，密密地缝制，软软绵绵，两头拴上布带子，朝驴眼上一系，还真管用！那驴子径直朝前，没了方向之扰，果真不跳也不闹，安安稳稳地踏着有规律的步子，沿着圆形的磨道，不慌不忙不急不躁地走着，它仿佛在奔着一个目标，它想这个目标总有到达的时候，它甚至也很少偷嘴了，默默无闻地走，走完了白天，甚至还有黑夜。

就是在一个黑夜里，村里出事了！

白天是个晴好的天气，生产队里拉玉米秸秆，大车塞了满满一车，车顶堆得看不见梢梢。发青的玉米秸秆还沁着浓浓的甜味，几个装车的小伙子只顾龇牙裂嘴大嚼甜玉米秸秆，却不知道什么时候牛兜嘴子掉了。大车拉到土场上，卸了车，小孬、小好、大愣，还有老歪，就只顾自地往家走。这时梅英出来喊住了他们。因为梅英发现牛兜嘴子不见了！

啥了不起的熊事，不就是一个牛兜嘴子吗？大愣撇着嘴，出口就是脏话。小孬倒是精明，一声不吭，拔腿就跑。小好老实人一个，站住了说：梅英姐，你别声张，我晚上摸黑给编几个。

听了小好的话，梅英本打算不吭气了，可是忍不住大愣的粗话，就说，"不行，现在不还牛兜嘴子就不能走！"别看梅英小小的个子，精瘦得像个没长开的丝瓜，但发起犟来还真把几个大小伙子给吓住了。几个人见天色已晚，就互相递了个眼色，一起跑开了。梅英朝着跑的方向大声说：跑了和尚跑不了庙，看我马上去找队长！明天就把你们的工分扣了！

按照梅英平日里的认真劲，她说得出来就做得到。汇报的结果就是扣发他们十天的工分。

哪知道梅英是个刀子嘴豆腐心，根本没去汇报，吃了饭后，竟自己去土场的保管室里找了一把条子，连夜编了起来。编好了四个牛兜嘴子的时候，煤油灯没油了，梅英伸个懒腰就准备回家了，突然有人敲门，说是要借驴蒙眼子。梅英心想，肯定又是连夜抢驴的！就边说："你们也太早了点，想把驴累死啊！"边随手拿了驴蒙眼子开了门。谁知道这门一打开，就出事了。

第二天一大早，村里的牛头（饲养员）起早淘草喂牲口，见保管室的大门敞开着，就走过来看看是谁起得这么早，不看不要紧，这一伸头，差一点儿昏过去。梅英赤裸裸地躺倒在冲门的泥地上。

村民来了，干部来了，派出所也来了。

小孬抓走了。

大愣抓走了。

小好抓走了。

老歪和牛头也抓走了。

不几日，小孬、小好、老歪、大愣和牛头一起回来了。

没有回来的只有孤女梅英。

保管室的钥匙交到了牛头的手里。因为谁也不愿接。一是害怕，二嫌晦气。

崭新的牛兜嘴子套在了牛嘴上，那是梅英最后的手艺。戴着驴蒙眼子的驴子依旧在磨道里原地打转。倒是没有人再敢在黑夜里来抢推磨的驴子了，因为他们无论如何也抛不开梅英那小巧而恬静的模样。

金萍的村庄里发生过两起悬疑案，再说一下第二起，也与牲畜用的"捞草罩子"有关。

# 捞草罩子

捞草罩子是喂牛的饲养员专门用来给牛淘草的。一根木棍上绑捆着一个铁丝编成的大扁筐。夏天的早晨,天还不亮,遍地的露水珠在晨曦里晶莹剔透,村里的半大孩子们就揉着蒙眬的睡眼,背着荆条筐,拿着小铲子、镰刀,有的甚至还带着磨刀石,踏着凉丝丝的露水地下田去了。

孩子们都是去拔草的。村子里不叫割草,叫拔草。区别之意,就是"割"大多是指正式播种的庄稼,叫收割;"拔"大多是野生的,随意性较强。

在村庄,拔草是半大孩子挣工分的唯一办法。十斤草一个工分,一早晨差不多能累四五个工分。秋后草黄了干了,不压秤了,能挣两个工分也就差不多了。但是,那时男劳力一天满出工也就十分。一天的满分到年底结算能合到一毛一分钱。钱虽不多,却是全家人的生活依靠,凭工分领粮领柴,工分就是全家的命根子。半大的孩子们挣工分就是靠春末到秋初这一段时间,特别是那些没有主要劳动力的家庭,这段时间就更要拼命了。

云英家就是属于这种情况。父亲去世得早,母亲拉扯三个女儿紧巴巴地度日子,村里许多活是按劳动力人头分的,云英家没有劳动力。那时村庄里对劳动力的概念就是男劳力,女的不算。

女的再怎么身强力壮，也只能算半劳力。在云英家的工分本上，大多数工分都是拔草获得的。云英一家的口粮就靠这个能拔草的季节。

上午八九点钟，太阳慢慢升高了，热气扑面而来，蹲在田边地头庄稼棵里，就像蹲在一个庞大的蒸笼里，汗水变成了擦不完的流水，一张张小脸变成了泥巴猴脸。像每天一样，孩子们开始装筐、收镰，挑的挑，背的背，早晨的活就这样结束了。狭窄的田埂上，茂密的高粱玉米地边，一个个被压得看不见人影子的小草垛歪歪扭扭地向前移动着，他们要把草背到大甲溪去洗，洗完了以后再到溪边的牛房去过秤，过完秤由记分员记上，这天早晨的劳动才有意义。

大甲溪是村子里最大的一条流水沟，一年四季无论天干天旱从不断流。溪里长满了鸭嘴草、茭白、蒲草、苇子、菱角、鸡头米、荸荠，还有那挤挤挨挨高高低低的荷。村子里的人大都在溪里洗菜、淘米、洗衣服。到了夏天，这里就是一个天然的大澡塘，白天孩子，晚上大人。男人一拨，女人一拨。大甲溪不仅带给村庄许多实惠，更带给了村民许多欢乐。

村里的牛房就在大甲溪边上。洗过的草捞上来就在场上过秤。在水里捞草有些小麻烦，大把的草捞走之后，就是那些小而碎的草仍在水面上漂着，好不容易从地里背回来的草，再碎也舍不得扔掉，大家都挣着用捞草罩子在水中捞。

大甲溪里有许多水窝子，都是夏天水少时村民们急着用水临时挖的。这些水窝子最深的竟有十几米，里面生长着不少老黑鱼。有一年，洗草的孩子们亲眼看见一个长木把的捞草罩子，被棒锤似的老黑鱼活活拉到水窝子里去了。

捞草罩子被老黑鱼拉走时，正好云英的大妹云霞就在边上站着，这个流着鼻涕的半大小丫头啊啊地轻叫了几声，就死死地盯着姐姐云英，惊恐地捂住嘴巴再也出不了声了。

"云霞，你咋啦？"

"那——"云霞用手朝着水窝子指去。

"那什么呀那？"云英给了妹妹一个大白眼，大声说，"快洗草！"

平日云英都是这样使唤云霞的，云霞早已习惯了。可是刚才那一幕老是在眼前晃来晃去，那个从水的阴影里露出的深黑的闪着荧光的头壳，那根棕黄的被老牛头双手磨得溜光滑腻的捞草罩子木把，都在云霞心里绕成了一团丝，以后的几天，云霞老是在自己的脑海里用自己的方式解读着几天前发生的那一幕。

每天的早晨都是这样度过的，日子就是这样不断的，千篇一律的重复。

这个夏天是个茂盛的夏天，地里的草长得真好。孩子们拼命地拔，也总是拔不完。云英家的工分本呼呼地见长。云英娘说，入秋生产队算账，若是冒账不多，就给云英云霞和三妮姐妹三人一人做一件花布新衣了。

一人一件花衣裳对姐妹三人是个天大的喜讯。这个家很少添新衣的，总是娘的衣服改给云英，云英的改给云霞，云霞的再改给三妮，直到最后成了碎片再撕碎了留做糊袼布作鞋底。

新衣是什么样儿？云霞常常望着大甲溪里挤挤挨挨的荷叶发愣。那时溪里的荷叶正发疯地伸展，浓密得不漏一丝缝。水窝子里连年积累的臊泥糊，按村里人的说法，比进口化肥威力还大，溪里的荷全都变成肥荷了。肥荷的茎黄绿中透着紫红，圆滚滚的长满粗壮的刺，那些刺儿乎就像是横栽上去的。云霞想，那些刺儿肯定很扎人啊！好就好在那些荷离溪边很远，谁也没办法碰到它。那些荷叶呢，在云霞眼中就像娘每天早晨在鏊子上烙的浑圆的大饼，厚敦敦的很光滑。最让人胀眼的就是那些浓得化不开的绿了。

云霞在心里一百次比试过那些荷绿了，若是把那些荷绿变作自己身上的衣服该会怎样呢？

大甲溪里的荷绿并不是一种绿，大甲溪里的荷绿是随着时间的不同、气候的不同而不断改变的。早晨的荷绿是鲜嫩的绿，晶莹而剔透，鲜艳而精神；中午的绿是浓绿，庄重加着深沉，偶尔还会闪烁出白花花的光泽；黄昏的绿应该是深绿了，有几分浅浅的疲惫和暧昧。

深绿、浅绿、浓绿、淡绿、葱绿、麦绿、鹅黄绿、老墨绿、翠绿、松绿，深深浅浅，浓浓淡淡。有阳光的时候，没阳光的时候，朝阳初起的时候，夕阳西下的时候，那绿，浅出浅入，明明灭灭，仿佛神的指使，瞬息万变，有几分神奇，有几分魔幻。特别是大太阳的中午头，那些荷叶就明显有几分诡异，最上面的荷白花花的稍微有些蔫，中间的荷依然是亭亭玉立，稍下一层的荷就急不可耐地朝上，朝外，夺隙争展，那粗壮的茎梗都被挤变了形，扭曲着挣扎着寻找发展的机会和可怜的空间。最下一层荷就不用说了，能看见它们的机会不多，但却能感觉到它们的存在。正常的荷，稀疏着，挺立着，或娇媚，或含蓄，或矜持，或热烈，展露无遗。而那些在底层垂死抗争的荷总是把头上的荷顶得歪歪扭扭，跌跌撞撞，远远望去，像乡村夏收后还未来得及整理好的麦草垛，一鼓堆一鼓堆的，高高低低，无序无形，偶尔间，在太阳下还会出现烟雾弥漫云霞缭绕的奇观。有一天，云霞和妹妹三妮在溪边洗草，就看见了有烟雾在荷叶上鬼鬼祟祟地跳跃舞蹈。如抽丝，似隐似现；像旋风，忽来忽去。云霞问三妮："可看见吗?"

"看见啥子?"此时的三妮正在用一种叫作水大辫子的草,编一个草编筐子。

"问你可看见荷叶上有小跑呢?"

"你是说兔子吗?"

"你是个傻子!"

"你才是个傻子呢!"

"我给你说话,你没听见,就光顾玩!"

"谁说我玩了?我给俺娘编个盛针线的筐子呢!"

"你快看!你快看呀!"就在云霞急急催快看的时候,又有一股深深的烟雾从溪里的荷间溜过去了。稍纵即逝,片断过后又是一片安然的宁静。

"叫我看,看,看,看啥子?"三妮可不高兴了。

"叫你!""啪"的一声响,一个响亮的耳光甩在了三妮的脸上。三妮立刻委屈地大哭起来。手中的草编筐子也掉进溪边的水中,那个草编筐子在溪水里漂了几下,就被水底下的鱼儿晃晃悠悠地衔入荷叶深处了。

三妮揉着哭红的眼睛,始终没有看到姐姐说的什么,那里只是一丛丛的绿荷,啥也没有啊!可是,这就是家里的规矩,大孩总是管着小孩的嘛。自己什么时候才能长大啊?可是自己长大的时候,姐姐会不会长得更大啊?望着荷叶下面戏水的一阵阵小毛刀鱼,三妮的烦恼很快丢到脑后去了。

天蓝蓝,云白白,草青青,荷绿绿。有一顶大大的荷叶扣在了三妮的乱发上。"走吧,不洗了,咱们回家!"云霞拍了拍三妮的肩膀,擦了擦三妮脸上的泥水和泪花,姐妹俩把洗好的草晾在土场上,留给大姐云英回来再称,她们小姐俩不认秤,吃亏了也不知道，都是留给姐姐去办这种大事。这时的姐姐正背着沉重的草筐由地里朝回奔呢。

草盛的日子在夏秋两个季节交替的时候，但到秋末天变凉，草就黄了，真正属于拔草的好时候也就在暑假里。云英姐妹三个都不读书了，不是不想，是没条件，云英读到四年级，家里出了事，就跟着娘下地干活，云霞看姐姐不读了，也不去了，大小是个帮手吧，三妮是三天打鱼，两天晒网。云霞是坚决要叫三妮读书的，可说了不算，还没到当家作主的年岁啊！

那就一起打草吧！娘擦了眼泪狠着心说完，就带着女儿们背着草筐拿着镰刀、铲子、磨刀石，还有扁担、绳子和一大壶井水，一起走进了大田尽头茂密的草丛中。

草丛深着呢！深得不着边际，那草仿佛永远也拔不完呢！

称草的时候是关键，累了老半天割的草，要看老牛头的秤来决定多少，老牛头一高兴，多个三五斤没问题，要是不高兴了，少个七八斤也是常有的事。

"云英，看你的草，就像你姐妹几个的脸，抹得花猫似的，多脏啊！"

"俺大哥，俺再洗洗，你可别扣俺秤啊！"云英连忙把捆好的草又倒进大甲溪里，再重洗一遍。姐妹三个的衣裤都湿完了，云霞十二分的不愿意，就嘟囔着嘴说："每次都难为俺家，不就看俺没有劳动力吗？"

"再说，再说我就劈脸打你！"云英小声低喝，云霞翻着白眼，不再说话。一大清早就在这劳累而沉闷中过去了。太阳渐渐升高起来，洗草的孩子都走了，只留下一溪寂寞的绿，有荷绿，还有那些没被孩子们捞尽的一星一撮的草绿。

月中的时候，各家的工分本要小结算一下，云英虽然读书不多，但心里还是很灵动的，她找出自己每天的记录小纸头，一边翻着一边口算，还没算完，就差了不少。

又是早晨洗草称草的时候，云英称完了草，趁着机会凑过去问牛头："俺大哥，你回家给俺问问大华，俺家的草分可记错吗？"

"你是怀疑俺儿给你使坏就是了？"牛头的眼睁得像铃铛。

"俺不是那意思，就是让大华给看看。"云英的声音马上低了下来。

"你不是哪意思啊？你人小心眼子可不小！"牛头把手里的秤摔在了草堆上。

"你别生气啊！俺大哥，俺就是随便问问，就算俺没说好了吧？"云英用沾满了泥水的手捋着沾在额头的散发，带着哭腔央求了。

"算你没说，你愿意，我还不愿意呢？你诬赖我儿子，哪天给你少了？你得说清楚！说不清楚我非劈脸掌你！"牛头一步跨到云英跟前，高高地扬起了粗大的手掌。

记工分的大华是牛头的小儿子，在村子里是扬着巴掌走路的小子，谁敢说个"不"字呢？云英一下子感到惹了祸，但话说过了，又不能收回来，管它去呢！草筐都没拿，就拉着云霞扭头回家。

午后下地拔草的时候，姐妹几个才想起来草筐没拿回来，就让三妮到牛房去拿，等了老半天，不见回来，云英就和云霞拿着绳子先去了地里。傍晚十分，西南天边起了黑云，咕咕嘟嘟地朝上翻，云英一看，叫声："不好，老家雨来了！"就拉着云霞拼命朝家跑。刚跑到半路，霹雷闪电，倾盆大雨，刹那间天地一片浑然，啥也看不见了。

三妮坐在门槛上，两眼哭得象红桃，哭累了，像个泥塑似的歪在门墩后面。

云英和云霞连滚带爬扑进屋里，连扯带拽脱掉了沾在身上的湿衣服，连忙问三妮，娘呢？三妮说"不知道，找筐去了吧！"

"找什么筐啊？"云英一听，气不打一处来。"那筐就在牛房草堆边上，还要找啊？下午不是叫你去拿的吗？"

"我去了，牛头说没见着！"满脸泪痕和泥痕的三妮坐在地上嘟嘟哝。

"你除了吃你还能干啥？"云英望着外面仍旧下个不停的暴雨，犯愁着娘不知淋在哪里。

天完全黑下来了，暴雨喘气了，炸雷也累得哼哼着渐行渐远了，紧紧抱在一起的姐妹三人才想起点亮油灯。

没有娘在，屋里显得空荡荡的。云英吩咐云霞和三妮在家看门，自己去找娘。可是，云英和三妮说什么都不同意，她们也要去，一定要去！

"你俩去，谁看门啊？"

"你去，我俩就要去！"

"娘不在，你们要听我的话！"

"是你的娘，也是我们的娘！"

"不要诡辩了，你们是在家害怕吧？"

"嗯。"云英猜到了点子上，两个人都不吱声了。

天黑得像锅底，暴雨后的泥地又滑又烂，三妮和云霞紧紧抓住云英的衣服，跑到了牛房，跑到了大甲溪，跑到了村头、村东、村西，问了牛头、问了邻居、问了小村几乎每一家人。可是，大家都说没见着！

三妮等不及了，大声哭起来。

云霞也等不及了，哭得比三妮声音还大！

云英拍拍她俩的头,说,"你俩都给我滚回家,俺娘不会有事,你们鬼嚎什么?没事也叫你们嚎出事来了!"

听了云英的话,两个果真都不吭声了。

"娘,俺娘!"

"娘!"

"俺娘!"

声音悠长而凄怆。

雨夜漆黑而宁静。

三个人继续不停地在泥泞的黑夜里找着喊着,直到全村人都被她们喊出了家门。

一直镇静着的云英似乎也觉出要出事了,她摸摸自己滚烫的额头,颤抖地问三妮说,"下午你去找筐到底发生了什么事?"

"我去找筐,牛头说没看见什么筐,我玩了一会儿,就回来了,后来娘问我,拿的筐呢?我说没找着,娘说她去看看!"

没等三妮说完,云英就直奔了牛头家。牛头正在堂屋里瞎着黑抽烟,烟袋窝里的火一明一灭的,整个人的脸就在明明灭灭中忽闪着时而清晰,时而黑暗。

"俺娘去牛房找过你?"

"找过。"牛头磕磕烟袋锅。

"问过草筐的事?"云英几乎哭出声来。

"问过,问过就走了!有什么问题吗?"牛头拿烟袋锅在地上使劲地磕了几下,烟袋锅里的烟灰瞬间在泥地上没了色彩。

"你别的什么也不知道啦?"

"你这个小丫头,怎么就想找我的事呢?我在牛房半天没动,你说我能知道啥,我能看见啥?"

村里的人开始分工,分几路朝附近几个村子去找。

两天过去了，村里的人陆陆续续赶了回来，大家摇着头表示，都没有任何收获。

一个不到四十岁的乡村女人，一个柔弱的母亲，就这样忽地被猫抓走似的突然没了。

云英不相信眼前的事实，她隐隐觉得娘一定在哪儿，生气？有事？或者？……

姐妹三人不肯放弃，沿着大甲溪水朝下游寻找，一直找到大甲溪最后流入炮台沟的地方。在那儿，她们看到了那个丢失了几天的草筐。

那个孤伶伶的草筐被挂在了一片茂盛的蒲草上。

筐在，娘不在。筐里有一片破碎的荷叶。

往后的几天，三姐妹就在大甲溪边打赤脚奔跑，一圈一圈又一圈。溪边都跑出一条皮条小路来了。村里人看着实在可怜伤心，就端来稀饭面条，让她们吃，云英给云霞，云霞给三妮，可到最后，谁也没沾嘴。看着晒得像黑泥鳅似的妹妹们，云英坚决不让她俩跟着再找了。几天来，三妮不断发低烧，云霞浑身也起满了脓泡，娘几天不在，姐妹三人荒落得不像人，几乎和鬼差不多。

云英说，娘不在，自己就是当家人，活还得干，工分还得挣，饭还得吃！要不，哪一天娘回家来了，看到家里弄得不像样子，不气死才怪！

云英又开始去西北湖拔草了。

云霞在家看守三妮，等娘。

大甲溪里的荷花终于次第开放了。

荷花开得格外娟。每一个花苞都像打足了气，鼓腾腾，满生生的剑指蓝天，仿佛随时都要炸裂开来；那些含苞初放的裂开肥润的嫩皮，欣欣然地望着世界；花瓣展放的或张狂，或热烈，或羞怯……满溪的活泼，满溪的色彩，满溪的动感，满溪的欢悦。

三妮已经不发烧了，云霞就带着三妮来看荷花。她们在溪边小声说话：

"二姐，今天荷花又开了二十八朵！"

"你能数清啊？"

"能，我昨天数过的！"

"我也数了！"

"我昨天看见了最高的那朵荷花下面有鱼！"

"是那条老黑鱼吗？"

"是。"

"嘴里可有东西？"

"好像没有，"

"没衔着什么吗？"

"好像，看不清楚呢？"

"我去看看，你就在这里摆鞋牌玩，千万别走开！要不大姐回来，俺俩都得挨！"

"知道了，你去吧！"

三妮在溪边摆弄半新的绣花鞋，那是娘冬天的时候给她们三个在灯下一针一线绣的。跳鞋牌是孩子们常玩的一种游戏，一只只地摆放开来，一个个地跳过去，跳一个翻一个，若是没翻过来，就算输了。四只绣花鞋，按平常三妮的灵巧劲儿，是很好翻的，可是不知为什么，今天一只也翻不过去。三妮把那四只绣花鞋摆了一遍又一遍，很快就没了兴趣。

太阳升高了，大田里越来越热。云英看看草堆，觉得可以回家了，就打好草捆，收好镰刀铲子，一路挑回来。

云英回来得晚了，牛头已经回家吃饭，牛房边称草的地方空空的，不像往日那样闹闹嚷嚷。云英放下草挑子，回到家，发现云霞和三妮都不在，就站在门口大声喊。喊了老半天没人应，她就只好又去了大甲溪边找。云英看见了那四只绣花鞋，摆得整整齐齐的绣花鞋。村里人费了许多周折，终于还是没有找到云霞和三妮。三个女人的失踪就此成了一个无法揭开的迷。

大甲溪水年年流，溪里荷花依然开，日子就这么不咸不淡地过着。

十年过去，二十年过去，三十年也过去了。

有一天，终于大甲溪不见了，那里已经被填平犁开做了农田，只是拖拉机在犁耕的时候，被一个东西弄坏了犁铧。机手跳下来翻来找去，原来是一个锈迹斑斑的铁圈子，旁边的人都说不出这是个什么家伙，村里一个叫大华的老人走过来看了一眼，慢腾腾地说："捞草罩子。"

村庄里最开心的时光，莫过于每年的乡村古会了。黄龙集三月三、万杆彩旗遮青天、玩杂技、唱大戏、马金凤、常香玉、黑丑的大鼓水平高！有吃的、有玩的、还有摆小碗子套钱的！你三姑、俺大姨、带大的、背小的、屁股后头还有一个相好的！白天看戏中大彩，晚上还要连灯拐！

# 古会

乡村是我生命的摇篮。我躺在乡村流霞吐翠的四季里长大。在乡村的怀抱里，我学会走路、说话。自由自在的歌唱、如泣如诉的细语，都是大自然变幻无穷的神韵给我的启示。乡村乡民塑造了我，乡风乡情濡染了我。遥远的乡村生活，是我生命里一支永不褪色的情歌，每一次唱起，都赋予了生命新的感悟。乡村是我的灵魂之母，乡村情结是我永远的至爱。

都市的春天总是很短，仿佛一只深潭里的游鱼，没来得及看清楚是怎么游出来的，就倏地一下子不见了。而乡村的春天，却不是如此。打从立春一过，风就不似原来那么的寒气嗖嗖刺人脖颈，有一句"吹面不寒杨柳风"的古诗正是道准了这其中的滋味儿。远山摘下白帽，小河撕开冻袍，各种草木都在萌生，各种花儿都攒足了劲儿般地竞相开放，荠菜马兰菜灰灰菜麦眼珠子都探头探脑钻出了土地。孩子们跳着笑着奔出闷了一个冬日缩了一个冬日的老屋，在田头溪畔、大道边，撒丫子追赶春天的脚步。但，真正使孩子们久盼的并非只是这个花红草绿草长莺飞的春天啊，春天里的古会，才真正是孩子们的盛大节日呢！

其实何止是孩子呢，打从立春一过，各家的大人们就着指头开始倒计时了。常听大伯叔叔们说："三月二十八，还有十来天，瞎子磨刀——快了！"

多么叫人神清气爽为之一振的期盼啊！乡村古会，何以有如此之大的魅力呢？都是因了故乡的封闭。我生长的乡村远离都市，交通不便，是个十分偏远的地方。乡民们常常说，我们的村庄鸡叫狗咬听三县呢！三县的边地交界处，历代少有官方的痕迹，乡民几乎是多少代人感受着同样的生活经验同样的时代步伐。祖祖辈辈日出而作日落而息，凡事靠天靠命靠勤，没有谁敢异想天开地幻想：不凭自己的双手牛马一样劳作便会有好事从而天降。乡民们习惯了古老的生活方式和生活节奏，但也同时压抑不住对群体集会热闹一番，交流收获的谷物，劳作的间隙调节一下沉闷的乡村生活气氛的热切希望，因此，不知是从哪代哪年月开始，在三县交界处——古老的乡村集镇黄龙镇，创办了一个古会，日期就是三月二十八。老人们说，二十八是个双头日子，占尽了喜庆吉祥的色彩。春天是一年的开始，不冷不热气候宜人，且农活不多。这古会的日子选得极顺民心。

一踩进三月的边沿，大人孩子都在盼。大闺女小媳妇更是赶早不赶晚：二月底就开始做新衣、纳鞋底。鞋帮儿细线对针钩出活灵活现的花鸟虫鱼，那花儿一准鲜亮多姿，逼真耀眼，就如同刚从枝上掐下来似的。男人们有条不紊地整犁耙、拴猪羊，该到古会上买的卖的，全都一条不漏地记在心账上。爷爷奶奶们刚捱过年就开始想办法，用碎铁铜破麻绳儿在走村串户的货郎担上换零钱。古会就要到了，赶会的时光总是要给孙子孙女们几个压袋钱的！

盼着盼着，三月二十八的古会终于就在乡民们殷殷地期盼中缓缓来临了。

直到今天我依然没弄明白，为什么记忆中的乡村古会总一直是阳光灿烂的日子，没有过伸不开手脚的春寒，更没有过扫兴的连绵阴雨。这如此的天随人意，难道真的是乡民们年年过节香火鼎盛的祈祷和众人虔诚心愿所感而至吗？

太阳还在村子东头的树丛里羞涩地装扮，乡村就开始了年复一年的超常骚动。鸡飞狗叫，笨重的大木车轮子在爬满巴根草的土路上哐哐啷啷地滚动。浑圆的车把上坐着村子里最鲜美的新嫁娘，桃红墨绿、奶黄的头巾下，半掩着新用石灰粉白棉线开过的胭脂脸，雪白的糯米细牙在小巧的红唇中，闪着晶莹如玉的光洁。粗壮的车把式打着号子，从各家扛出要卖的蒜头、粮食、草编的筐篓，直到把大车塞得肚圆滚胀，才高叫着："停停停！"然后纵身跳上车把奋臂扬起长鞭，"叭"的一声脆响，牛铃叮当，那笨重古老的大车便在乡村的土地上，咕咕噜噜地朝前滚动了。

大车走了。各家的汉子纷纷拉出自家的平板车或推出独轮车。车身新抹了漆，车轴新上了油，女人抱着打扮得花团儿一般的孩子，挺知足挺满意地坐上男人推出的车子。孩子们的脸蛋新抹了红，脖子间、背上、肚兜里斜插着刚从房前屋后桃树上折下来的鲜桃条。传说那些尚带着微凉露珠的桃条是可以避邪驱魔的。乡村的孩子多得如柿蛋儿。但对各家来说，孩子再多，依旧宝贝，插上桃条儿，神鬼不敢上，平安着哩！红红脸蛋的孩子，惬意地躺在母亲温热的怀里，用天真稚嫩的头脸得意地蹭着母亲硕大丰满布袋一般垂着的肥奶，噙着盈尺烟竿的男人，将宽松的车袢儿捋得板板正正，悠悠地朝肩上一搭，便在老祖母一遍又一遍地叮咛声中挺得意挺自在地载着女人孩子出门去了。老祖母总是要留在家里看门的，仿佛这种期盼已久的热闹光景早已嵌进了她们生命的年轮。三五个老姐妹聚在村头刚绽幼芽的老香椿树下，有滋有味地叙说着她们那一代人古会的繁华，再赶一次心上的烂漫。说够了就各自满足地啧啧品味，然后低着头，扭动月牙般的小脚，笑眯眯地走回家去，看好自家院门，备好茶水，等待着赶会晚归的家人。

最后离开村子的，大多总是有些年纪的男人。他们并不着急去看什么热闹，只是去看看市场，选一些季节里急需的东西，譬如农具、种子；譬如木料、桌凳，甚至猪娃羊羔、鸡雏鸭崽。倘若什么都不选，那也无妨，去看看行情也很乐意。或者去会会四邻八村的老乡亲，平时总是忙着庄稼，要聚一下很不容易呢！他们走得不急，悠悠晃晃，四平八稳地迈着闲散方步，每步都走出饱经风霜遇事不慌的那种乡下人的沉稳风韵。绝不同于那些撒欢儿奔跑如小马驹出栏一般的孩子。

那些小马驹一般的孩子啊！打从黎鸟四更天里的一声啼唤起，在铅灰色的天幕上还可以看见隐约星光的时候，就全如炸了窝的蜂儿，一呼百应，一串儿一串儿地在潮湿的晨风里奔跑着呼朋唤友。尖着嗓门喊叫的，放开喉咙唱歌的，那份张狂依旧掩饰不住心头的大喜。各家的敲门声此起彼伏，把乡村吵得在晨曦里打着哆嗦，直到东方天边大白，红霞隐退，太阳初升，他们才蚂蚁滚蛋儿似的滚成一个挺具规模的队伍，然后闹着叫着唱着跳着，一窝蜂般地涌出村子。

青麦正在膏腴的土地上蓬勃着旺盛的生命，野花刚从甜蜜的深睡中摇一头朝露款款苏醒。五彩人群正在许多条通往黄龙古镇的乡间小径上涌动。那些细细长长的乡路，蜿蜒在齐腰深的麦田中，依傍在曲里拐弯的小溪畔。乡村复活了，庄稼复活了，溪水复活了，古会将整个乡村喧闹得铿锵沸腾了。

黄龙镇其实是个不大的乡村小集，东西走向三百余米。青石板铺就的鸡肠小街，街两边拥拥挤挤地竖满了宽宽窄窄大小不等的店面。平日逢集，整条街也就二百米长的热闹去处，若是农忙，乡下人在田里没天没日地拼命，那小街上也就仅剩了五十米不到的一小团人。可逢古会这天却不同了，街前街后，铺天盖地都是热气腾腾的人。各种买卖分外兴隆。街西头搭台唱大戏，街东头围场子玩杂耍，街南边数十个唱大鼓的摆阵打擂台，街北边玩猴的、套小碗子的、牵骆驼算命的，耍大刀吞钢镚儿的，还有那数不清的牛马行、猪羊鸡鸭行，一一铺陈摆开，一直延续到离黄龙集老远的村庄都成了不规则的街市，"古会的集市没栅栏，打马一天跑不完"就是乡民们对这一天集市壮阔形象的描绘。各种卖糖球、糖丸、糖仁、糖米花、糖卷儿、糖稀、糖条、糖豆、糖酥、糖块、糖稀饭、糖葫芦、糖粉皮的，或举或挑，或提或挎，大呼小叫穿插在摩肩接踵的人流中。到处都有各种风味迥异的小吃，摊点如群星，撒落得无处下脚。更有那闹闹哄哄的闲散人，睁大好奇的眼睛，东瞧西望你推我挤，潮水一般地拥过去。看不尽的满眼赤橙黄绿青蓝紫，市声嘈杂，如百雀鸣耳，热气升腾，到处都是人流。吆喝声、锣鼓声、叫卖声，中午还不到，赶会的人个个都挤得面红耳赤大汗淋漓了。

往日的乡村，没有计划生育之说，养着七八个孩子的家庭比比皆是。大凡殷实的人家，每个孩子总要发给三五毛钱赶会，而那些经济不宽裕的人家，一分钱也拿不出来给孩子，这样的人家不在少数，大多是主妇扛一肩粮食去古会上卖。倘若卖得出去，就发给孩子一毛两毛，倘若卖不出去，就只好把粮食扛回来，让孩子留在会上尽兴地玩个够。口袋里揣的是早晨刻意做出的菜饼子，麦面擀的皮，包的韭菜馅。中午天热渴了，古会上有凉水桶，喝凉水不收钱。直到很久的后来，我还清楚地记得古会上那个挑凉水的汉子。他总是光着臂，搭一条半旧的花条毛巾在宽肩的一侧。毛竹扁担吱吱呀呀地唱，清冽甘甜的井水，细细地洒一路水渍。总是在集东头一棵虬枝盘旋的大鸹花树下泥台上，插一个写有歪歪扭扭"供水处"字样的木牌。木牌下放三五只油亮红褐色的葫芦水瓢，赶会的人每渴了必定会到这里寻水喝，喝完了再挑。那一天，那个光臂的汉子必定很累，因为三五只水瓢从不闲着，那毛竹扁担的吱呀声也就没有停止过。即使不收钱也肯干，而且干得那么尽心尽职。大人曾经告诉我说，那都是集头安排好的。在一个地方逢会很不容易，集市贸易给当地的人们带来了丰厚的经济收益，集市的人就责无旁贷地要维护好公共秩序，保持良好的集市形象，维护集市的集体荣誉做好服务，倘若没有良好的秩序和环境，四乡的人谁还肯来赶会呢？那时的乡民总是很实在的。

孩子们有水喝就满足了，主要是来饱眼福的。赶会的这一天的见闻，足够他们津津有味地说上半年，没有哪个孩子吵闹着要买什么，或者嚷叫着要吃什么，当然也有富裕些的孩子，三五分钱买几粒糖豆糖仁糖块什么的，买了不会自己吃，装在口袋里拿回家给奶奶尝，或者分给同村的伙伴一块儿分享。也有的花上一毛二毛去套小碗子，凭巧劲瞎蒙乱碰，没准儿会套住一块香肥皂、一包香烟，或是一个米卷儿什么的，那时的高兴可真无法形容啊！仿佛一年里终于交上了一次头等的齐天洪运。可大多的时候总是背霉晦气，一二毛钱白花了，竟什么也没有套到，心痛得不住唏吁着嘴巴，自劝自慰地连说："就算玩了一把！就算吃一碗杂烩面了！"其实古会上有杂烩面，并不贵，一毛五一碗，绿豆圆子另加牛羊杂碎，上面漂一层红乎乎的辣椒面和大如珍珠的葱油花。老板的勺子盛得很实在，总是垒成鼓圆的一碗。殷实人家的男女，大多不带干粮赶会，而是咬着牙几下决心，不过了似的蹲到地摊前，放开肚肠般地吃它一个潇洒。先喝稀的，喝完了还可以再盛。等到吃稠的时刻，那饱嗝儿也就一串串地憋闷不住，接二连三地滚出了喉头。到最后直吃得额头汗粒如豆，才两手按地缓缓而起，摸索着解开衣扣，扇着风而去寻找新的乐趣。

大多数的孩子都没有机会在会上吃滚饱，东一头西一头，跑来跑去两只眼不够用，待到浑身精疲力竭的时候，太阳也就快要下山了。晚上还要唱夜戏，年景好的时候，甚至还会放焰火，乡民不叫焰火，而叫放花，可是远路的孩子大多不敢留在集上过夜，赶夜会又叫"连灯拐"，没有大人跟着，一般不被同意进行"连灯拐"活动，他们当然不敢违命。其实，玩了一天，也早已差不多尽兴了。

乡村的土路上，这一天都没有清静过，来的去的，总有人在路上。喧闹的白天在安宁的黄昏里隐退，柔和而朦胧的色彩在青麦上空笼罩，四下里飘荡着芬芳而洁净的空气。集市的嘈杂喧嚷远远地消失在身后；赶会的人终于陆陆续续地散了，散失在乡村寂寞迷茫的田垄里，散失在春日下垂雾气闭合的暮色中。暮色中，人们议论着粮价米价，猪马牛羊鸡鸭鹅的行情；说着张家媳妇、李家婆娘的穿戴，感叹着亲家的变化、远村的新富；品评着花旦的俊美、老旦的端庄、黑头的威严、白脸的奸诈、红脸的忠孝、小生的油滑，还有那乖巧的猴、矫健的马、滑稽的小丑、上刀山的可怕。孩子们比试着新学来的功夫，模仿着杂技里的流星跟头、拿大顶、丢平叉。

忙忙碌碌的一天，闹闹哄哄的一天，几乎是在心底孕育了小半年，软软粘粘浓浓郁郁的期盼，就这么春宵轻梦一般地流走了。当树木、房屋、烟囱、牛羊、小院，如一张张剪影静静地在人们眼前幕布一般地铺开时,一切又归于正常。只有那肚腹间的肠胃,不间断地发出阵阵鸣响,仿佛一再提醒,一天里这个地方总被遗忘。

谁也说不清楚古会这一天大人孩子手忙脚乱紧紧张张到底有什么收获,只知道所有的人都很满足。这份满足可以延续很久,甚至延续到第二年的新会。

每年忙季一过,村庄就会张罗唱大戏,一家一户起粮食,然后搭戏台。戏台搭好了,就巴巴地望着戏班子人马快一点进村了。

# 乡戏

每年三夏大忙一过，总是有一些清闲的时日。这期间，村里照例要请戏班子唱戏。说是戏班子，其实就是那些跑码头摆地摊的草台班子，三五个人，七八个人。最多撑破天的大班子，也就十三四人而已。乡民们是不管班子大小的，只要里面有一两个撑门面的名角儿，就中听受看津津乐道炫耀不已了。那时候，乡村的人们足不出户，对外面的世界几乎一无所知，没有谁了解中国到底有多大，没有人知道中国的戏到底有多少种，老少有口皆碑的名戏子就是演小生的黑丑和演花旦的陈玉霞。黑丑长得并不丑，戏衣一穿，戏妆画好，是一个风姿绰约的绝美小生。大眼剑眉，红唇皓齿，细腰宽肩，一抖手一亮相，常惹得无数乡妹脸发热心发跳，梦里几回回就泪湿青衫。特别是黑丑那一口吐字清晰、抑扬顿挫韵味悠长的清唱，竟活活把无数个婆娘的眼儿放直，魂魄儿勾去。至于那陈玉霞，唱腔倒不如黑丑的清亮委婉、字正腔圆，但是，偏偏她就生成了一副狐眉子狐眼，白如天光，靓似女仙，细腰盈尺，丰奶若丘，碎步婀娜活脱一个风摆杨柳，抡圆了水袖如彩练当空一舞，让乡村的男人无奈地连咽口水，硬是把脖子伸成了鹅状。三五个男人田边地角没事时就拿陈玉霞打趣，一个说，摸摸陈玉霞的腰，也不枉来世上走一遭；另一个说，蹭蹭陈玉霞的脸，二冬不挨棉衣二年不挨饭碗；别的男人听了就起哄，"不挨饭碗吃什么？变成老驴吃青草吗？"

婆娘们尽管喜欢陈玉霞，却从不夸奖陈玉霞，甚至当着男人的面，肆无忌惮地骂陈玉霞狐狸精，一身骚气哄哄的。不管怎么说，陈玉霞黑丑就是乡村的名角，是乡村的企盼和骄傲。方圆数十里的大人孩子，谁不知道黑丑的唱、陈玉霞的浪呢！

戏子出名，班子抢手，因此，年年乡戏兴盛的这段时间，要想请陈玉霞黑丑的戏班子，那就不是十分轻而易举的事了。倘若真的请不到陈玉霞黑丑的戏班子，除了遗憾之外，倒也无关紧要，因为乡间活跃着的戏班子多得是，再请其他的班子罢了。

请戏班子的大小，总是要根据年景收成的好坏而定。收成好了，就请个人多有名角的大班子；收成不好了，就请个人少的小班子。乡村唱乡戏，大多不给钱，只给粮食。当主事的人做出了请大班子还是请小班子的决定之后，就由村上的一个热心公益事情的人张罗，到每家每户去收粮食。推着木轮车，拿着粗麻袋，一家根据人口的多少，或三瓢或两瓢。沿村转一圈，收粮的任务就完成了。仿佛是久已定下的村民公约，谁也不会说个"不"字。只要收粮的车子到门口，当家的就会笑眯眯地把粮食准备好，不等收粮人说话，自然是挑又干净又饱满的上等好粮拿出来。那时村里经常是先叔和佩爷干这种差使。二人干得很尽责，边推车子挨门挨户地走，边哼哼叽叽地唱着某一出戏的曲子，还时不时地做出陈玉霞般的媚眼和黑丑的亮相造型，惹得村子里的婆娘们"嘎嘎嘎"地笑着，且拿正纳着麻绳的鞋底"啪啪啪"地敲打他们的屁股，直打得他们歪鼻子斜眼，夸大其词地做出不堪忍受的疼状来。

收完粮食集中放在公房的仓库里，天已到了傍晚，先叔和佩

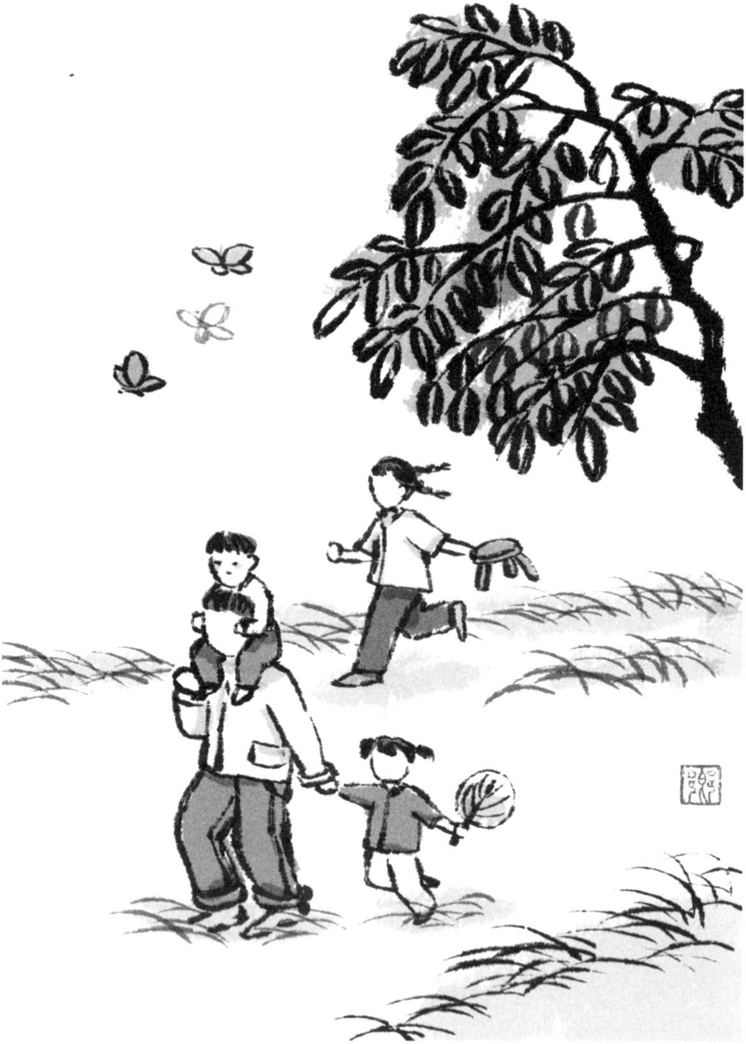

爷就把众戏子分配好,亲自领着送到一家一户去吃派饭。如果戏班子人少分不过来,那么没有摊上的人家,就等到下年演戏时再轮流管饭。摊上女孩的就很巧。那些娇小明媚的女戏子,总是吃得很少,且又中看,那么近距离地欣赏,确实让管饭的一家老小乐不可支。摊上年轻的男子,也让管饭食的婆娘私下生喜,操刀掌勺,尽把那农家饭菜翻出鲜见的新花样,做得油乎乎香喷喷,屋里屋外扫得溜光不见灰刺刺。新换了洗脸毛巾,新拿出嫁妆盒里存放已久的香肥皂,甚至连婆娘自己乌黑的发髻都新沾了清水抿了又抿,仿佛刚涂上乌发油一般的光亮可鉴呢!

最晦气的要数那些分到乐队里锣鼓手吃饭的人家。这些粗壮的乡村乐手,既不要练念唱滚打,也不怕影响训练体型,干得偏台力气活,空着肚腹可不行,因此狼吞虎咽风扫残云,半点也不客气,面条一吃就是一小盆,那样子也和种田的乡民一般的粗糙。因此派饭的人家就很失望。饭后见了先叔佩爷,免不了骂几句,"烧香烧到粪坑里去了"这类的难听话。先叔和佩爷就作揖打拱,笑脸相许:下年、下年!下年请来了陈玉霞的班子,定将陈玉霞黑丑分派你家,准让你过足眼瘾行了吧!

第二年,果真请到了陈玉霞的戏班子,那天晚上,全村都沸腾了。还没到吃饭,各家的孩子就搬着板凳来到村东头的土场上,场是村里公用的打麦场。新垛好的麦草堆成了一个个圆鼓鼓的山包,空气中散发着一股股浓烈的干麦草的清香。光溜溜的土场上早已聚满了尖声嚷叫的孩子。名角的到来肯定要招引无数的外村人。因此,各家都让孩子先一步来占地盘。孩子们叫着闹着大声说笑追逐着。大大小小的板凳拥拥挤挤地挨个排开,几条威风凛凛的肥狗就在板凳与孩子们之间窜来跳去,有胆小的女孩子常被那些威武的狗吓得尖声呼叫,待小主人耳鬓厮磨地将狗搂了走去，女孩子才老老实实地坐在板凳上认真地守着。

直到红月亮升出村东茂密的杨树林，锣鼓手们才打着长长的饱嗝，用掐得尖锐的干麦草剔着饭食拥塞的牙齿，挺着阔绰的肚腹，慢腾腾地走进土场边的公房，操起锣鼓家伙，在土场中心使劲地敲打起来。锣鼓点子挺有讲究，并非信马由缰，外行看热闹，内行嚼门道。听得多了便悟出个中端详，开篇的激烈击打，仿佛是招唤四面八方的人们"来来来来快来，快快来！"激烈之后，是片刻的舒缓，这舒缓的锣鼓语言就是向蜂涌而至的观众致以问候，"你好你好你好吗？"问候之后相邀入座，"请坐请坐请入坐！""匡匡匡匡令匡一令匡！令匡令匡一令匡！匡采匡采匡采匡采采！"锣鼓家伙一响，炽白的汽油灯也就燃起来了。场的一边，早就埋好了两根粗大的木柱，木柱间横扯起一挂大红的幕布，幕布的两端分别垂挂着两只带有长飘带的五色彩球。幕布将土场分成了台前台后，待会儿开演的时候，人们等待已久的陈玉霞和黑丑们，就是从那挂缀有彩球飘带的幕布的后面，轮番飘逸而出。噝噝作响的汽油灯就吊在一头的木柱上。俗话说，高灯远亮。汽油灯一挂，四野照黑了，整个土场却亮如白昼。大到如孩子们的面目，清晰无余，小到如嵌在土场泥缝里的瘪麦，粒粒可数。

锣鼓的震响引来了周围村子里的乡民，不大一会儿，乡村土场上就里三层外三层地水泄不通了。

大人们挤到孩子早已抢占好的地盘来也真不容易。等到母亲刷锅洗碗、收拾好门前屋后气喘吁吁地挤进场子里的时候，一头勒黄丝带，身穿拖地黄布衫的老女人，早已立在台前咿咿呀呀地唱了老半天了。母亲说，台上的戏叫《桃花庵》，那个咿咿呀呀唱着的老女人就是王三师。孩子们很难听懂这样的戏，总盼望能有几个跟头出来翻翻。可是，等了许久，却总不见动静。有一个花枝招展的女人高扬着长袖倒退着碎细的步子来到台前，苦哀哀地唱着什么肝肠寸断的词儿。不然，不会将我母亲的眼泪赚引得一串串似珍珠断线儿似的噗噗落在我的脖颈间，弄得脖子里湿漉漉地痒。每到这样的时刻，如我这般大的孩子就开始神不守舍东张西望了。我看见村里的女孩小枝和小线头搂头的挤在一块儿嘀嘀咕咕地说着什么私房话儿，说到开心处，两个人的脸都笑成一朵花。我还看见金珍一个人闷闷地低头坐着，压根儿就没有看戏，不住地用手缠着又粗又黑的长辫子。把辫子拧得像根麻花儿，还时常东张西望仿佛要找谁而没有找到，左看看右瞧瞧坐立不安。原来她们也不喜欢台上唱的这些老戏苦戏。可是，陈玉霞和黑丑怎么老是不出来呢？

等着等着，我们这些孩子的心就等得困乏疲倦了。只觉得头有些沉，眼皮也逐渐发涩发重，最后终于支撑不住地倒在母亲的怀里呼呼睡去。睡得正香，忽然觉出蒙眬中有人在推我，睁开惺忪的睡眼，只听母亲连说："快醒醒！陈玉霞出来了呢！"陈玉霞一出来，当然离黑丑出来也就不远了。我立刻抖擞精神，使劲揉了揉酸胀的眼皮，攒足了劲儿朝戏台上望。

陈玉霞果真出来了！她的瓜子脸涂抹得红红白白很精致，樱桃小口鲜红欲滴。脖颈间插着数面威风绚丽的小旗。身上的戏衣五彩缤纷，头顶闪闪烁烁的凤冠，其间分竖两根弯弓状的羽毛，那俊美那帅气，一下子征服了全场的乡民。喝彩声叫好声，拍巴掌声跺地声口哨声，连同震耳欲聋的锣鼓声，把一个平静的乡场嘈杂成一片喧闹的世界。我这般大的孩子们，从来听不清一句唱词，但母亲告诉我说，这就是陈玉霞的拿手好戏《穆桂英大破天门阵》。杨家将保国安邦的故事，我已经听母亲不知说过多少次了。每年的乡戏，总给母亲留下许多的话题。我就是这样从母亲的口中知道了《赵氏孤儿》《窦娥冤》《西厢记》，知道了《汉宫秋》《王莽赶刘秀》《薛刚反堂》《罗成招亲》《潘金莲卖大饼》。看乡戏更多的是看热闹，听母亲说戏，那才真正使我入迷。

穆桂英勇武超群，才智出众，再加上陈玉霞的狐妖身段，招惹得满场着魔一般地疯叫，孩子们也莫名其妙地跟着大人起哄，此起彼伏地吆喝呐喊。陈玉霞展喉唱了一圈，接连几个秋波妩媚的风眼，就打着旋儿回了后台，之后便是杨宗保一连串的纺棉翅子，跟头流星般地翻了出来。婆娘女子心醉魂迷，一伙儿全都将巴掌竖起来拍，直拍得像潮水一样哗哗山响。戏台里的杨宗保仿佛受了感染增添了神力，那跟斗翻得更高更快更稳更多了，让人眼花缭乱目不暇接。黑丑风车儿一般地旋完了立定身子清喉吟唱的时候，不知为什么，我的困意又止不住地袭了上来。也许是过久的等待和前面的《桃花庵》把孩子们的精力磨去了的缘故，我一低头，竟又伏在母亲的怀中睡了过去。也不知睡了多久，母亲用力晃动我回家的时候，睁眼四下里一瞧，土场上的汽灯早熄了，只剩下两根光秃秃的木柱。乡村的土路上游动着散戏归家的人影和欢声笑语。土场上只有村子里路近的老年人，在耐心地静守着散场后的松动，那时便可带了孙儿慢慢地走回家去。

汽灯灭了，月儿更亮。月儿亮了，星儿稀了。人走月移，四周的虫鸣蛙鼓更衬出了乡村夏夜的旷远和宁静。旷远宁静的乡村夏夜里，青草野花庄稼树木都在滋滋地生长。有沁凉的细露在夜的纱帐下轻轻飘落，仿佛听得出飘落的夜露，与青草野花庄稼树木触摸的声响。我跟在母亲的身后，紧紧扯住母亲宽大的衣襟，似醒非醒地走回自家的院门。母亲依旧在津津有味地咀嚼着桃花庵的悲喜，穆桂英的神威。那些细流涓涓的评说，把一个尚未涉世的孩子单纯而稚嫩的心,真正地引入了乡戏的情节中。

晚上熬夜听戏,第二天照旧要睡个懒觉,一觉醒来,才知道村里又出了大事。原来,村子里的小枝和小线俩都跟着戏子黑丑跑了。金珍也想跑的,没有跑掉,被她四叔朝死里夯了两锨杠,夯折了腿,强行背了回来。小枝和小线家的大人孩子哭作了一团。村里的族长出主意派人四下里去找,可是掂来掂去终未能成行。一来是去找人要花费许多钱财,二来是找回来名声也不好听,将来反而弄得难嫁出去。即使嫁了,也要降低条件。乡人认命,该是如此,也就只好如此了。女孩子嫁出去的人,泼出去的水,反正早晚都是要扫地出门走到这一步的。两家大人哭一通,擦把眼泪也就狠着心割舍了。可是我到底没有弄明白,听母亲说黑丑早已有了老婆了,怎么还讨老婆呢?更何况一下带走俩呢?

每年村子里唱乡戏,总免不了大大小小出些意外。跟着戏子跑的不只是小枝和小线,也不只是我们一个村子。以前也有跑过的,跑了也就跑了。虽然女孩子的家人咬牙切齿地恨,但乡戏依旧是年年要唱的。只可惜,从那年以后,黑丑一直再也没敢到我们村子里来,因此,那天看陈玉霞和黑丑联袂演出《穆桂英大破天门阵》,当算作记忆中黑丑的最后一场戏了。

村庄里的孩子长大了,要去很远的地方读初中了。那是一段很长的乡间小路,小路上有苜蓿花、有蒺藜草、有野兔和云雀、还有一生难忘的少年情谊。

# 走路的感觉

龙亢集是个很古老的镇子，镇子前面有条河，过河不远就是烟袋湖。那时，我们村庄里的孩子上初中都到这个三十里远的地方。村子里上到初中的孩子少得很。家里宽裕，思想解放的才肯让孩子读初中，女孩子读初中的更少了。那时故乡的湖没有水，仅是对村庄和洼地的泛称。那时候上学，少不了一次又一次地穿过那片衰草连天的荒湖地，走在被乡人踩得油光皮滑的小路上，常被荆棘野藤绊住了脚，免不了一路跌跌撞撞伤痕累累，总是顾不得舔舐流血的伤口，就又挣扎着爬起来赶路。那时的我，因从小读书早，年龄小，个头矮，跟不上同伴的脚步，总是被落在队伍的最后头，独自一个人走在湖心里，觉得天很高远，路很漫长，就有些孤单有些害怕，期望着有个伴儿，哪怕是一只盘旋的飞鸟，一只奔跑的野兔，或者一朵摇曳的小花。

邻村的男孩阿玉就在这样的心境中走进我的视野里。他背着一只老蓝布缝制的书包，长长的布带吊在肩膀上，走一步书包就在胯骨间拍打一下。他因病休学一年，刚刚复学上课，面色清瘦菜黄，个子矮小，一副弱不禁风的模样儿。也许是又换了一个新班，和同学没多少交往，也许是久病新愈体质弱走得慢的缘故，放学的路上，他也常常落下来，和我一前一后地走。走路的感觉很奇特，有个伴和没有伴不一样，有个伴就有了生机，觉着踏实，力气仿佛从筋缝里朝外一丝一丝地冒。阿玉跟我说，走路要均匀用力，不要紧一阵松一阵。阿玉还说，行走要配合呼吸，要放松，要心情舒畅，特别是要把鞋套里的碎土倒净。这话提醒了我，小时候上学，除非冬雪严寒，总也没穿过袜子，不是调皮懒散，是没得穿。光着脚板穿鞋，草屑儿土粒儿经常灌进鞋套里，走一步硌得脚板疼一下。那一天信了阿玉的话，我坐在草丛中，把鞋子的泥土沙粒抠个净光，穿上干干净净的鞋子，脚板真舒服，爬起来继续赶路，那时的感觉好极了。

我和阿玉两人的家都不富裕，一切都是节省行事，但互相间不分你我，常把各自从家里带来的东西拿出来共同分享。我给阿玉的是母亲精心做成的烙饼和卷心馍，阿玉给我的是新从桃园里买来的五月仙桃。那一天，我们早早起来，踏着夜露穿过荒草湖去学校。阿玉把几个又大又红的鲜桃悄悄地塞进我的书包。我说什么也不肯要那么多，阿玉立刻就生气了。阿玉生气的样子很好看，脸色红红的，眼神怒怒的。我不忍拒绝，只好拍了拍书包点点头，算是答应了。云雀在晴空里唱歌，野花在草丛中跳舞，我和阿玉追逐着风，追逐着云，一口气跑了二十多里竟没觉出累。那感觉是生命的跃动，不仅是好，而且是美极了，愉悦极了。那几个红红的桃子我没有舍得吃掉，整整藏了一个星期。到了星期六下午，住校生全都返家的路上，和阿玉一路穿过荒草湖滩时，我才拿了出来。本想给阿玉一个惊喜，谁料那些桃子全都在厚厚的纸包里捂坏了，一散开纸包就稀拉拉地直滴水，我伤心地几乎流出了眼泪。阿玉却立刻善解人意地说："你真傻，唉！就算我吃了，不要伤心，咱家园里有的是呢！"其实我明白，阿玉是在骗我，他家哪来的果园呢？那桃子是他母亲攒下来的鸡蛋卖的钱买的。那样的年月里，舍得花钱给孩子买零食的母亲是不多的，我白白浪费了阿玉母亲的那份挚爱，我很为自己的过失痛惜，不知该用怎样的语言向阿玉道一份深深的歉意。阿玉见我一直没精打采的样子，突然眼光一亮说："桃子烂了更好，谁说坏事不能变成好事呢？"阿玉边说边把烂桃子剥去皮肉，只留下桃核，又用碎土草叶儿把桃核擦得清亮，然后找来几枝棍棒，吩咐我挖土刨坑。我俩不停地在草丛中掘土，不一会儿，就挖出了一排整齐的泥坑来，我们小心地把那几枚咖啡色的桃核埋进泥土里，就像完成了什么重大的使命，我们又放心地上路了。

此后每天经过那片荒草丛，我总是忍不住地跑过去伸头探望一番，阿玉就笑我："真傻，还不到发芽的季节呢！"

秋天过去了，又等过了一个漫长的冬天，总是没有看到荒草丛中有绿芽萌生，直到阿玉长成了精明英俊的小伙子，穿上戎装应征入伍去了南疆，我还傻乎乎地去荒草丛看了几次。是不是那些桃核儿的躯壳太坚硬了？还是桃仁儿的养料不够充足，不然我和阿玉亲手种下的桃核为什么沉默在泥土里久久不见一星半点的动静呢？

阿玉去了边疆以后，我又成了一个孤独的女孩，依旧一个人孤零零地在荒草丛中奔走。独行的时候，依然害怕，害怕时，就一次又一次地回味着和阿玉一块走路的感觉。那份感觉滋生出绵长坚韧的力量，直到后来阿玉的家族和我的家族有了人为的缝隙，阿玉的青鸟也如遥去的黄鹤不再向我纷飞的时候，我还最后一次去拜祭了那片荒草丛。如血的夕阳里，我绝望地想，一个弱小的男孩和一个弱小的女孩亲手播下的种子，恐怕再也不会发芽了。

二十多年后的一天，当生命的风帆一次又一次将少年的脚印送得很远很远的时候；当岁月冷暖早已转化为一页又一页发黄诗篇的时候；总觉得少年梦少年心依旧在故园的什么地方什么角落久久地等待着我。那一份等待是一缕剪不断的乡思，牵扯着风牵扯着雨，如歌如梦萦绕心怀。于是，为了追寻当年那份纯真和挚爱，我不得不在匆匆又匆匆的行程中放慢了脚步，寻一个机会重返故乡的荒草湖。

恰是红桃灼灼，绿柳如烟的季节，春风柔柔，阳光依依，曾经使我愁肠百结郁闷彷徨的故乡，如此生疏又如此熟悉。我驻足在当年孤苦独行的乡村土路上恍然伤感，再一次体味了少年的凄苦人生，重温了阿玉曾经给予我的温暖和力量。只是当年的荒湖滩早已不见了踪影，唯见无边无际的桃林在河网化的沟坎上、渠坝间、公路旁热热闹闹地生长着。桃花正艳艳地在日头下明媚，蜂儿蝶儿勾肩搭背地赶着花市。流连于花的海洋花的世界里，我一次又一次地自问，眼前的桃林，果真是那几颗幼小种子的繁衍吗？种子发芽了，长出大片的桃林；桃林开花了，结出丰美的鲜桃。那么，天边的阿玉，哪一天才能和你再一次共尝那份走路的感觉呢？

大甲溪是村庄里连接外面的唯一一条水道。溪边有一个小小的渡口。一条小木船悠悠晃晃地摆渡着两岸的行人。村庄里都称渡口为"梨花渡"。

# 梨花渡

大甲溪像一条银练从天边什么地方飘来，在衰草连天的烟袋湖打了一个弯又悠悠地流走了。溪虽不宽，却给散落在两岸的村子带来诸多不便，特别是那个拐弯处，秋冬两季水清见底，春夏多雨，洪水四溢，大甲溪两岸只好天各一方了。因此很久以前，便有一个汉子放弃农田不做，只身来到溪弯里扎个木筏摆渡。荒湖滩里走动的人不是太多，因此那汉子便终日带只大黑狗蹲在木筏上抽老烟袋，青烟袅袅，阳光灿烂，不久人狗便都合上了眼睛。醒来时，木筏漂进了青纱帐似的芦苇丛，扶疏的苇叶间，几对春情勃发的野鸳鸯正交颈嬉戏，汉子木呆呆地看了几眼，便撑了木排出得苇丛，在阳光中清波上长长地伸了一个懒腰。就在春水涨湖的时候，汉子的心也乱了方寸，那一年春天潮水没有落，一直涨到夏末，淹了无数的村庄，毁了大片的田园，男女老少呼天抢地去逃荒，就在逃荒的人群中，汉子用两条滑叽叽的鲇鱼换回了一个面黄肌瘦的女人，她叫梨花。

溪弯里的木筏换成两头尖尖的小船，溪边搭起了一间小马架，小马架里垒起一个土坯炕，炕里塞满了干草，泥巴门前晒起了一串串草鱼、鲢子、胖头、大虾。白天，汉子依旧撑船，依旧带着那只狗，依旧抽老烟袋，依旧的眯着眼睛看太阳，却从不再想那苇丛里的野物。白天,梨花打草挖菜,缝补涮洗,盘乌黑的髻,烧喷香的鱼汤,站在溪边喊那小船归来,颤颤悠悠长一声短一声,蓝粗布褂子上印的白碎花儿在太阳底下晶晶莹莹的。两尾鲜鱼,三口老酒,汉子的脸红红的,便说:"梨花,你也喝一口!"梨花摇摇头,抿嘴一笑,拧紧了酒瓶盖,收在枕头底下,汉子望着梨花日渐有了颜色的脸蛋儿,浑身禁不住热烘烘的,便两臂一拦,抱住梨花扔在草炕上。木凳上的饭菜早已没了热气,小马架的门半敞着,门边卧着那只大黑狗。人狗都睡了,睡得好甜好甜,夜晚,月白风清,汉子扛鱼罩去罩鱼,汉子熟悉大甲溪的鱼胜过熟悉自己的女人,什么鱼什么时候出来,什么鱼爱吃什么饵,他不曾空手而回过。梨花常把那些鱼剖开洗净晾晒,或者卖给过溪的人。人们都认识了梨花,都管这个渡口叫梨花渡。终于有一天梨花的肚子鼓了之后又瘪了,小马架里响起娃儿嘹亮的哭声。一年之后,汉子身边除了那只大黑狗,又多了一条小尾巴。草炕上添了个小人儿,梨花的活儿增了多半儿,要洗尿布,要缝衣服,绣虎头鞋,要一步不落地看着小人儿,小人儿比汉子还爱玩水呢!小人儿吃喝拉撒,转眼长到鱼笊那么高,就在那年春天,梨花突然感到胸闷气短,三天不到竟永远地闭上了眼睛。"哦——呵!哦——呵!"汉子牵着小人儿,整整沿溪叫了三天,眼睛出血,嗓门冒烟,汉子常常撑小船去那刚要泛绿的苇丛边呆呆地守着,梨花渡夜夜传来一老一少的呜咽声。第二年春天,汉子把撑船卖鱼的积蓄全部买了梨树苗。几年以后,梨花渡果真荡起了梨花的馨香,清明节前后,如云如雪的花缀满了枝头,一老一少就在梨园深处点起香火,燃着纸钱叩头跪拜,小的说:"娘,富贵儿给您送钱来了!"老的说:"梨花,俺夜夜想着你呢!有俺陪着你,别心急也莫害怕呀!"跪毕便锄草上肥,修枝打杈，那梨花越发得旺，浓郁的清香中，无数只小蜂儿嗡嗡地飞来飞去，花粉与唇相接，翅膀与翅膀磨擦，汉子看着看着便没了魂，锄把掉在地上，痴痴地老半天转不过神来。"爹，回吧！"富贵在喊。汉子眼圈红红的出了梨园，一下子苍老了许多。梨花开过后，他便常常去那葳葳蕤蕤的苇丛了，终于在一个枯叶飘零的霜晨，富贵在那片苇丛中找到了僵硬的汉子，汉子湿漉漉的怀中竟奇迹般的装着一包干枯的梨花瓣儿。富贵说，定是爹喝醉了去扎鱼被苇根缠了脚才淹死的，爹死的时候还放心不下这溪湾的梨园呢！富贵将汉子埋在了梨园深处当年埋娘的地方，富贵把梨园拾弄得生机勃勃。梨花渡因了梨园而在大甲溪两岸出名，富贵因了梨园而日子过得殷实，当然这是后话。

村庄里的孩子人人都有自己的梦想，我的梦想就是参军入伍，当一个英姿飒爽的女兵。为了这个不着边际的梦想，我不知哭了多少次。

# 少年女兵梦

少年时代的我,常常幻想当一名女兵。这份幻想曾伴随我度过无数个不眠之夜,让我流了不知多少眼泪,终生难以忘怀。

二十世纪七十年代,我正是"不识愁滋味"的少年,生就一个比纸还薄的命,却有一颗比天还高的心,朝思暮想穿上绿军装,关山度若飞,万里赴戎机。这个念头的产生着实把家人吓了一跳,仿佛我要去摘星星抓月亮,颇有癞蛤蟆想吃天鹅肉的味道了。一个连县城也未到过的女孩子,竟想走遍天涯当女兵,真是异想天开!但在我自己,却一点也不认为过分,我暗自合计自己的长处,能歌善舞,能说会道,且写了不少的好文章,墙报贴过,广播播过,特别是不怕吃苦,有牛脾气一般的毅力。部队能不喜欢这样的人吗?

为了当女兵,我顽强地校正口音,力争不说乡音土话,直练得普通话字正腔圆,练得每次公社开大会准让我去当司仪、喊口号;广播站每有重要通知、宣传文件,都叫我去录音。在我自认为做好一番充分准备之后,一年一度的征兵任务真的下来了。我兴冲冲地跑到公社武装部,费了好大周折,才见到接兵的首长,他笑吟吟地听完我说的来意和要求,什么态也没表,轻轻拍拍我的头说:"好好读书去吧!完成作业后下田帮你妈拾柴火。"我又急又气，大声解释："首长，我来是报名当兵的！"首长伸出手在胸前划拉一下说："看看你，头尖儿才顶我的三扣呢！当兵不行，当女儿嘛，还凑合！"我一下子像受了莫大的侮辱，眼泪哗哗地涌了出来。回到家里，天已经黑了，塞满胸膛的，除了伤心还是伤心。第二天早晨起来，眼睛就像两个水灵灵的红桃子。父亲见了很心疼，二话没说，骑上车子直奔公社。父亲终于打听清楚，当年根本就没有女兵指标。既然没有指标，那也就没有什么可怨了，耐心等着吧！等着明年。

日子就在殷切的期盼中悄然流逝。第二年的征兵时节终于又到了，武装部的同志传话说，征收女兵的指标下来了。我的高兴劲儿真是难以形容。天空是那么美好，大地是那么宽阔，我忍不住对着朝霞唱："飒爽英姿五尺枪。"对着夕阳哼："格桑花开满山谷。"和小姐妹们一块去拔草，我让她们列队站好，郑重宣布：我是金珠玛米亚古嘟！我常常夜半三更爬起来，搂住母亲的脖子悄悄告诉她，以后别人就不敢讥笑咱家没男孩子，女孩照样当男孩使！

我发誓要为受尽歧视的母亲当个好女兵，不！不光是当女兵，将来还要当女军官！母亲虽不识字，却酷爱戏曲，连连纠正说："当啥女官，要当就当花木兰！当穆桂英！"在母亲的怂恿下，我依稀看见自己身着戎装奔赴边疆的矫健身影，啊，帅极了！

三番五次的奔跑又落空了，希望的光环如肥皂泡一样的破灭了。这一年招女兵只限在城镇吃商品粮的范围之内。我第一次感受到了农民身份的不平等，教一辈子书的父亲竟没能给我一个珍贵的商品粮户口，就是这小小的户口碎了我的女兵梦。我好悲伤，睡了三天四夜，哑了嗓子，损了身体，连头发也脱落了大半。

第三年的征兵时节在我灰冷的心境中姗姗来迟，失望中突然耀出一点希望的火花:公社有了一名女兵指标。这消息犹如兴奋剂,刹那间,我又有了力量和神韵,我立刻跑去报名。可是在那个红得发紫的年代,政审犹如一架精密的仪器,即使是头发丝般的疑问也不能漏过,何况我那任教一生的父亲正被造反派关在公社的临时集中营里经受着"逼、供、信"的审查呢?我犹如一粒粗大的渣子,第一回合就被无情地筛剔出来。在一番竭力厮杀、财权较量之后,一位地方头儿的女儿披红挂彩,在锣鼓声中登上了接兵的汽车。我像一只柔弱的羔羊,悄悄躲进了残破的栅栏,默默地舔舐自己心灵的创伤。

沧桑数十春,漫漫人生路,我终于走出了那段泥泞。我的双脚踏遍祖国的大江南北,但每遇见身着戎装的女战士,依旧是缱绻欣羡,仿佛又见到了少年梦中的自己。

村庄里有许多的果树,却极少有梨树。母亲说了,梨树难栽,挂果的时候需要技术。没有技术,生了虫子果子就会落下,长不成个头,白忙乎一场。

# 常有梨花入梦来

小时候因念熟了"忽如一夜春风来,千树万树梨花开"的诗句,所以就心心念念想栽一棵梨树。后来,在父亲的帮助下,这个愿望真的实现了。小梨树苗在春风春雨里摇曳着满头碧绿,抽枝发芽,一天天地长高长大。到了第四年,父亲告诉我:"春天的时候,就可以看梨花了!"之后的日子,我在焦急的等待和期盼中度过,浇水施肥松土,一天不知要跑多少遍。直到有一天,我欣喜地发现细长的枝条上绽出了小小的花蕾。我欢呼着告诉家人,告诉周围的小伙伴:"我家的梨树要开花啦!"

那时正是乡村流行"割资本主义尾巴"的时期,种果树、养鸡鸭都是不被允许的。村庄是光秃秃的村庄,很难见到一棵树。因此,那棵长在我家小院里的梨树就成了村人的"独生子女"。一连几天,不断地有老人孩子来院里参观。村里的孩子大多数从没有见过梨树,更不用说吃过梨子了。他们抓着光脑壳,皱着小黑眉,咂着嘴,想象着梨花和梨子的模样。孩子们叽叽喳喳地争论不休,有的说,梨花就像豌豆花,紫莹莹的;有的说,梨子就像老南瓜,熟透了又甜又红的,只是不清楚梨核儿是不是和南瓜籽儿一样,能否晒干了炒着吃。最后总是由大人们喝斥着打断孩子们七嘴八舌的争论,然后有板有眼地告诉大家,梨花是白的,有清香味儿；梨子是甜的，像小葫芦。孩子们不再争吵，瞪着眼睛挺羡慕地追问大人，吃过梨子吗？大人就挺自豪地回答，吃过，很早的时候，咱村也种过梨树呢！成熟的时候，落得满地都是，就像下了一场梨子雨呢！孩子们的嘴里立刻就流出了口水来，急切切地瞅着院里那株小梨树，巴望着它快点下一场梨子雨。

谁知我们的期盼很快就像肥皂泡一样的破灭了，小梨树一夜间生满了黑黑的虫子，母亲称那些密密麻麻的小黑虫为"蜜虫"，到今天我依然不知道那是些什么虫子。总之，这些虫子很快就把小梨树的花蕾、叶芽全部吞食个精光，后来竟连细嫩的枝条也咬断了。小梨树很快就成了一副惨不忍睹的光秃秃模样，不久就可怜地枯死了。我和小伙伴们的希望也随着小梨树一道枯死了，孩子们来到院子里，齐齐地围住小梨树，默默地流下了伤心的泪水。亲手栽下的小梨树虽然抵不住虫害而夭折了，但渴望已久的梨花却从此在我梦中一次次地盛开。梦中，洁白的花瓣在纤细的枝条上翩翩飞舞，梦中的梨花甚至还有淡淡的清香飘出。醒来，常常为梦境的花事而感动不已，越发牵动了一份对梨花的眷恋和遥思。

长大后，进了都市工作，终日在水泥笼子里蚂蚁般地穿梭求食，离那一份甜美的梨花梦是越来越远了。拥挤的城市，嘈杂的生活，生存的重负，难得有几分清闲去看花赏月。当然，也常听人说洛阳的花市如何如何、菏泽的牡丹如何如何，但骨子里那份对梨花的情怀，还是让我特别注意了关于梨花的信息。于是，便记住了砀山有个梨花节，听说梨花盛开的时候，方圆几百里都成了花的海洋，花的世界，游人如织。

那时，曾有朋友约我去看梨花的，但是连绵的阴雨耽误了佳期，终未成行。但是，读一段"忽如一夜春风来，千树万树梨花开",置身于千树万树的梨花中,深深为美丽而动人的花事震撼;背一句"梨花一枝春带雨",似乎更领悟了美的真谛。后来,又有萧县的朋友邀我去参加当地的文学笔会。我知道萧县也是皖北著名的水果之乡,想来定是少不了梨树的,便欣然前往。但真正赶到了萧县,急不可待地问了主人,才知道,花期已过,枝头早有绿叶飘出了。面对我溢于言表的遗憾和失落,朋友唱起了那首流行歌曲:"春去春会来,花谢花会再开!"既然花谢花会再开,那就等明年吧!我微笑着自己劝自己。

最美的永远只是希望和期盼,而不是现实,假如真的让我少年时就在梨园梨花丛中长大,那么我还会多少年一如既往地保持一份对梨花的眷恋吗?那一夜,我在萧城的宾馆里久久不能入睡,望着窗外的几株树,黑乎乎的不知是什么树,但总觉得就是梨树。蛋黄色的街灯里那树开满了洁白如雪的梨花,那梨花在夜色中喃喃地私语,有蝶儿在花瓣上栖息,淡淡的清香终于将我轻摇入梦了。

在我的亲人中,小舅舅是最帅的。他聪明机智,会很多同龄孩子都不会的东西。比如:织鱼网、撒鱼、钓鱼、吹笛子、吹箫、吹葫芦笙、拉二胡、盘古说大书、游泳、爬树、嫁接、缝纫、织毛衣,乡村里就没有小舅不会的事。母亲常说:你小舅舅要是出生在城里有钱人家就厉害了!

# 舅舅的金鱼笔

第一次见到舅舅的金鱼笔，是上小学二年级那一年。那一年舅舅读四年级，比我大不了几岁，是个大脑袋大眼睛高鼻梁，牙齿雪白脖子细长挺机灵俊秀的男孩子。他手中的小金鱼笔在我眼前一晃，便使我着了魔似的嚷嚷老半天。我跟妈妈闹，跟外婆叫，跟舅舅后面悄悄盯梢。可是舅舅说什么也不愿意把小金鱼笔送给我。那以后的日子里，走着坐着看书写字我仿佛是迷了心窍，满脑子都是金鱼那红红的眼睛、鼓鼓的鳃、翘翘的尾巴。甚至梦里想的都是鱼鳃里流出了汩汩的蓝墨水，咕咕嘟嘟的蓝墨水里扑棱棱跳出了一条又一条小金鱼。我的口袋内、书包里、书桌上、睡觉的小床上，到处都游满了可爱的小金鱼。醒来一场空梦，忍不住又跳脚哭闹一场。哭闹到最后，大方的舅舅只是在妈妈和外婆的喝斥监视之下，让我摸摸金鱼笔那光滑的笔杆和笔帽。尽管我是多么爱不释手，可还是不得不老老实实地又交回舅舅的手里。舅舅用那支小巧的金鱼笔做语文算术，常常是一考就轻松得到一百分，惹得我老觉得小金鱼笔浑身是灵气，帮了舅舅的大忙，于是心里更加急切地想得到这支充满灵气的金鱼笔了。但舅舅只要一离开妈妈和外婆，就一下也不肯让我再摸到小金鱼笔。"看人家的东西就想要，真没出息！"舅舅吵我的声音不大，却咬字嚼句很用力。我自知无理，很没趣，不敢还嘴，心里却依旧地想金鱼笔。后来妈妈悄悄告诉我，舅舅那支笔是摘了一个暑假的槐米，卖了钱跟货郎担子换的。舅舅爬槐树刮破了衣裤，蹭破了肚皮和小腿，有一次还差点从树上掉下来，腿上的伤口直到上学时还没结疤痊愈呢！那以后，我一直在殷殷地期盼着第二年过暑假，我决心暑假里也去摘槐米，摘下槐米晒干了卖给货郎担，到那时，我也可以换回属于自己的金鱼笔了。可是，还没有等到暑假，舅舅就辍学了。那年冬天特别的冷，我的外公在寒冷的季节里去世了，外婆一家经受着饥饿寒冷和生离死别一系列不幸的磨难，舅舅无法再坚持读书，只好谋生去了。

舅舅读书字正腔圆很好听，舅舅写字，一丝不苟很有派头，教他的老师很惋惜，摇着头无奈地说："可惜可惜，一个多好的苗子夭折了！"舅舅背着书包离开学校的时刻，样子很伤心，晶莹的泪花在美丽的大眼睛里打转，舅舅回头看了几眼，就默默地走了。舅舅瘦小的身影在灰蒙蒙的黄土路上缓缓移动。舅舅用自己稚嫩的双手挖菜刨柴逮鱼摸虾，竟把外婆从死亡的边缘拯救回来，使外婆得以健康地活过百岁。舅舅流着眼泪把自己关在了现代文明的大门之外的时候，又将自己美好的憧憬和寄托交给了我。那天早晨，朝霞如火，舅舅小武士一般地扎着裤角管背着渔网路过我家门前，他双手颤抖着掏出那支带着体温的小金鱼笔，递到我面前小声说："拿去吧！"过去的悔悟还沉淀在我幼小的心灵中，我摇摇头不肯收下。"傻丫头，还跟我记仇呢！拿去吧！我已经用不着了，盼着你用它好好写字，写好多好多的字，别忘了，把我没写完的全部都补上！"舅舅仿佛还没完话，就扭头走了。望着舅舅远去的身影，我心里好一阵感动，生活使我一瞬间变得早熟了。舅舅，一个可爱的好男孩！一个那么醉心于读书写字，却又没有机会读书写字的男孩！我在心里暗暗发誓：一定要记住舅舅的话，用心读书，把舅舅没来得及读的书全部读完。可是，没隔几年，正当我紧握着小金鱼笔用心完成舅舅的嘱托的时候，一场风暴将我们这些同龄的孩子全部刮出了学校，刮回了乡村泥泞的黄土地。尽管面对黄土背朝天，尽管天天与犁把子锄把子打交道，但我依然丢不下那支小金鱼笔，依然忘不了舅舅深情的嘱托。风雨春秋，朝晖夕阳，我用小金鱼笔扎扎实实地记下了时事烟云，记下了人生沧桑。直到今天，舅舅的小金鱼笔还珍藏在我的书桌里。它的尖头已经磨钝了，它的身体已经裂了许多缝，可是，在我的心底，它比我那些"永生""英雄""派克"都珍贵，因为那里面有一个失学孩子的希冀，那是一份责任，那是一份憧憬……

平原上的孩子大都没见过山，村里的孩子对山的概念，几乎都是从村庄里的石器开始的。

# 村庄里的石器

## 1. 石井栏

井是村庄里的共同产物。没有什么能比井更受到村庄里所有人的共同保护了。

大村子、古老村子的井是很讲究的。井底用木板拼成渗水和过滤装置,板上凿出细孔,铺上细沙,源源不断渗出的井水就不会泛起泥浆。井壁就是井的身子,井的身子远古的时候是方的,用木棍四周码一层,组成了"井"字形平面,再一层层叠上去,形成"井"字交叉的模样,这就是井身,也是"井"这个象形字的来历。井栏是暴露在地面的部分,井栏是人们对一口井的全部印象。井底、井壁和井栏就是井的三个组成部分。三部分中井栏是最能展现村庄的厚重身份的。

村庄里的井栏大部分是石头的,也有小些的村庄是木制的。村里的老人说,井是大地的眼睛。通过这个眼睛,人们能够感受到大地心脏的律动,地心的冷热。一泓清泉在天地万物内安静地眨动。井水四季都是有温度的,井为地眼,草为地行,东为地头,西为地尾,这些都是值得敬畏的。而井栏,古时候也叫"井湄",就像眼睛上方的眉毛一样,这小小的细节一是能挡草木灰尘,二是对井身有着装饰协调昭示作用,能防止人或小动物误坠其中。木制井栏,铁丝绑定,横竖交叉,风吹日晒,经年日久,黑朽寒酸;石头雕凿成栏则不同,坚实气派,质朴厚重,很符合大地的气质。我们村庄周围老虎赵的井栏就是圆筒形的花雕石。绵羊赵的井栏是方形的石雕,刻有梅花篆字。王巷子村的是八角形的青灰石,石栏两边还有对称的孔眼。淘井的时候,村里的男劳动力打着号子用木杠把井栏从西侧抬起。

盛夏时光,烈日炎炎,我们村庄的孩子经常一起去看周边村子的石井栏,用毛竹筒子从乌黑的深井里打出一筒凉水,仰脖喝下去。真是沁心的凉啊!村里人都叫那水是"井拔凉水"。三伏天喝井拔凉水——那才真叫爽啊!伏心天里,家家把下好的面皮用井拔凉水一冲就叫凉面。我们村庄里的井也曾经有一个带有深深凹槽的石井栏的。石头上还刻有天龙图案。据老辈人说,那石井栏是先祖从长白山上一路征战带过来的,石头上的图案是先祖女真的坐龙图腾,记录着狼族的信念,先民的愿望。原先的石井栏是齐腰高的,大气沉稳,经常有村人在栏上晾晒花花绿绿的衣裳。教了一辈子私塾的外公曾经给我说过李白的那首"床前明月光",里的那个"床"字,不是指大家平时睡觉的大床,而是指村子里的石井栏。《乐府诗集·淮南王》里就有一句"淮南王,自言尊,百尺高楼与天连,后园凿井银作床,金瓶素绠汲寒浆"。那里面,床就不是睡觉的床,而是石井栏。淮南王后园里的井用银子铸成井栏,汲水的瓶子是金的,绳子用的是白绸。等到我上小学高年级时,谈到李白的诗,和老师理论"床"的解释时,老师拍桌大吼:"你外公懂个屁!"吓得我再也不敢多嘴,可是,李白的那个"床"到底是不是"井栏"一直在我心里纠结了多少年。

"破旧立新除四旧"时，村庄里的那个石井栏一夜之间不知被谁搬走扔掉了。井上光秃秃的，只留下斑驳的苔痕，镌刻下岁月的印记。村里人在井沿上垫了几块砖。后来砖碎了，再后来碎砖也没有了，户户都打了小机井，村头那眼甘甜凉冽的井终于被填实垫上盖了房子。那个睁着眼睛看人间千年秘密的幽灵使者，终于闭上了它那千年一世冷冷的一瞥，退出了乡村舞台。只有乡村长大的孩子偶尔还会念起儿时的字谜：上头有口无上头，下头有口无下头，两边有口无挡头，中间有口无舌头。

多少年后，我给打工学校的孩子们讲解这个谜底是个"井"字的时候，稚嫩的声音一齐问我："井"是什么呀？我给孩子们解释："就是上面有一个石头凿成的'石井栏'的东西"。"那'石井栏'是什么呀？"孩子们齐声问。望着眼前这些"背井离乡"的孩子，我瞬间泪如雨下："他们哪里还有井可背呀！"

## 2. 石磨

在乡村，石磨就是家产之一，几乎是家家都有的。要是谁家没有，就得经常张口向邻里去借磨。

借磨这个词，在乡村里多少有些犯忌讳。大多是指日子过得不如人意，经常要张口向东邻西舍周转一下，借几块钱，或者借几斤粮。那时的乡村，大多不富裕，这种情景时常有，就称作借磨一下度过三春，"三春"指的就是青黄不接的时候，也有的叫作"春荒"。小麦一泛黄，春荒就算过去了。

小麦一打下来，家家有了粮食，沉默了几个月的石磨就开始忙了。家家的石磨，日夜歌唱，磨出来的面粉洁白芳香，贴出的

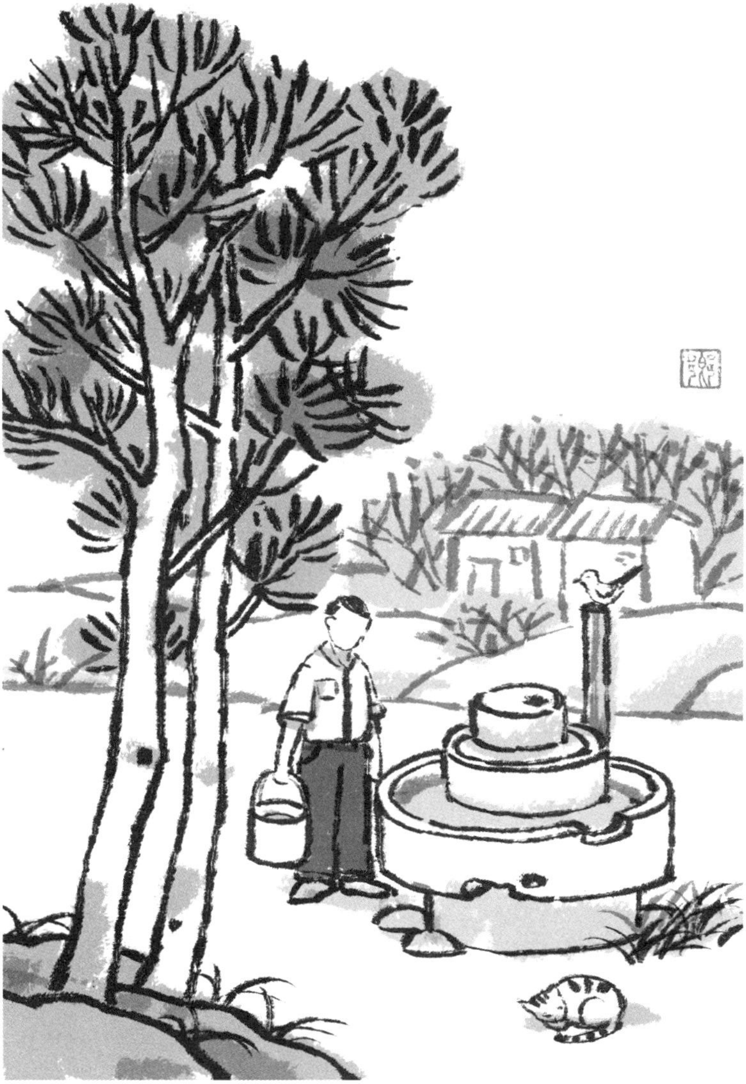

面饼含在嘴里不舍得下咽，觉得那就是人世间最上等的美味了。

家家的石磨个头都不大，大多安装在厢房里。开始的时候用人推，村子里叫作"抱磨棍"，两个大人，一人抱一个粗可盈握的棍子，别在石磨上，顺时针走圈子。其实是很累的，几瓢粮食下来，就走出一身大汗。男的推磨，女的筛面。一个柳条编的"大不览"，里面放上两根木杆做成的"罗面床子"，把罗筛放在"罗面床子"上，来回推拉，就把细面筛了下来，麸子皮留在了罗筛里，再放到石磨上继续磨。如此循环往复几次。磨顶上的麸皮越来越少，这次推磨的任务就算完成了。

后来生产队里喂了驴子，村里人才从磨道里解放出来，人不抱磨棍了，换成了驴子。用驴子拉磨，很有讲究的，先要有一套行头把驴子套上。驴笼头子套在嘴上，怕驴子偷吃面，驴蒙眼子捂在眼上，怕驴子偷懒，驴夹板子套在驴肚子上，怕驴子走偏道。这一整套拉磨的家伙就叫驴套。由两根绳子串联起来。那头驴子再也无处可逃，只得稳稳当当地在磨道里走着圆圈。不紧不慢、不温不火，直到把粮食磨成细面。

生产队里驴子少，每天去牵驴拉磨的人多，常常是去晚了就抢不到，回到家还得用人推。因此家家就起五更去抢驴。抢不到的生气跳脚，下午还要去抢。直把生产队里的那头驴子累得翻白眼，仰天大叫。躺在地上打滚，死活不起来。

无论人推还是驴拉，石磨都默默无语地配合。百年苦磨，损不了它多少，在最黑暗、最脏的厢房里，它用自己的身体寂寞地消蚀着无边的岁月，只是偶尔的时候，它也会温湿湿地泛潮、大汗淋漓的样子。母亲就会说，呵呵，天要下雨了！

## 3. 石磙

　　石磙是用石头做成的圆筒状磙子，主要用来轧场打粮用的。淮北大平原的村庄里，都有大大小小的石磙子。农闲时，收在生产队的牛房里、堆麦草的土场上；农忙时，那些闲置了一个季节的磙子全都派上了用场。打麦场上，堆着厚厚的摊好的麦子，黄亮亮的秸秆横七竖八地交叉着晒在太阳下，中午过后，把喂饱了的牛套上牛梭头，拉起青森森的石磙，在土场上走起了圆圈，石磙两头的石眼里发出咿咿呀呀的声音，就像一支循环往复的小曲。直到麦子打完了，粒儿脱光了，那咿咿呀呀的曲子才能结束，土场上才算安静下来。麦子打完了，还有黄豆呢！黄豆轧完了，还有荞麦呢！村里人有时还会把高粱拿来土场上轧一轧。小时候，村里的孩子都会唱一首儿歌：东场上，西场上，两个小孩哭娘娘！那是一个谜语，谜底就是石磙轧场。火热的日头当头照着，咿咿呀呀的轧场声从东村一直响到西村，把乡村的夏天都吵得喧嚣而热闹起来。大中午头是太阳最好的时候，那时磙子晒得灼热，麦秸秆也晒得焦脆，石磙轧上去麦粒哗哗滚出来，只是可怜了那两头拉石磙的老牛！它们口里吐着雪白的黏沫，一步一步地在高低不平的麦秸秆上，艰难地走着那条似乎永远也走不到头的麦草路。有时不顺主人心，还会有如雨的鞭子落下来。孩子们戴着硕大的草帽，蹲在树荫下，定定地望着拉磙子的老牛，望着赶牛的大人，望着金黄的麦秸秆、麦穗子，还有那些麦粒儿，心里就在不停地想，等这些麦粒儿晒干净、磨成面，妈妈的巧手就会做出雪白的馒头了，想着想着，不由得就有口水顺着嘴角流了下来。打麦场上那咿咿呀呀的磙子声刹那间显得更响了。

　　春种夏长，秋收冬藏，那些石磙几乎就不怎么闲着。忙打忙、乱打场，石磙忙，多收粮，家里有了粮，村民心不慌。石磙闲了，那才不是好兆头呢！村里人把石磙比作财主，给乡村带来富裕、带来收成、带来运气。还说石磙沉重，压得住风神，避得住邪气。镇妖镇怪镇水鬼！于是许多家孩子认石磙为"干大"，我也是其中之一，和村里孩子一齐给石磙跪拜、祈福，过年过节给石磙贴"红"字、洒酒水。我们的村庄不大，孩子也不是很多，几乎都是平安顺利长大，老人们都说，是村里的那几砣石磙保佑着孩子们的健康。是真是假没有人追究，但心里长久地存在着感恩。感恩那些生命里的曾经过往，一切细节都是温馨而美好的。

## 4. 碾盘

碾盘是承受碾磙子的石头底盘。上面的碾磙子是一个圆柱形的石头，可以轧碎粮食或去掉粮食的皮。由碾磙子和碾盘组成的工具，村庄里统称碾子。在淮北大平原上，一般的村庄是看不到碾子的，除非那些较大的或者比较古老的村庄才能看见碾子。我们村庄小，就没有碾子。村庄的西北部有个大村子叫老虎赵，就有个大碾子，正因为有个大碾子，所以又叫碾盘赵。我曾跟母亲去过那里，亲眼看到了碾子的雄伟气派。一拉溜儿几棵高大蔽日的皂角树，树下溜光地平，紫砂红的大碾盘，上面一砣青森森的碾磙子。有时用人抱杠子推碾子轧粮食，有时，也有人家牵着牲口——牛或者驴子拉碾磙子。碾好了的粮食再用笆斗扛回家。温暖的太阳当空照着，禾苗正绿，田野里青草的甜香让人心旷神怡。碾盘赵不时传出几声鸡鸣犬吠，不但不觉得嘈杂，反而觉得宁静、悠远和安详。那次我们去碾盘赵不是去碾粮食，而是专门去看碾盘的。到了秋天，我又跟母亲去了一次。这次去看碾盘，景象丰富多了，因为到了秋天，收获的季节，粮归仓、草归垛，家家粮食都多了。来碾粮食的多了，排起了长长的队伍，男男女女二十几人呢！有的家来了好几个，可不就显得人多吗？一大群不甘寂寞的孩子在边上追赶嬉闹，还有各家牵来的驴子、骡马，呼呼地喘着鼻气、打着响嘴。最让孩子们惊喜不已的是碾盘旁那高大阔壮的皂角树，树上的皂荚全都成熟了。那一串串深褐色的皂荚就像饱满的大刀片，排列有序，威风凛凛，稍有微风掠过，哐当作响，哗哗啦啦，叮叮当，稀里哗啦，恰似一场声势浩大的音乐会。惊得拉碾子的驴子停住脚步，仰天长啸，惹得孩子们拿棍子、扔坷垃，就是砸不下来。那树太高了，用孩子们的眼光来看，简直直插云端里呢！

我们村子的几个孩子都跑去看过碾盘赵的碾盘，心里羡慕不已。那时的我，在心里暗暗发誓：长大一定要给我们村也装一个石碾子（尽管我们这些孩子压根就不知道那石碾是从哪里来的）。

多少年之后，我把自己儿时的理想讲给我的孩子们听，他们一齐笑我目光短浅。这些生在幸福年月里的孩子哪里知道我们这代人那时饿得像瘦猴，三根筋挑着一个头的孩子心头的念想呢？

## 5. 石碓

在皖北平原的乡村里，几乎村村都有石碓。石碓就是村民们常说的碓窝子，专用来把粮食或果蔬捣碎用的。由碓窝子和用石块做成的木把子碓嘴组成。村头大树底下，或村子中间避风的旮旯子里，稳稳地放一个石碓在那里。一年四季，早早晚晚总有人在那里地舂米舂大麦舂白薯干。把新熟的大麦舂去皮壳，做麦粥饭；把白薯干捣碎烧稀饭；也有的人家把骨头捣碎做骨头丸子。

石碓声声，麦香阵阵，日子温暖而宁静。石碓声一停下来，立刻有许多的鸡、鸭、鹅便急乎乎地围了上去。你争我夺地抢吃那些从石碓里蹦出来的碎屑。争抢不上的就撕打鸣叫，嘴、爪齐上，折腾得羽毛四下里飞扬。

我们村子里的石碓不像别的村子里的石碓那样浑圆壮实。它个头矮小，浑身伤痕，很有些年代久远的味道。听老人们传说，这个石碓是先祖们从长白山上带过来的祖石。南征北战，车凛凛马萧萧，转战数载，流离失所，竟然还把这块沉重的祖石留了下来，刻成石碓。在掌中抚摸，在怀里围拱，丹田下沉，阳气上升，辈辈赏味，代代尝馨。石碓响处，生生不息，足见先祖的良苦用心。石碓声声，千载传承，一个马背上的狼族，一个彪悍的图腾。村里人都说石碓底座上的花纹就是先祖女真的文字，是族训。到底是什么文字，谁也说不清楚。我长大后，通晓了一些历史，再回家去寻找那尊祖石，却再也找不见了。石碓与传说一起，消失得无影无踪，化作蓝天上的一片白云，生活中的一颗平常心。只是石碓边上那棵红皮柳，依然还在村头茂盛地生长着，熬冬为夏，蒸春为秋，四季轮回不弃不离地为养活了数代人的村子站岗放哨，值勤守望。

炊烟是村庄的标记。顺着炊烟升起的地方，离家的孩子就一定能找到村庄，找到家园。推开家门，就能看到熟悉的老灶台、老风箱、老烟囱，还有那个慈祥的灶老爷！

# 村庄里的炊烟

在金萍的村庄,有一道最美的、似有似无的风景,那就是村庄里的炊烟。

每天早晨,晨辉初现,随着石井栏边叮当的水桶钩子撞击声响,各家各户的院门次第打开,鸡出笼,猪出窝,树枝上的小鸟啁啾作歌:"打场、垛垛、懒婆娘家里坐!""打场、推磨,懒婆娘洗手烙油馍。"母亲总是指着那些七嘴八舌的鸟儿说:"瞧,又在骂懒媳妇了!"

其实,村庄里哪里还有懒媳妇呢?

院门一响,各家的女人都打着哈欠,揉着惺忪的睡眼开始收拾锅碗瓢勺了。锅台后面的风箱扑嗒扑嗒地拉起来,那一抹抹闪着浅蓝色光芒的炊烟立刻从家家户户的烟囱里升腾起来。村庄不大,十几户人家一次排列在平原深处,各家炊烟慢慢地升起,一抹抹、一缕缕、一丝丝,升到半空,它们就手挽着手、臂连着臂,融成了一片。那一片袅袅婷婷的炊烟在睡意朦胧中醒来的清晨里,淡淡地漂浮在村庄的晴空里,犹如村庄活色生香的旗帜,又像村庄立在空中的眼眸。向周围、向世界昭示:这里是农人生活的地方,是我们的村庄。那些炊烟在空中聚聚散散,似纱似雾、似真似幻、似有似无,一会儿蜿蜒向上、一会儿盘旋打转。

仿佛是大写意的水墨画，又是村庄的立体影像。锅底下的柴火烧得猛烈，村庄上空的炊烟就浓，柴火小了，炊烟就淡了，浓妆淡抹的程度都掌握在各家灶门前的女主人的手里呢！她们才是村庄上空炊烟图的丹青大手笔。炊烟不断，种族不断；炊烟不息，日子不息。炊烟下面是宁静的村子，炊烟笼罩的是安详的日子。

村庄里的炊烟是有形的，就像二嫂到井台挑水时扭动的水蛇腰，风摆杨柳，婀娜多姿。二嫂把带钩的桶链向井底一砍一撞，满满一桶井拔凉水，便在二嫂细长的手指拽拉下，晃晃悠悠地从黑咕隆咚的井底提了出来。如镜的水桶里映出二嫂桃花一样的面庞和妖娆的身影，那一袭白碎花老蓝布仿佛是晨光里的五线谱，绿树丛里千转百回的鸟鸣是大自然优雅清丽的和弦，二嫂担起水桶，踩着节拍，摇曳生姿地走在纱笼淡雾的炊烟里，村庄里的黎明静悄悄，村庄的清晨悠远空濛，水汽淋漓。娇媚的二嫂就是在这样滋润的晨曦里挑水回家，点燃灶膛，让秸秆熊熊燃烧，让火光如莲花一般聚拢锅底。火光温润了日子，温暖了亲情、爱情，温煦了岁月的坎坷和不平。灶膛里的火苗旋即变为浓浓淡淡的炊烟。村庄里的柴米油盐、婚丧嫁娶、喜怒哀乐都融化在了那千丝万缕、绵延不绝的人间烟火里了。

村庄里的炊烟是有味道、有表情的。夕阳西下，牧童唱晚。野地里的孩子都是远远地瞧着村庄上空的炊烟归家的。村庄最远的湖地叫"西北湖""老荒子"，村里的劳作大多都是在那块距离家四五里远的地方。村庄上空冒出的是浓黑的烟，牛头大哥打着眼罩望了几眼就会说："才烧锅，不着急！"大家继续干活儿，不大一会儿，标哥朝村庄望了几眼，大声喊："收工了，烟薄了，饭好了！"大家伙一齐抬起头，呵呵，回家吃饭了！村庄里的大人孩娃全都能读懂炊烟的语言和味道。在村庄的炊烟里，有豆麦的秸秆味，有柴草的焦糊味，更有五谷的饭香味。

炊烟是村庄最美的风景，有炊烟升起，就有村庄存在，闻到炊烟的味道，就体会了家的温暖，萌发了家的期盼。清晨、午间和傍晚，各家房顶的炊烟就像母亲温暖的手，在向外出的孩子频频召唤。循着炊烟升起的地方，离家的游子总能找到归乡的路，推开温馨的门。

# 灶老爷

腊月二十三或者腊月二十四是乡村里的祭灶日，专门用来祭灶神的。灶神有的村子称灶君，也有的村庄叫灶王爷。金萍的村庄里全部都叫"灶老爷"。金萍的村庄里祭灶的日子分两部分，少数几家外姓的祭二十三，剩下的都是祭二十四。孩子们不明白为什么不在同一天祭？问大人，大人便说：君祭三，民祭四，王八祭五，鳖祭六！孩子们就更不明白了。

祭灶这一天，家家户户都要清理打扫灶屋。拿长长的扫把，把一年来积在房梁上屋脊上的蜘蛛网、烟灰、尘土，一嘟噜、一串一串，全都清扫干净，把灶屋通气孔上塞满的碎棉团布条之类的通通掏光，让清新的风呼啦一下灌进来。让明亮的光线直直地、丝毫没有阻隔地照进来。地上扫得不沾灰尘，而且还要洒上散发着清香味的肥皂水。此后的几天里，灶屋一直由家里的主妇管理着，每天保持着清洁、清爽、清新。直到大年三十的晚上，家长们才小心翼翼、恭恭敬敬地把从集镇上请来的"灶老爷"贴在灶屋里锅台边的泥墙上，这就是村庄里在锅灶边供的灶神。这位高贵的灶神掌管着一家的祸福财气。家人孩子洗手净面，换上新服，齐齐地跪在地上。家长喊：给灶老爷叩头！全家人一齐跪拜，祈求平安福贵。全家倾其所有：最好吃的白馒头、炸焦叶子、绿豆圆子，还有水果、花生，都供在"灶老爷"面前。从集镇上请来的灶神就贴在灶台边，是一幅乡间刻板印的画，五颜六色的，特别鲜艳，以粉红和绿色为主。灶老爷显得白白胖胖，面庞端庄慈祥。最让我记忆深刻的是两边的对联，上联为：上天言好事，下联为：下界保平安。我曾在跪拜时小心地问奶奶，两边的字是什么意思？奶奶说："小孩子家别多嘴！"奶奶和母亲都不识字，可是她们都知道灶老爷两边的对联是什么意思。因为她们年年跪拜时都虔诚地默念着这副对联。她们的那种认真和敬畏常常引得孩子们也不敢大声吵闹和嬉笑了。也许是长辈们的虔诚所致吧，村庄里多少年除了天灾人祸，基本上是平安无事的。

孩子们可就不同了。看看灶老爷那慈祥的面孔，内心早已解除了初时生起的畏惧。待到大人们祭拜结束去忙活了，孩子们立刻悄悄地爬到锅灶前，把那些祭品偷吃得一干二净。边吃边如捣蒜般磕头，鬼咕噜似的连声祷告：灶老爷、灶老爷，你别怪，上供的东西不吃也要坏！若是被大人抓到了，朝着屁股拍两巴掌也就了事。

村庄的男女老少对祭灶的事是从不敢大意的。俗常的日子里有平民百姓的念想和寄托，祈求灶老爷"上天言好事，下界保平安"。村庄里的人从来都坚定不移地相信灶老爷能做到。

端庄沉默的灶老爷，虽贵为神，却栖身于灶间一席之墙，人吃他看，人坐他站。不拿俸禄，不占田园。既无帽翅，也无权限。千年不语，冷对世事炎凉，心如明镜，阅尽人世沧桑。灶老爷是灶神，却从不违约失爽，年复一年为平安福贵执勤站岗，为天人和谐联络协调申报通航。奶奶说诸神中，灶老爷是个善神，面善心善。你看他，细眉大眼，面相饱满，不急不躁，不温不火，不喜不怒，不褒不贬，值勤一年阅人无数，历事万千，回到天上，只说好事，不加妄言。除夕之夜，奶奶指着全家磕头的孩子说，以后你们做人能做到灶老爷这份上，那才叫造化呢！

那时村庄里伴随孩子长大的有许多神，堂屋供台上写着"天地君亲师"都是神。天神、地神、君神、长辈也是神，师长、祖师爷都是神，风神、雨神、雷神、电神、天老爷、地母娘娘、土地老爷，孩子们知道的神数也数不清。那时候孩子们做事一举一动，顾忌可多了。因为奶奶说过，"小孩子在做，神可在看着呢！"神无处不在。孩子们在明处，神在暗处，想到要做什么不好的事，心里就犯嘀咕：万一被神看到了呢！诸神中，孩子最喜欢的就是灶神了！首先灶老爷并不高高在上。他几乎和孩子们平起平坐，是孩子们生命初始阶段最可靠的玩伴，在灶边一伸手就可摸到他那轿顶似的帽子，一伸嘴就可亲亲他那厚实的嘴唇。更重要的是过年敬供的馒头圆子水果，全都被孩子们偷着吃光了。他肯定都一清二楚地看到了，却从没有告密一次。他守住的那些小秘密积淀了村庄里的孩子一生中最甜美的回忆和最难忘的亲情。

# 风箱

村庄里有了竖在房顶上的烟囱，不久，回乡知识青年金昌某一天忽然从几十里外的龙亢镇上买来了一个风箱。大人孩子都新奇地跑来观看。这是一个有拐有棱的长方形木盒子。金昌说，这是一种由压缩空气而产生气流的装置。瞎老太说：别说那些大道理，俺听不懂，就说管弄啥的吧！金昌搬起那个木盒子给大家说：你们看着啊，这个风箱由木箱、活塞、活门构成，拉动这个拉手，来回抽动，风就从风门出来，风箱里的风传到灶膛里，灶膛里的火就会更加旺盛。

瞎老太听完了高兴地一拍巴掌说：那就再也用不着使嘴巴吹、用蒲扇扇了。

真是如瞎老太所说。村庄里很快家家都装上了风箱，风箱一拉起来，烧柴火再也不用流着泪、鼓着腮帮子吹了。火苗烘烘，烫热了锅底，温热了日子。有了风箱以后，不光是原先的高粱秸、豆秸、棉柴、麦草、稻草这些大一些的秸秆可以烧锅，就连一些粉碎的如花生壳、稻糠、红薯秧、木头屑都可以作柴火烧了。那些碎屑经不住风箱拉出来的劲风，攥紧拉杆、伸长胳膊、呼呼几下，碎屑腾出的火光片刻扑满了锅底。不鼓腮帮子、不揉眼圈子、不抹黑花脸，风箱的出现真是村子里主妇最值得庆幸和铭记的事件。柴米油盐醋，开门五大事。柴可是村庄女人们的第一件大事呢！家家安装了风箱以后，也曾出现了几起小事件。一天，青草家的风箱风小了，拉不起来风，再拉，里面还有叽叽的声音。青草就着急地去找金昌，金昌拿着老虎钳子跑来卸下一看，一看原来是里面跑进去一只小老鼠，围观的村人一齐哈哈大笑了，说这只老鼠真会找地方！金昌说，哪里是会找地方呢！老鼠跑到风箱里那叫两头受罪啊！

还有一次更离奇，小大家的风箱一大早起来就拉不动了。没办法，只好也去找金昌，金昌带着钳子又来捣腾一番。这一次不是老鼠，竟然是一大盘红花斑蛇。这老兄真会找阴凉，它从风洞里钻了进去，却再也钻不出来了，就满满当当地盘在箱盒里睡了一宿。村庄里的老人看见了这条红斑蛇，立刻大叫，不能打！这种蛇是屋龙，保佑村庄里平安无事。小大家一听，立刻找人用竹竿敲地，弄出声音，让那条"屋龙"慢腾腾地爬出厨屋，钻进屋后浓密的草丛里去了。

老鼠因风箱而受罪，"屋龙"因风箱而露世。村庄里的主妇们因风箱而感觉到日子的美好，风箱是乡村记忆中不可缺少的小物件。

# 烟囱

我记事的时候是没有烟囱的，家家户户用土坯垒的地锅灶台，矮矮地趴在地上。做饭炒菜都得弯下腰。在灶台下烧火的人可苦了，坐在地上或蹲在灶前，一把一把地把柴草送进灶膛里。要是晴天柴干还好，灶膛里的火烘烘地响着，翻卷着欢快的火苗，火焰大、热气高，锅里的水很快就沸腾了，灶屋里的烟在锅台上升腾滞留片刻，便徐徐地结成了一个缥缈的似有似无的烟棚，平平地悬在屋顶与灶台之内。烟棚下的空间依然清晰无染，烟棚上则是一团空濛水汽。菜饭熟，灶火熄，那一挂轻柔丝网般的烟棚已经沿着低矮的灶屋门迤逦而出，飘逝得无影无踪了。

阴雨连绵数日不开的日子可就不行了，柴草湿淋淋的，一把把地送进灶膛，一遍又一遍地点不着火，那一团团柴草在灶膛的黑烟中苦闷地煎熬着、挣扎着，一股股的黑烟从灶门口憋出来，呛得灶前蹲着的烧火人热泪长流。没有办法，烧火人只得伸着头、鼓着嘴、憋足了劲，扑扑地大口吹气，用树枝挑起黑烟中的湿柴，拿大芭蕉叶扇子呼啦呼啦地扇。直到一团火光"哄"的一声响，熬干了的柴草终于挣脱了黑咕隆咚的浓烟，爆出了一团诱人的红光。柴点着了，烧火人也变得满脸漆黑，十指不辨了。乡村的秋天、冬天总是阴雨连绵，烧火的事真是愁人遭罪啊！

后来村里有个能人叫玉佩叔，他在自家的灶台和厨房墙壁连着的地方掏了个洞解决了烧锅烟熏火燎的问题。灶屋里的烟都顺着灶房壁上的那个洞跑到外面去了。村里家家户户都跟玉佩叔学习，都在墙上掏个洞，烟从洞里走，灶屋里清静多了。可是好景不长，问题又来了。乡村的冬春二季总是爱刮大风，俗话说"春风打马登干路"，就是说春天风大，拉马的工夫路就被刮干了。冬天也是如此，白毛子风呼呼地，吹得行人皮疼肉颤。特别是爱刮西北风，"西北风、行行的，小孩的小鸡冻得直昂的"，说的就是冬天的风刮皮割肉的厉害。

村庄里的灶屋大多是西厢房。墙上的烟洞大多是向西而开，两个季节的西北风一刮起来，就壁面迎头把烟洞里的烟生生堵了回来。风厉害的时候，甚至连灶膛里的火都给吹出灶门口，锅里的水都烧不开。灶前的烧火人又开始呛得鼻涕眼泪一齐流。更可恨的是那些风在灶膛里打旋，忽东忽西，折腾得锅里的饼半边熟半边生。煮的红薯烂的稀烂，生的挺硬。风大的时候，吃一顿饭真不容易呢！

风堵烟洞的问题，玉佩叔看在眼里，急在心里。办法总比困难多，不出三个月，他又琢磨出一个新招来。在灶屋外面原来的烟洞下面竖起一个一人高的泥筒子。它的中部和烟洞紧连在一起，炊烟进了泥筒子后直接向上，从筒子上方冲上时空，从此后，东西南北风都不会影响到烟道了。玉佩叔说这个竖起来的家伙就叫烟囱。村庄里的烟囱先是土坯的，后来又换成了灰砖的。一天天变得先进、好看、实用了。

村庄里的男孩子淘气的多，平时无事，总是瞅着家家厨屋后面的烟囱，无事生事。果不然，常常有人家的烟囱被人塞进了青草。烟又出不去了，堵回来的烟又把烧水人呛得大声咳嗽、双眼流泪。望着门外天光大好,无风无浪,出外一看,烟囱上塞了一大团青草,保不住跳脚大骂。这种事经常有,村里不断有了小摩擦。

村里有个青年叫有光,他从部队回来,家里的烟囱被人堵了两次,他竟提出了大胆的设想:把屋后建在地上的烟囱改到了房顶上。他家的烟囱按照他的设想真的建到了房顶上。灶台上竖起一柱砖制的烟囱,通过屋顶直冲向上。烟走得顺又卫生,谁再想堵烟囱,可不容易了。光天化日下,那可是要撅起屁股爬屋顶啊!

村里人学得快,家家都比照有光家的样子,把烟囱建到了房顶上,每到早晨、中午、晚上,西小钞村那家家户户的烟囱都有袅袅的炊烟,绵绵不断地升起,在空旷的蓝天里飘散聚集、再飘散、再聚集。炊烟下面的村庄慵懒地躺在碧绿无垠的庄稼地里,就像是绿树丛中的一个鸟巢,在和煦明媚的春日里宁静而安详。

村庄里的孩子,大多是伴着大人们口中的鬼长大的。从儿歌中的"四个毛蹄子"鬼,到发大水时的水鬼,还有各家族坟地里的鬼。但那些传说中的鬼,似乎并不太做坏事,鬼们好像就吃吃"小孩浓鼻涕"、拍拍夜路行人的肩头、阴雨天的夜间,提着半明半暗的小灯笼,躲躲闪闪地在坟地里巡逻而已。

# 村子里的鬼

## 南庄户的鬼火

村子的前面是一片很大的庄户坟地,宗族里的长者去世后大多埋在这里。每年清明前后,坟地里麦苗青青。坟头上都新添了坟顶,插满了青绿的柳枝,远远望去,大大小小的坟头上柳枝摇曳,一片生机。那时候的庄户地是喧闹的,等到麦子熟了,收割过后,一片麦茬地,光秃秃的。几天连阴雨,夜黑风高,就会有星星点点的火,连续不断地在坟地里闪闪烁烁。孩子们都传说,那就是鬼火。一到雨夜,孩子们都大气不敢出,躲在被窝里悄悄地睡了。十月里,天渐渐地凉了,坟地里的鬼火更多了,有时就像连绵不断的亮点,发出绿莹莹的光。大人们说鬼节到了,坟地里的祖先没钱花了,出来串门找钱呢!各家大人孩子就忙着去坟地烧纸、烧麦秸、烧那些折叠好的"元宝",聚齐给先人们花用。为什么会有那么多鬼火呢?孩子们脑子里想不明白。终于有一天,村子里来了下放知青,知青们告诉村里的孩子,那不是鬼火,是磷火。有一个夜晚,知青中一个叫大象的还带几个孩子到坟地亲自去看看,结果什么也没有看到。各家大人再吓唬孩子说，别乱跑了，庄户地有鬼火。小孩子就会纠正说：那是磷火，你说得不对呀！

## 老水牛洼的鬼

距离村庄东北五六里的地方，有一处洼地，十几亩的样子，常年一汪水，不长庄稼，不长草，四面八方做农活的牲口盛夏季节常跑到这里打汪。盛夏炎热，那些疲惫干渴至极的牛们，急不可待地狂奔到水洼里，打着滚，在水里扑腾，油泥糊了满身，怎么拉都不肯出来，所以叫"老水牛汪"。因为距离村子远，很少有人打从这里路过。偶尔路过的人经常传说这里有鬼。"老水牛汪"里的鬼到底是什么样子呢？

金汉大哥说："老水牛汪里的鬼是个半截瓮子，没有头脸。很壮，慢腾腾地走来走去，背后背着一个大口袋，口袋里有香喷喷的豆子。如果"无头鬼"给你豆子吃，千万不能要。吃一粒就立马断气跌倒！"喜旺二嫂说："老水牛汪里的鬼绿眼红鼻子，四个毛蹄子，走路叭叭响，专吃小孩浓鼻涕。"喜旺二嫂的话真把村庄里的孩子给吓到了。晚上谁家的孩子一闹夜，家里大人就用这一段吓唬孩子，孩子果然不敢再哭，乖乖地睡着了。就连上学的孩子早晨起来，也要把脸洗了又洗，不敢有一滴鼻涕流出来，万一要是路上碰到"老水牛汪里的鬼"出来溜达不就完了吗？流鼻涕就是祸害呀！所以村里的孩子，只要一出门，脸上总是洗得干干净净的。周围村里的人都说我们村庄的媳妇干净利索，小孩子都洗得一尘不染的。哪里知道是我们村小孩子怕老水牛汪里的鬼吃鼻涕，一出门就闹着先洗脸呢！

## 刺坟的鬼

刺坟是村庄北边的一块坟地，因为坟地里生长着许多蔷薇，蔷薇多刺，所以村子里的人大多称那块坟地为刺坟。

刺坟地里的坟大多是古老的坟，多数是无主的坟。平日关照添土的不多，因此多数已塌，坟上布满了大小窟窿。远远望去很是吓人。村庄里传说，刺坟有很多的鬼。具体什么样子没有几个人真正见过，村子里来了下放知青，那些人高马大的青年不信邪，真的蹲守了几天几夜，他们终于抓到了一只灰色油亮的小动物，知识青年们说：那只小动物学名叫狗獾，说獾是哺乳动物。那只灰色的小狗獾腹部和四肢都是油亮的黑色，头部还有三条白色的纵纹，很有些奇特。趾端的爪长而锐利，看来是专门用来掘土的，要不它怎么能深居简出在刺坟那么荒芜的地里。它昼伏夜出，浑身的脂肪油光闪亮，被抓住的时候，进行过激烈的反抗，之后便吓得一直浑身发抖。知青们把狗獾装在荆条编的篓里，回到村子里的时候，天就快亮了，消息一传出，引得大人孩子都来观望。后来一个年纪大的长辈像发现了什么重大秘密似的大叫着说：放掉、快放掉，这个狗獾来村里多次了，它一出现就没有好事，可别得罪啊！它鬼得很呢！知青一听这原来就是村里传说的刺坟的鬼，不敢停留就把篓里的狗獾放了。刺坟的鬼终于亮相了，村里的孩子们也不害怕了。既然知青大哥都可以把鬼装在篓子里，这样看来鬼也没啥了不起啊！

每年的春节祭祖，村庄里的孩子都要跟大人一块进行。从南庄户跑到桑树底下，一座坟一座坟地祭拜、点燃香火和炮竹。祭拜过后，那些大大小小的坟墓，以及坟墓里的先人，就都记在后代人的心中了。

# 村子里的坟地（之一）

村子里有很多地块，大部分地块都以什么什么坟地为名字。如王坟、刺坟、大老坟，等等。为什么叫王坟，或许就是王姓的坟地吧！刺坟，也许就是因其长有带刺的树或荆棘之类，我在记事的时候，割草去那块地，经常被那些丛生的刺梅苔扎破手脚，弄得血马虎子一样很吓人。我家的坟地在村子前面的"南庄户"，这是一块很高的台地，据说是爷爷第一个搬到这个西钞小村住的，坟地也选得好，四面环水，中间一块高台，四水畅通，独占高岗，古水喻财，高低喻势。站得高看得远，又有财源通江达海，足见当年祖辈的良苦用心了。南庄户被祖辈栽满了松柏，一年四季，松涛阵阵，很是威风。特别是每年春节祭祖的日子，长长的队伍磕头作揖，燃放鞭炮，红红绿绿的纸带挂满了浓绿的松枝，显示出一派人丁兴旺的大门户大家族风光。我的爷爷奶奶、二爷爷二奶奶、三爷爷三奶奶都躺在这块地里。后来我的父亲母亲、伯父堂叔，都先后归林，进入这片坟地。再后来那片呼呼生风的林子全被砍光了，每年成群结队的祭祖活动也少见了，老人大多老去，只剩下年轻的晚辈们，亲情也逐渐地淡了，又后来，能打能跳的都外出打工了，只留下老弱病残守家护院，很少再有闲人光顾这块当年的风水宝地了。南庄户没有了当年那片遮天蔽日的松林,显露出光秃秃的落寞和沉寂。我偶尔回去一趟,跪在荒草丛生的父母坟前,想起小村曾经的一世繁华,忍不住泪眼迷蒙,心如枯井。

# 村子里的坟地（之二）

桑树底下也是我家祖上的坟地，离我们家很远，斜插着走小路需一个小时才能到。我记事的时候，那块地里没有一棵树，为什么叫桑树底下，或许是因为很早很早的时候那里曾经生长着很多很多的或者一棵很大的桑树吧。在乡村里，桑树是被农人看作宅树的。凡是有村子的地方，就有桑树生长，即使不栽，也会有种子生长出来。桑树的叶子可以养蚕，桑树乌紫的果子可以食用，桑树的材质很硬、很好，用村里人的话说，不怕水和泥沤。所以，几乎所有家里养的桑树最后都归为一个用途：那就是打棺材！谁家老人了，如果能睡上一口一窝桑的棺材，那可是非常有面子的事。传说中的一窝桑，就是一口棺材不加一块杂木。一棵老桑树，剥了皮，里面的树心泛着浅粉红，浸溢淡淡的木香，锯成板子放在家里整齐地码着，就等看事急之日去集上铁木业社装好。也有的人家早早打好喷上油漆，红亮亮雄赳赳地放在屋里，家里的老人出来进去印堂发亮，两眼放光，自豪及心安理得都在音容笑貌里写满了，仿佛一切都在等待那神圣而又体面的时刻。一年一年过去，有的老人都急不可待了，就夜夜掀开盖子先睡进去找点感觉，被儿女发现了大吵一顿，才颤巍巍又爬了出来。那时村上的老人对生死看得很淡，在他们的眼里，那口桑木棺材就像他们远行的航船，他们只是坐了这只不怕水沤的结实船去了远方，去到孩子们不能轻易到达的地方。

我爷爷一辈子玩武术，叱咤风云，娶了两个妻子。我出生时亲奶奶就没有了，老人家和我爷爷一齐葬在了我家门前最好的坟地——南庄户，在那松涛阵阵的林地里安息。我记事的时候，我的扬州奶奶还活着，因为传说中她是扬州人，所以村里人都喊她扬州奶奶，因为她地方口音重，除了我爷爷，没有人能听懂她说的话。爷爷走后，她没法和村里人交流。大家喊她扬州蛮子，也有人喊她侉老妈子，孙子辈的都喊她侉奶。大饥荒那年，才刚记事的我被饥饿折磨得半傻了，只记得扬州奶奶日夜不停地挖野菜，摘红芋秧子，拿一根铁杆子满沟里扎蛤蟆，为了填饱家人的肚子，她像男人一样打河坝、上河堤、挖天沟。她身材魁梧，个子高大，又是大脚，那把年纪了，做什么事都不肯输人。她一生只生了一个女儿，也就是我的姑姑，姑姑命不好，大饥荒时男人饿死了，自己又远嫁淮河之南寿县农村。遍地饥饿，扬州奶奶不放心，下着大雪摸着路跑去寿县探望，可怜的奶奶，返回家来的时候瘦成了一把骨头，再也没有爬起来。

我的扬州奶奶在那个冰冷的冬天走了，父亲把家里最大的一棵桑树放下来给老人打了一口棺材，地道的一窝桑，树心泛着粉红，材板溢出淡淡的木香。看风水的阴阳先生拿着手中的罗盘照了照，决定把奶奶安葬在桑树底下。因为她的名分，不能进南庄户老林。

桑树底下又添了一座新坟，那便是我的扬州奶奶。圆圆的坟堆就像一个镶嵌在大地上的句号。一个女人的一生就此结束了。没有墓碑，什么也没有，因为到她离开人世，谁也不知道她姓啥名谁，真正的故乡是哪里，跟舞枪弄棒的爷爷跑来那年，她才16

岁。寄人篱下，吞糠咽菜，挨打受骂，苦和日子一样长啊！俗话说，一个人头上一颗露水珠，可是她有吗？

我的父亲母亲都相继离世，能记住扬州奶奶的只有我一个人了。虽然我很少回去，但我的心里常常想起桑树底下那块坟地，想起桑树底下那个连姓名都没有留下的扬州奶奶，风清月明之日，我常常会燃起一炷清香。遥遥地为天堂里的扬州奶奶祈福。今年清明又至，不能回去，那就为天堂里的扬州奶奶燃起一炷清香吧！

村里的孩子一茬一茬地出生长大，又一茬一茬地衰老离去。我的记忆里，印象最深的是我的小学同桌。

# 我的小学同桌

花儿开了又谢了,草儿青了又黄了,燕子来了又走了。时光如流水,一波一波又一波,把许多往事冲淡了,只有那些成长的记忆,永远铭刻在心底。掀开记忆的宝盒,最先出现的便是村庄里我的小学同桌。

## 小核桃

小核桃是我小学三年级的同桌,不仅是我的同桌,还是我的邻居。小核桃从小就病歪歪的,瘦小的身子撑着一个大脑袋,说起话来总是有气无力的样子。小学二年级的时候,小核桃的爸爸妈妈都得了某种怪病死了。小核桃不念书了,在家里拾柴烧火帮哥哥姐姐干些零碎活。小核桃停学在家一年了,学校里老师又来找,一连跑了十几趟,小核桃的大哥才算点了头,让小核桃继续去上学。小核桃分到我们班,和我同桌。小学老师姓刘,是个近视眼,常常眯着眼睛训小核桃:怎么写字就像吃屎一样难?比老母鸡下蛋还慢!小核桃的作业本上经常画着大鸭蛋。小核桃领回作业本,呼哧呼哧地吸着清水鼻涕,头也不抬地跪到自己的黄泥台子边。我们读小学时都是自己带板凳,小核桃只能天天跪着。

小核桃的姐姐心疼他，就在他的破棉裤膝盖上缝了两块烂毛皮。那两块烂毛皮已经磨得油光发亮，跪了半天的小核桃，每次站起来，总是小心地拍去毛皮上的灰土。小核桃买不起铅笔，经常悄悄捡回别人扔下的铅笔头，老师的讲台边上有一只废纸篓，小核桃就趁下课，或者课外活动同学们都到外面玩耍时，蹲在篓边挑来挑去，挑来的这些废纸片，就成了小核桃的作业本。每次老师大声呵斥小核桃家庭作业本又脏，字写得又不清楚时，小核桃总是眼睛红红的，咬着嘴唇，一声不吭地低着头。小核桃心算很快，常常是算术老师题目还没有写完，他就算出了结果，老师从没有提问过他，他只是小声地自言自语。有一天，小核桃红着眼睛告诉我，他拾的铅笔头用光了，慢字也写不出来了，我看着他那湿漉漉的眼圈，就咬咬牙将心爱的小金鱼钢笔借给他用半天。第二天，刘老师一进教室就大声表扬小核桃写的字工整、漂亮，表扬完了喊小核桃领本子，小核桃却没来。中午放学了，刘老师跟我一路去找小核桃。门锁着，我们去屋后喊，却看见小核桃的大哥大姐抬着一捆茼草向地里走去。刘老师大喊，不见回答，却听小核桃大姐凄惨地哭。我和刘老师追了上去，竟看见茼草捆里露出一双乌黑的瘦脚。刘老师眯紧双眼怒问，你们不让他上学，抬哪去？小核桃的大姐止住哭说："埋呀！"

### 冯安安

小核桃死了以后，年景逐渐好了起来，我又有了新的同桌，他叫冯安安。第一次听到叠字的名字很新鲜，忍不住就多喊了几声，他立刻脸红起来，仿佛很生气的样子。冯安安跟着家人从河南商丘逃荒过来，说一口河南土话，班里都喊他"小侉头"。小

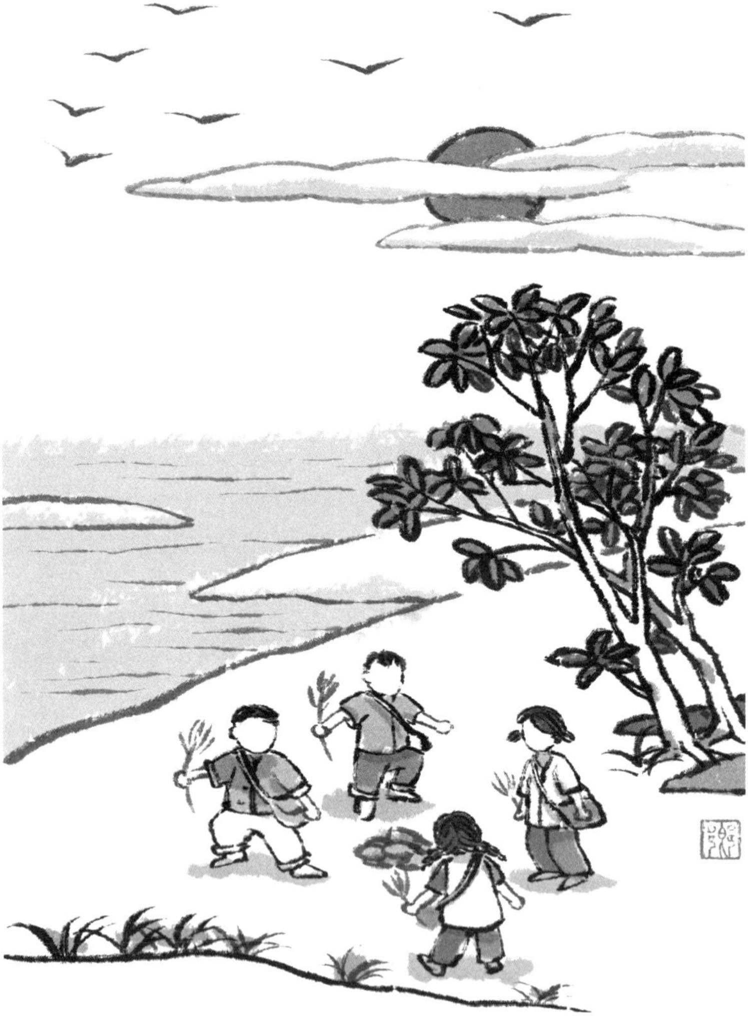

侉头大脑袋瓜子圆豹子眼，显得机灵又精神，仿佛什么样的问题都难不住他，他一路逃荒，坐过火车、汽车，甚至还坐过轮船，见过山，见过河，一副闯荡江湖见过大世面的架势，说起话来既新鲜又奇特，总是让我们这些偏僻乡村的孩子惊讶不已。不多久，就有一大群同学总围着他屁股后面转，他知道大家的渴望，每次都把话说一半留一半，直逗得同学们心里发痒，他才一拍脑瓜子："哈，给你们说段黄河吧！我家就在黄河边上，那黄河的水呀全是金黄的，金子一样的。你们知道黄河的水是从哪里来的吗？我爸爸说黄河是一条天河，黄河的水是从天上来的！"啊！同学们一齐瞪大了眼睛，还没等大家回过神来，冯安安又一拍脑袋："不对、不对，这话不是我爸爸说的，好像——对了！是李白说的呀！李白是谁呀？"有个同学小声地问。"李白还不知道是谁，不给你们说了！"冯安安扭头跑了，留下了一群还在遐想的孩子。

冯安安爱玩会玩，但学习却十分认真，进班不久，就考了第一名，加上他见多识广，很有人缘。所有这些都对我造成很大的威胁。我的第一名坐不稳了。我的班长也坐不稳了。那些在心里佩服我的同学，慢慢地开始疏远我。我的心里很不快活，常常将位子占了一大半，只留很小的空给他。他并不介意，依然送我小画片、送我萝卜干，他妈妈手很巧，会做各样的咸菜。有一次，不知他从哪里弄来一条小鲫鱼。他挺认真地告诉我，这是一条母鱼，我不相信鱼有公母之分，他说鱼肚子里鼓鼓的全是鱼籽。他还说他爸爸太坏，每天晚上骑在他妈妈身上欺负他妈妈。我把他的话报告给刘老师，老师罚他站了一节课。没多久，他爸爸妈妈离婚了，也不知道他跟了谁去，总之不再来上学了。

## 紫胭

小学六年级时，乡里搞扫盲运动，为了应付检查，我们班一下来了许多插班生，他们大都是不识字的大孩子。这一下，没上过一天学的紫胭成了我的同桌。紫胭就是小核桃的姐姐，头发乌黑，脸盘像向日葵，笑起来有两个深深的酒窝。她已经像个大姑娘了，站起来回答问题时跟老师差不多高，惹得全班同学一片哄笑。她靠墙边坐，两条修长的腿只能委屈地蜷着。虽然是同桌，我们的课本却不一样，紫胭的课本叫《识字课本》，里面的内容是人口手、土田共，等等。紫胭学字不用钢笔，用头上的小发卡摆，摆出人、口、手、土、田、共，要是笔画多了，发卡不够，就用麦秸秆摆，因此，紫胭的口袋里，总是装着许多折成段的麦秸秆。虽然六年级已是毕业班了，可我们用的还是泥桌子，桌面很小，一摆麦秸秆就占去了很大的空，但是老师从不批评紫胭，因为她们插班生只是做个样子，不会长久的。上语文课，紫胭跟着听热闹，还不显得着急，但是上算术课就不行了。那些公式就像天书，紫胭一点也听不懂，就忍不住把口袋里的麦秸秆掏出来，在泥桌上摆出了人、人、人，上、上、上，下、下、下，一会儿，摆出了人上人，一会儿又摆出了人下人。算术老师白了她一眼，她知道没趣，就收了麦秸秆呆坐着。紫胭心里特别佩服历史老师，紫胭说他心里怎么就装那么多学问呢？怎么前三朝后五代的事他都如此清楚呢？其实历史课是最难上的，因为升学考试不考历史，老师不认真，同学也不认真。老师在上面讲，大部分都在下面做算术，只有紫胭，听得如痴如醉。最能让紫胭大显身手的是劳动课，浇地的铁皮水桶一百多斤，紫胭挑起来，一路行走如飞，全班的任务，她一个人就给包了。可惜体育运动很快就过去了，上级检查团走后，一切都恢复了往日的状态。学了十几个字的紫胭，和其他插班充数的补习生一样，又回到村里干活去了。

回到了村里的紫胭，喜欢唱在学校里学来的新歌，新歌唱完了，就坐在田头溪畔唱"小白菜呀叶儿黄"，虽大多不在调上，却也格外凄惶。那些时候，故乡有许多茴草地，秋天一到，铺天盖地的茴草，秸秆黄亮，花絮飞扬。就是在那收割茴草的日子里，紫胭和邻村的黑九好上了，紫胭说，黑九读过农中，是个有文化的人，不是睁眼瞎。偷偷摸摸赶了几回集，黑九给紫胭买了一盒识字卡片、两条扎小辫的红绿绸子。识字卡片紫胭天天看，红绿绸子一直藏在麦秸编的草席底下。这事儿不久漏了风，家里不同意，原因是黑九兄弟太多了。要想同意，除非给织一挂大网。紫胭的大哥喜欢撒鱼。黑九果真是买不起一挂大网，事情就算吹了。紫胭不死心，就爬到门前大槐树上去摘槐米，三五天晒干了，拿到集上卖，卖的钱果真购买网绳了。紫胭还用剩余的钱买了件白粗布小褂，白粗布需用槐豆荚煮过的水染成松黄绿才好看。她在一个日头很好的中午，爬到老槐树细长的枝丫上，正伸手去摘扬在风中的豆荚，突地一阵旋风，细长的枝干断了，紫胭随枝干落了下来。紫胭是匍匐着吻地的，大哥将她翻过身来，满脸盛开了一朵鲜红的花。午后，黑九送来一张大网，猪血喷过的，网坠纯铅，很沉，网纲乌黑油亮，大哥二话没说，就将那张网罩在了紫胭的身上，还有那件未来得及染绿的白粗布小褂。

多少年过去了，老家的村庄已在大拆迁的潮流中被夷为平地。那棵老得不能再老的槐树早被砍了，紫胭那孤独的坟地上长满了一茬又一茬茂盛而又葱茏的庄稼。岁月有些让人无可奈何，我的心里常常为那次关于母鱼的告密而内疚，可是，人海茫茫，哪里去寻冯安安说声"对不起"呢？

金萍的村庄是大平原上一个最普通最平常不过的村子。芦花白、芳草青、群鸟飞、大雁鸣，是村子的四季美景。可是，要说起来最美的、最先走进孩子们心底的还是那些童叟共唱的童谣！

# 村里的童谣（之一）

小村虽然偏远，日子却并不寂寞。一年四季，孩子们的歌声不断，游戏不止。春天的时候，棠梨花开，孩子对着棠梨树齐声唱：棠梨树、棠梨棠、棠梨树下盖瓦房。三间瓦房没盖起，西庄的小黑要来娶。小黑小黑你别急，小丫还没长大哩！等到明年三月三，小丫向上猛一蹿，棠梨树下来拜堂，欢天喜地作新娘。孩子们咿咿呀呀唱着这首儿歌，不几天就真的长大了。长大了，女要嫁、男要娶，急乎乎地盼着就要成家了。整天就听那些女娃儿哼唱一首苦挨挨的曲子：广播响、电灯亮、黄毛丫头都上淮南找对象。淮南对象也好找，就是户口不好搞。没人接、没人瞧，眼泪哭了十八瓢！淮南是家乡百里之外的一座煤炭城市。那里的工人都吃商品粮，乡下的姑娘能嫁到城里，是一生最大的梦想。小丫头唱，大嫂就骂：哭得不到，想得怪到呢！农村户口还想进城，瞎鳖子还想变星星啊！淮南那么大的城市你听说过吗？楼上楼下、电灯电话，洋犁子洋耙。吃过饭要漱嘴、临睡觉要刷牙。你看可麻烦死人了！你去吧，还去不去呀？大嫂的奚落丝毫没有横扫丫头们的梦想，那就是有一天能嫁到城市，做一个风不打头、雨不打脸的城里人。丫头们怀揣美梦的时候，村里的男孩子们也没闲着，拼命地结群玩耍。明亮的月光下，列队成两行，玩的就叫"杨钱树"。那喊声非同一般的响亮：杨钱树、砍大刀、你的匹马叫我超！超谁个？超张彪、张彪有胡子。单超黑虎个牛犊子！于是，叫黑虎的男孩子就被对方生生地扛了过去。女孩子也有自己的玩法，月亮下面，草垛旁，几个小姐妹吃着新下的葵花籽，望着远天里的星星，齐声地唱道：勺子星，把子星，天河南里咕噜星，谁能数七遍，到老腰不疼！就这样连绵不断地飞快数下去，直到累得喘不过气来，才终于分辨出谁数得最多，谁得到了第一名。得到胜利的人总是快乐地在草垛边翻跟斗，吃着大家交来的战利品，然后嘲笑着喊那些男孩子：喂！走路的，你歇歇。你的小脚俺捏捏；走路的，你停停，你的小脚俺拧拧！男孩子们一回头，女孩子就咯咯地笑着，跑得无影无踪。眼看小丫头们跑远了，男孩子不会追过去，他们大声唱新的曲子：月老娘，八丈高。骑白马，带腰刀。腰刀快，切白菜。白菜老，切红袄。红袄红，切紫菱。紫菱紫，切麻屎。麻屎麻，切豆芽。豆芽豆，切腊肉。腊肉辣，切苦瓜。苦瓜苦，切老虎。老虎一翻眼，七个碟子八个碗。一曲刚尽，小丫头们又嘻嘻哈哈地旋风一样跑回来了。丫头们毫不示弱，朝着男孩子：小麻雀（读秋）尾巴悠，悠到姥娘家过一秋。姥娘见了怪喜欢，妗子看见翻眼瞅。妗子妗子你别瞅，过了这秋俺就走！小麻雀尾巴炸，俺到姥娘家过一夏。姥娘见了很喜欢，妗子看见翻眼瞅。妗子妗子你别瞅，过了这夏俺就走！

夜深了，月亮显得更加高远，有夜风从平原的深处一股一股袭来，不知是谁说了一声：回家吧，晚了会遭骂的！话音刚落，作鸟兽散。村边土场上，立刻一片安静。

# 村里的童谣（之二）

村子里的童谣多得数也数不清。不知是谁教的，也不知是哪个年代流传下来的，仿佛一出生，一会讲话，那些牙牙学语的孩童们，就自然而然地会了几首童谣。那些童谣都是妈妈们在哄孩子睡觉时哼唱出来的，孩子们在吮吸着母亲的乳汁的同时，也听着乡村的童谣，就这么不经意间长大了。

"小老鼠，上灯台，偷油吃，下不来，看你还敢来不来！""小巴狗，上南山，南山开满了红杜鹃。红杜鹃，红满天，照得南山红艳艳。红杜鹃，红灿灿，花开就像娘的脸。娘的脸，美颜颜，全家看了都喜欢。都喜欢，吉祥添，和和美美过大年！"

村里的男孩子喜欢喜庆的童谣，女孩子喜欢苦情的童谣。村里有个叫长明的丫头，母亲走得早，整天就喜欢唱："小花鸡呀，挠草垛、没娘的孩子真难过！跟猫睡，猫抓我，跟狗睡，狗咬我。娶个花妈搂着我，又掐我，又拧我，坏婆娘根本不疼我！"每次长明一唱，女孩子们都跟着流眼泪。男孩子不一样，男孩子有男孩子的歌，男孩子更喜欢打打闹闹的、诙谐幽默的，男孩子仿佛骨子里就有硬朗的气魄、调皮的元素。他们躲在背风的地方顺着墙根挤油、跳鞋排、墟大炮、砍大刀、打磨盘悠、来老窝一换；来着来着，就唱起来了：小喜鹊，叫喳喳，亲家婆，来到家，亲家亲家你坐下，俺到南园逮鸡杀、鸡说：晨打鸣，午下蛋，你杀俺、不合算！你杀俺，犯不着，咋不去杀那只鹅？鹅说：我的脖子长一长，你咋不杀那只羊？羊说：我四根筋蹄朝前走，你咋不杀那只狗？狗说：我晚上看家白天歇、你咋不杀那只鳖？鳖说：我河里走，水上漂，你咋不杀那只猫？猫说：我逮只老鼠倒剥皮，你咋不杀那头驴？驴说：我推套磨，簸麦麸，你咋不杀那头猪？猪说：你杀我，我不怪、我是阳间一道菜！责任清晰，分工明确，终于找到那头该杀的猪了。孩子们一片欢呼！挤油挤得满身大汗，再看看，月亮滑到柳树梢里去了。星星在远天上盯着、早霜在屋顶上白着，老人在睡梦中呢喃着，偶尔一声孤独的犬吠之后，村庄就真的沉沉入睡了。

结绳记事是先祖很久很久的事情了，但是到了金萍的村庄里，人们还是习惯于用各种记号来指示辨别一种事情或者一份提醒。村庄里的记号是很多的，现在先来说几种简单的吧！

# 村里的记号

素心如简,草木清明,是对我小时候在村庄里生活的那个年代的写照。那个年代,物质贫乏,生活简单。那时候,守着祖先留下的百年老屋,过着春种夏长秋收冬藏的日子。时光慢慢悠悠,总是那么漫长。草青草又黄,大雁飞来又飞去。那时候,外婆和奶奶一年年还是老样子,看不见变化。那时候,盼过年就像盼长大一样艰难,等啊等啊!太阳东升西落,刮风下雨雪飘霜降,还有那些收进我们记忆的婚丧嫁娶,打灯笼、撂火把、摸秋、跳鞋排、熬红芋糖。时间包裹着我们,走着走着,很快就走到了爷爷奶奶的份上。可是那些旧日生活里的记忆依然不能忘却。那些小小的生活智慧,常常化作温馨的回忆,湿润着我们的传统情怀。

我不知道你可有这样的记忆,小时候,家里喂了几只鸡,东邻西舍也喂鸡,那些鸡们常常不分彼此地在一起打闹,下了蛋也不分你我。为这事几家人经常发生争执,吵得面红耳赤。后来我母亲就想了一个办法,把我家的鸡全部染成大红色。邻居家也染了,有的染成绿色、有的染成黄色,还有的染成紫色,各种颜色都有。这下可好了,只要我们村的鸡一出来,一定是五颜六色的。那些色彩斑斓的鸡们一飞出院,就像解放了似的大呼小叫呼朋唤友吵吵闹闹震天响，一直飞到村人看不到的地方，才静下来找虫拉屎，玩得开心极了。别的村子都叫我们村是浪鸡村。还说呢，不仅是鸡浪，人也够浪！因为那时我们村新娶了几个新娘，每天都打扮得漂漂亮亮的招惹人眼。所以引得别村人眼红，就没好话地说我们村人也浪。我们村的几个新娘就发誓：浪就浪，看能把咱怎么样？出门时，要么一身红、要么一身绿、要么一身紫，头上都扎蝴蝶结，有兰花的、有玫瑰色的、有紫罗兰的、有粉色的、有橘黄色的，要扎什么都扎什么，就代表我们村的记号。那时我们村真是有名了！因为我们村有记号。我们村不仅人有记号，连农具也有记号呢！

都是左邻右舍的，一到忙天，都要开镰收割。家家都有镰刀、磨刀石、扁担、扬场锨等农具，模样都差不多。忙大忙、乱打场，一忙起来，乱拿家伙的也不在少数。东西一丢了，还分辨不出来。各家就别出心裁地做记号了。什么法子都有，在镰刀把上刻印记、在磨刀石上敲个口子，或者在木锨把上用火烙个痕迹，黑乎乎的一块。这些记号省了很多麻烦。一看记号，村人都知道是谁家的东西。小狗家的黑把子、菜花家的缺个口、梅英家的拴根铁丝、小桃家的打个窟窿。所有的记号都是为了引起注意，帮助识别，便于记忆。更好笑的是村东头一家人生了个双胞胎，怎么也分不出大小来，就在一个孩子耳垂上扎了个洞，另一个不扎，每天就看着洞眼辨别出大小。

那时候，乡村有专门做白喜事生意的，又叫锅长。锅长出门，基本都是自带用具。那些锅长时常都是从村里借的盆盆罐罐。为了分清谁家的东西，家家都把自家的碗、盆、勺做了记号，有在碗底打字的、有在盆底涂彩的，还有的给勺子把上拴上绳子。那些五花八门的记号由不得叫人想起祖先的结绳记事。有一天,我带作协的同志们参观淮上区双墩考古遗址,看了那些刻画符号,心想,过去老家的那些记号,原来在淮河流域七千多年前就有了啊!原来二十世纪八十年代的刻画符号,竟然是传承七千多年前的最初的文化足迹呢!锅长结束了当天的生意活,就会给大家分那些碗筷瓢勺,就是因为有了那些记号,各家的分给各家,一个也不会错。简洁的智慧,凝聚了当时特定的社会生活状况。

乡村记号还有很多。比如,村头有个石碓,用的人多,每天一大早需要排队。于是头天晚上就有人在上面做了记号,放一个秫秸锅盖、放一块大石头、放两把干草,甚至有的人还早早放了黄泥巴堵上。

我上小学的时候,一到放假,外婆就来我家看门。说是看门,其实没什么东西,主要是看孩子。我们家孩子多,房子又紧靠大甲溪,每到夏天,大甲溪的水满满当当,水波打着卷儿,一晃一晃的,就要漫出沿来。娘要出工,没空管我们几个,我们就造反下沟摸鱼,把外婆吓得腿都打抖。后来外婆想起一个好法子,就每天在我们的腿上用蓝墨水打上记号。等娘回家来,看不见那些墨水记号,就使劲地打我们。这一招真管用,我们想去玩,可是又害怕水把墨水淹掉了,只能在水边眼睁睁地看别人玩。后来村里的大人见了,就都是这样去做,村里的孩子都不敢下水玩了。娘说,那个夏天,村里没有一个孩子被淹了。

上学的时候,班里时兴划界河,也有人叫三八线。一个男生和一个女生坐一张桌子,就在中间划一条线,谁都不准越过线去。那条三八线,有的是粉笔画的,有的是钢笔画的,还有的是小刀刻的,什么样的都有。还有的在线上刻上花纹。青春的敏锐和禁忌都在这里凸显了。

最大的记号是在田头地拐的。刚分了责任田,家家都像宝贝似的。打木桩子、竖木橛子、立石头碑子,拉直了线,在田边地头,直了眼看、斜了眼瞄,唯恐吃了亏,这可是祖传的领地啊!

记号真的还有很多,过年了,红红的春联贴起来,外人一看就知道这家人小日子过得不错,办喜事结婚,大门上就有大红的喜字,看到喜字,讨饭的都喜欢上门说几句吉言;若有的人家有丧事了,主事人就会腰系草绳,满门磕头报丧,草绳报丧是多少代人的老规矩了;谁家的媳妇生了,男人就要系红绳、端红鸡蛋报喜。还有呢,天久不下雨,村里人就会摆阵求雨,那贡果摆得老整齐了;久雨不晴,妇女们就会用秫秸杆子扎成一个个小人儿,穿上花布剪的衣服,插在屋檐下,女人们念念有词:勺子扒扒天,老天就变脸。今天下大雨,明天就晴天。据说还是很管用的,摆阵过了后就真的晴了。

以上记号,很多都牵扯到民俗。民俗是千百年来的民间文化传承和积淀,在那些个时代里有一定的存在道理。许多年过去,岁月流逝,白云苍狗,随着社会变革,许多的民间记号都已经流失了。但是,那些或沧桑、或澎湃、或凄凉、或美好、或笨拙、或机智、或零碎模糊的记忆,却时常在心底泛起。那些都是我们的祖先用心做出来的,是我们心头的温暖。是我们需要传承给孩子的好东西。

村庄里的记忆不仅有美好温馨的,也有一些瘆人恐怖的。比如那些让孩子们胆战心惊的"恶霸"!

# 村庄里的恶霸

村庄里的恶霸还真不少。除去大人吓唬孩子常说的谁也没有真实见到的小鬼之外,就是那些寻常日子里经常碰见的蝎子、洋辣子和长虫之类的东西了。

先说这个恶之最——蝎子吧!这家伙属于节肢动物,身体多为黄褐色,长着一副进攻的模样。口部有一对螯,胸部有四对脚,前腹粗,后腹细,末端有毒钩,听大人说,这家伙还是胎生的呢!它常常躲在犄角旮旯、碎砖烂瓦里,碰到机会就会用它的毒钩御敌或者捕食。若是被孩子们碰着了,那就是活倒霉了,那种疼真的是火烧火燎!孩子哭大人还骂:叫你一天到晚鬼窟里乱掏啊!掏出事了吧?不亏,疼疼疼,看可能疼出你的记性来!乡村里的孩子,就是这样不金贵,哇哇大哭着,还得挨骂。可是我们真的就是这样长大的!

恶之二就是洋辣子了。洋辣子肉乎乎、软乎乎的,浑身上下长满了密密麻麻的毛刺。洋辣子常常吊在椿树、杨树、桃树上,春天、夏天、秋天都会有它的身影存在。小风一吹,它在枝叶间悠闲地打着秋千,当孩子们从树下路过时,一瞬间,它就落在了脖颈或者手背上,那片刻间的疼痛,火辣辣地烧到了心坎上,几乎和蝎子叮了差不多。有时大人去采摘瓜果或者蔬菜,顺手也会摸到洋辣子，也会起包块，肿成一个大疙瘩。那时大人才知道，是真的疼，不是矫情吓唬人的。

长虫就是蛇，可是在村庄里，人们都已经习惯了叫长虫。在我们的村庄里生长的，大都是一般的草蛇，没有毒。但是孩子们还是害怕，偶尔看见，也会大呼小叫。村庄的屋子里、墙头上，因为年代太久远，偶尔也会发现很大的蛇，并且是土红色。大人们会谆谆教导说，那是屋龙，不能打的，不仅不能打，还要保护！于是谁家发现了这样的土红色的屋龙，就会悄悄地放生，有的还要点香敬奉。那是传说中的神灵啊！有一次，我们家扒旧屋，建新屋，就发现了一条长长的屋龙，村里人都来祷告，祈求风调雨顺。最后那条土红色花斑蛇懒洋洋地朝西甲沟里游走了。

蚂蟥是村里孩子的最恨。蚂蟥分两种：一种是细小的水蚂蟥，叮人不放，直到鲜血淋漓。一种是水旱两栖蚂蟥，长得难看之极，一伸长，中间粗两头细，一缩回来就像驴屎球一样。因此又叫"驴屎球"，也因此村庄里有句流行语叫"驴屎球外面光"。夏天下河洗澡本是快乐之事，可是讨厌的蚂蟥却是孩子们的大敌。它不停地生事，几乎每天都有孩子被蚂蟥光顾。特别是水草多的地方，更是蚂蟥的藏身之处。所以大人们都叮嘱孩子：记住了，别到小圆塘洗澡啊，那里蚂蟥多！

村庄里还有一大恶就是臭名昭著的蜈蚣了！这家伙也是节肢动物。身体长长扁扁的，有暗绿色的背，腹部黄褐色。头部有鞭状的触角，身体有许多环节构成，每个环节都有一对足。第一对足呈钩状，有毒腺，能分泌出毒液。碰到人身上，就遭殃了，那毒液迅速使皮肤起了一块块的红色包块，疼痛难忍，家人找出乱七八糟的东西，胡乱抹了上去，基本上不起什么作用，只能哭天喊地，然后忍着了事。你说这家伙吧，浑身上下都是腿，找不到屁股找不到嘴，可是怎么一挨着它就那么疼呢？

村庄里的孩子还有一怕，就是马蜂了。特别是那些爱好爬树的男孩子，马蜂几乎就是他们的天敌。树上、老院子里，还有那些犄角旮旯里，凡是人不常到的地方，就有可能是马蜂的落脚处。男孩子就喜欢在这些地方溜达。甚至戳马蜂也是他们的乐趣。经常有孩子被叮得一头大包。女孩子跟在后面跑得慢，也逃不过被叮咬的灾难。我也跟在大孩子后面去看戳马蜂，头上顶着一个大箩筐，就听马蜂"嗡"的一声响，我立刻趴在了地上。好久好久，家里人来喊了，我还在地上趴着不敢动。大孩子们从此后发誓再也不带我去看戳马蜂了！

老鼠也是村庄的一大害，不吓人，但是恶心人。家家都想办法除去它。老鼠夹子、老鼠药、老鼠笼子，还有喂老猫，让老猫逮老鼠。老鼠的危害很大，偷吃粮食、传染疾病、咬烂衣服，几乎就是人人喊打的家伙。

村庄里还有一种东西叫癞猴子，浑身上下长满了疙瘩，样子很难看！常常慢悠悠地在沟边或者地里爬来爬去，有时也在小院子里慢悠悠地爬着。家里大人说，癞猴子吃蚊子，不让打它们，所以孩子们虽然怕它，但是很少打它，只是用棍子把它们赶走了事。村里的孩子小厂不怕，敢用手捏着耍来耍去。后来小厂在春季的时候，生了"蛤蟆温"病，就是医学上的"腮腺炎"，村庄里不懂是什么毛病，传说用癞猴皮可以贴好，就是小厂自己逮的癞猴子、剥了皮贴好的。

最后来说说村庄里的最恶"土狗"吧！村庄里有不少人家养狗，但是养不长久就卖了，或者送人了，但有些人家住在庄子头上，或者另立在外边的独门独户，都会养几只厉害的土狗。那些土狗，面目狰狞，毛发赤毛拉轰的，夜夜狂叫，稍微有动静就扑了上来！咬着了决不松口。那时村庄的东头住着大队长家。高高的院墙，金黄的大门，门口垒了两只土狗窝。我每次上学都要从那里走过，每次都是提心吊胆、小心翼翼地大气不敢喘一下。有一次下晚自习回来晚了，有月光亮晃晃地照着乡村小路，我脱了鞋子悄悄地从那里过，快走过去的时候，突然从后面哇的一声扑上来两只土狗，我没命地大喊，连喊带叫，那土狗就咬到我的小腿了。它的家人跑了出来，喊住了那两只凶恶的土狗。我的腿上鲜血直流。村里人围了过来，纷纷拿出止疼的药给我抹上，我大哭不止，母亲说，以后回来要结群走，没人一起的时候，要绕道走，不要怕远，要躲避凶险的土狗。从那以后，我对土狗忌恨无比，上学放学都不敢从那里走过了。其实，村庄里的孩子差不多都被咬过，因此，土狗几乎就是村庄里的孩子最最害怕和忌恨的动物了。我们曾经想过很多办法，比如用弹弓打死它，比如用绳子勒死它。这两项计划都不成功，因为我们无法靠近它！可是大家不死心，又想了一个办法：那时生产队里种棉花，家家都有农药，什么六六粉啊、什么1059啊、什么敌敌畏啊，都有。可是谁把农药送到土狗窝边呢？面临许多问题不好解决，药死土狗的事最后只好不了了之了。

金萍的村庄虽然地处淮北大平原上，但是，流水潺潺，沟渠成网、鱼虾满塘、莲藕芬芳，外人一看，岂不就是江南水乡呢！

# 村庄里的水沟（之一）

村庄里有很多的水沟。无论哪个村子，四面都是被流水沟严严地包围着。村东的水沟叫东沟，村西的叫西沟，村南的叫南沟，村北的叫北沟。东沟来，西沟来，两个小孩悠悠来，谜底就是妇女戴的耳坠子。南沟头，北沟头，两个老妈子搓奶头，呈现的就是盛夏季节妇女们在水沟里洗澡搓灰的镜头。

在村庄里，那些淙淙流淌的水沟是必不可少的。每天在水沟里洗菜、淘米、洗衣服，有的人家，还在水沟里洗脸、刷牙，女孩子拿着梳子，对着水面仔细梳妆。那时的水沟就是村里女人的梳妆台了。村里的女人们就是在那面镜子里一天天老去的。村子四面都有水沟，每条沟之间都挖有细细的小坝子连着，晴天的时候堵着，下雨的时候挖开。那时候，下雨天就是孩子们的节日了！孩子们拿着柳编的草筐，拿着推网子，纷纷跑到各个挖开的连接口上，把手中的工具朝开过的口子上一拦，用泥巴把两边踩实了，就在旁边等着。大大小小的雨不停地下着，大大小小的鱼，就顺着那坝子间小小的一线水沟，欢天喜地活蹦乱跳地往前赶，一直到栽进孩子们安好的草筐或者推网里。一到雨天，村边的水沟里总是不得消停。不知村里的水沟，怎么会有那么多的鱼？也不知那时的乡村，为什么总是有那么多的雨？

鱼的品种是很多的。最多的是草鱼，也有鲢子、青鱼、蚂螂杆子、鲇鱼、黑鱼、汪丫鱼、鳌鲦子、鲫鱼、鳑鲏，还有一种叫"白鳝"的鱼，村里的人大多是不吃的。因为听老人说，这种鱼专门吃死尸，脏得很，就是逮上来了，也要放回去！所以，村子的西沟里，那种叫"白鳝"的鱼，竟然长到几尺长！有人亲眼看见，几尺长的大白鳝，竟在中午的水面上晒太阳。白鳝的肚皮上出奇地趴着几只螃蟹和不大不小的乌龟，它们和谐、它们安静，它们与世无争的感觉真是叫人称奇，感叹不已。那时的水沟里，还同时生长着黄鳝、泥鳅、泥螺、河蚌和大乌龟。那时，村人是很讲究的，没有人愿吃泥鳅、河蚌、螃蟹和黄鳝之类的东西，老人们都说那些不能吃！所以，它们得以自由生长。有一年，几只大乌龟爬到沟边晒太阳，竟被村头小闹家的老母猪一气吃了几只，一连三天都不吃食，全家吓坏了呢！螃蟹、泥鳅都长成了精怪，时常爬出来，到村边溜门子。有一次，小厂娘在锅屋里烧饭，烧着烧着，突然听到柴堆里呼呼啦啦地响，伸手扒开一看：我的娘哎！螃蟹、泥鳅和几条长虫纠缠在一起打仗呢！吓得小厂娘哇哇大叫，喊邻居快来救急！

后来，有一年村里发生了多年不见的大旱，生产队里的牛头拉着拖车从北沟边上走，走着走着，觉得有疙瘩绊着了拖车，结果一看，竟是几个黑鱼的脑袋壳，用脚过去踢踢，那"黑坚强"还多情地连连眨着眼睛呢！

# 村庄里的水沟（之二）

村庄里的水沟多，在淮北大平原上是常见的现象。许多村子，生活都离不开水沟。水沟的模样很多，长的叫水沟，圆的叫水塘。也有不圆也不长的，模样很怪的，那就像什么就叫什么了，比如叫葫芦塘、三眼塘、小洼子塘、毛菇菇塘、小坡塘、驴蹄子塘，等等。我们村庄就有一个水塘叫黄老塘沿。它到底与黄姓有什么关系？没有人能说清楚。可能是延续得太久了吧，就这么一直叫了下来。很小的时候，孩子们都会唱：黄老塘沿，有黄鬼，黄鬼不下水，绿眼红鼻子，四只毛蹄子，走路啪啪响，专吃小孩浓鼻涕！一到夜晚，各家孩子无端闹夜，大人就用这段溜子话吓唬孩子。村里的孩子都快长大了，还对黄老塘沿心有余悸，轻易一个人不敢打那里走过。到底黄老塘沿有什么诡秘？我初中二年级的时候，怀着好奇的心理，非常想去揭开这个谜底，就邀了几个初三年级的大孩子一道，趁一个夏夜，大人们都疲劳至极的时刻，在黄老塘沿边上蹲守了三夜。头两夜没见任何动静，其他孩子都没兴趣了，想打道回家，我极力劝阻，认为不能不坚持，否则前两天都白废了！到了第三天晚上，眼看又要过去了，我心里失望极了，看看埋伏在草丛里的其他几人，内疚的眼泪哗的一下流了出来。就在我想着和大家一起离开的时候，突然有了动静：在黄老塘沿中心的一片苇丛中，哗哗地起风，有了动静。我们大家立刻屏住了呼吸，眼也不眨地盯住了那片苇丛。说时迟那时快，只见苇丛一阵晃动，一道白光刹那间刺破夜空，一只浪里白条忽地穿出波光闪耀的水面，直冲夜空。就在那激动人心的时刻，我们都惊呆了，村里的孩子大军子忍不住大叫了一声"妈呀！"就这一声出奇得大叫，毁了，远处的水面一片平静，波澜不惊，仿佛什么都没发生。再等了一个时辰，还是死一样的寂静。大家都埋怨大军子狗肚里搁不住剩馍，怎么就在那关键时刻出了声，一夜的工夫都白费了！终于，什么情况都没有了，大家垂头丧气地往家走。临走时还订了攻守同盟：回家后什么也别说，就当什么事也没发生！

虽然定了保密的条约，可是孩子们谁又能保住密呢？几乎每个孩子都在回家后说了出来，不过，大人们都没当真，以为孩子们的话可听不可信的！唯有大军子家的大人信了。大军子的老子是当时的生产队长，可以算作村里的最大的官了。队长听了大军子的叙述，很生气，那么多的孩子一起熊自己的儿子，真不像话！毛蛋孩秧子们，不就是想探个究竟吗？有什么了不起啊？

大军子的队长老爹，那可是村里呼风唤雨的角儿，说到做到，命令村里准备抽水车、挖泥机，等等。一切都在有条不紊地准备着，突然，老天起了狂风暴雨，一连几天下得沟满河翻，洼地划船。大雨改变不了队长的意志和决定。天刚放晴，一切照旧。

那几天，黄老塘沿的水很浑浊，苇草也蔫了，就有一些苇咋子鸟在空中戚戚然地鸣叫着。黄老塘沿是村子里蓄水量最大的一口塘。就等于村里的水库呢！水草丰茂，鱼虾潜底，里面水窝子很多，听老辈人说，水窝子里有很多的鱼怪，甚至能行动风雨呢！可是现在要清塘了，会不会惊动水底的那些精灵呢？老人们叹息声声。这些传到了队长耳朵里，队长哈哈大笑说：都什么年月了，还迷信呢！看我能不能连塘底都给翻了，叫那些鬼怪无藏身之地！

说干就干，人欢马叫，一连大干十几天，竟然什么也没翻到。真是让人百思不得其解！队长把各家孩子叫了过去，询问仔细，大家都什么也不说，表现得格外坚强。队长没法，只好把大军子痛打一顿，教训大军子以后不准再扯谎，因为扯谎的代价实在太大。自从那次大清塘之后，黄老塘沿就干涸了，不用说鱼虾了，就连苇草也不长了。干涸的黄老塘沿就像长满了褶皱的皮肤，裸露在村庄的南庄户地上，一片衰败的荒凉。到后来，干脆有人将其填平，盖了房子，黄老塘沿终于成了一段老人们嘴里的传说，知道的人越来越少了。那些装潢的红红绿绿的楼房里的孩子，谁还能知道自己居住的房子下面，曾经发生的许多故事呢？

# 村庄里的水沟（之三）

村庄里最大的水塘——黄老塘沿干涸了之后，村庄里的东沟、西沟、南沟、北沟的流水就没有原来那么大了，一般就只有半沟水。不像原来那样，满满当当，随时都有可能漫溢出来的样子。那时，村里的妇女们蹲在沟边就可以淘米洗菜，可以梳头、洗脸、搽雪花膏、抹蛤蜊油。可是黄老塘沿干涸了以后，只有在沟边挖几层阶梯，垫平乎了，才能顺阶梯到水边洗刷。水是小了一些，可是水里生长的东西依然是葳蕤繁茂，挤挤挨挨一副家族兴盛的势头。最强大的是那些莲藕，一蓬一蓬的莲叶，肥厚鲜嫩，油汪汪的仿佛朝外冒汁水；荷花开了的时候，满沟沿清香扑鼻。四面沟里一起开花，整个村子就裹在了浓浓的香味里，不管吹哪个方向的风，浓香都在周围旋风一样地打转转。连村子里的鸡鸭鹅、羊猪狗都被香味刺激地直打喷嚏！哈哈，怪了去了，那喷嚏竟然也是香的呢！

七月菱角、八月藕。其实，当荷花开的时候，那些菱角早都开过花，结出嫩甜的果实了。菱角是村庄里人最喜欢吃的。村庄里的水沟里长满了菱角秧，村庄几乎就被菱角包围了。那可是大平原有名的大红菱，也有人叫它牛角菱。个头大、仁米儿多，嫩仁甜、老仁香。菱角成熟的时候，村人们就下沟去摘菱角。当时的天气已经不适合下水了，也就中午时热，各家的娃儿头顶一片荷叶，推着从家里扛出来的大不览（这个家什是村庄里推磨用来罗面用的，竹子编成的大圆形的器具），小一点的孩子，就坐在大不览里，像划船一样的划呀划呀，划一下摘一气，划一下摘一气，不大一会儿，大不览就装满了，慢慢划回沟边，大人们帮着下货，这样反复数次，岸上的菱角就堆成小山一样了。摘完了菱角，还有鸡斗米呢！那些鸡斗米可不像菱角那么容易摘了，鸡斗米浑身长满了尖刺，一不小心，就被扎得冒血珠儿。那些早就成熟的鸡斗米，黑红着脸在水面上晾了许久，很少见有人来摘。偶尔有大人绑好长长的棍，在棍上再绑上锋利的镰刀，伸出镰刀手，把那些老鸡斗米割下来，回到家里小心翼翼地撕去外壳，露出红白相间的内瓤。那些鸡斗米烧稀饭真的是很好吃的。

秋天过去了，村边沟里的荷叶都枯死了，残荷败柳，一塘衰落。只有还没来得及迁徙的鹤鸟，偶尔还来到塘边的大杨树上栖息，时常发出苍凉的悲鸣。那时节，正是水沟里莲藕成熟的时候，村人们选一个晴好天气，齐聚在水沟边上，一个个的大老爷们儿半脱光了身子，喝一口白干老酒，一猛子扎了下去，在泥窝里连掏了几把，雪白的莲藕就甩了上来。碰巧谁家挖了一个"老尖把"，立刻会引起岸边一片惊呼。水里的男人终于撑不住了，岸上的莲藕也堆成了堆，这才人人欢呼着收工回家。收获莲藕的日子，也同时是村里的节日，这个节日是村边的水沟给带来的。所以，村里人都十分爱惜村庄周围的水沟，经常有人自动给水沟包堤、栽树、种草、放鱼苗、放菱秧，在沟边撒草籽、花种等等。那些沟在村民的养护下，总是那么精神、那么有力气、那么肥沃和朝气蓬勃。村里的老人都说，这几条沟就是保着村人的。因此，村庄里的老人几乎都长寿，活到七老八十的，屡见不鲜。

# 村庄里的水沟(之四)

村庄里的水沟,几乎就是村庄里的血管,既四通八达,又欢实流畅。旱天可以灌溉引水,梅雨季节可以排涝行洪。因此,村庄里的那些长沟短塘,都是祖宗留下来的宝物,都是派的上用场的。沟里四季有水,有生物繁衍,有气象恒生。沟沿上也四季不闲着。春栽杂树,夏种瓜,秋看菊花,冬放鸭。春天到了,沟沿上栽满了柳树、洋槐、楮树、小孩拳、泡桐、桑榆、大格花,也有柿子、枣子、杏子、棠棣、皂角,还有臭椿。谁栽谁就栽了,树就在那里站着,果子大家共吃,很少见闹矛盾。有一次,小闹娘骂枣子少了,被队长大吼一顿:歪瓜裂枣,逮着就咬。骂什么骂?沟沿是你家的地方吗?小闹娘不敢还嘴。此后,沟沿上的果子掉了一地,也没人敢骂了!

夏天里的沟沿上,更是热闹十分:沿着树根点的白瓜、葫芦、豆角籽,攀援着一棵棵大树,青枝绿叶长到顶梢,结的那些果实垂掉下来,在半空里鲜亮地打着晃,精神极了!每到傍晚时分,就有孩子们拿着长长的棍子,去采摘那些新鲜的菜果。一家采摘,总是要分给大家都尝尝。这样的采摘一直延续到凉风渐起,秋尽江南的时刻,那些菜果都变成哗哗响的果干了,还在一棵棵树梢上悬着呢!

秋天的沟沿上,除了吊挂着的菜果,还有热闹的就是那些葱茏茂密的野菊花了!一片片、一丛丛,开得到处都是。村子里最爱种菊花的就是毛孩娘和小厂娘。她们俩种菊花是附近有名的高手,等菊花开的时候,她们就把开的最大的花收下来晒干装起来,等到收得多了,就留在一起装枕头。听说那枕头既香味扑鼻,又柔软无比。

村里的沟沿上还是野菜和野草繁衍生息的旺地。那里每年都有许多的野菜和野草在春天里出土,在秋天里干枯。只有认出了这里的野菜和野草,你才能算得上是一个真正的乡里人。比如:香天泡子、毛强子、七七芽、牛筋草、马冷头子、库朗头子、芙儿苗花、拉皮草、猫拉眼子、鹅冷菜、麦眼珠子、拉拉藤子、马炮梨子、蒺藜狗子、黄蒿驴耳草、鸡早花、香泡子、马楞菜、灰灰菜、驴尾巴蒿、狗尾巴花、扫除头子。唉,多了多了,太多了,可惜这些都是小时候的土名字,等到长大了,差不多都见不到了,竟也找不到它们的学名了,它们就这样悄悄地生长着,又被人们不经意间悄悄地丢失了。

# 村庄里的水沟（之五）

村庄里的水沟多，自然鱼就会多。鱼多，抓鱼的工具也多。村里人家，几乎家家户户都有几样渔具。最大的渔具是撒网。那可不是一般人家所能拥有的，至少能买得起网绳才行，除了网绳，还有拴在网绳底部的坠子，那坠子也不知是什么做的，很重，我舅舅称它为网坠，染成猪血样的朱红色，在太阳底下闪闪发光，乌嘟嘟的亮眼。那时，我小舅舅是个逮鱼高手，经常背着渔网来我家。小舅舅一来，就在西沟大甲溪撒开渔网，一网下去，那白花花的鱼儿都在网里乱蹦乱跳，热闹得不可开交。我母亲看见了，立刻跑过来，喊我舅舅快把那些鱼儿放回去！水沟是村里的，小舅舅是外村人，怎么能在村子里抓鱼呢？那不就乱了套了吗？小舅舅在村里抓鱼，只能是练练功夫，不能拿走。除了撒网，还有拉网，那也是很大的网。需要两人分站在两头，两臂用力支撑起竖起的两根拉网的木棍。喊着号子朝前慢慢走。水沟里长满了叫作驴尾巴蒿的杂草，拉网一拉，杂草都滚进网里，越滚越多，最后滚得就像小山一样，只好回头重来。也有的时候把杂草用大剡刀割了后再拉网。用拉网差不多都是在节日前后，几乎就是一网打尽了，全村人都在，拉完了就分，分完了就过节了。村里的渔具真多，每户人家都有几样，没有大的，也有小的，如：推网子、扒网子；推网子抓住木柄手朝前推，扒网子抓住木柄手朝后拉；鱼罩，是村人捕鱼用的竹器。圆筒形，上小下大无顶无底。罩一次换一个地方，罩住了，再伸手去罩里抓。有一次，小闹伸手去罩里抓鱼，却大叫起来。原来里面竟罩住一只老鳖。小闹一叫唤，岸上的人都齐问：有什么啊？小闹说：被老鳖咬住手了！岸上就有人大声命令：快去啊，牵头老驴来，只有老驴叫，老鳖才会松手呢！这时只见小闹一甩手，一只硕大的老鳖被扔到岸上，正好砸在那个叫牵驴的人的脸上，那人吓得嗷嗷直叫。水里的小闹哈哈大笑说：怎么样啊？黑驴叫了吧！

孩子们也有自己的渔具：逮黄鳝的笼子、大麻虾钩子、撵鱼的簸子、兜虾的网子，还有下在水边的滚钩，等等。村庄里众多的渔具，不仅给我们带来了新鲜的口福，还给村庄里的孩子带来了许多的知识和乐趣。乡村里的孩子，不问男女，谁不会逮鱼摸虾啊？我就曾经是摸鱼的高手，记得一个黄昏，我摸了满满一大盆鲫鱼。可不幸的是，那一大盆鱼没有人看守，竟被家里跑出来的老母猪呜里哇啦地一口气吞光了，害得我大哭一场，母亲还笑我没出息，沟里的鱼多得是！有本事就去逮，捉不尽的虱子逮不完的鱼，还能没有鱼抓吗？是的，那时村庄里的水沟，仿佛就是鱼的天堂。不管是晴好天气还是阴雨连绵，不管是春风拂面还是冬雪茫茫，总有一群群孩子，哼着那些朗朗上口的童谣，在沟边走来走去，踩出一条条油光皮滑的小道。"栀子花，茉莉花，草鞋底，大麻虾；栀子花，茉莉花，前孙家，后赵家，中间夹个稻冒家；栀子花，茉莉花，娶个媳妇来到家，新娘子，坐床子，屁股底下扎个麦芒子！"

村里的瞎眼老太听到孩子们的吟唱就说，水沟和孩子的歌谣是村庄里的精灵。没有这些，村庄就没了意义。可是孩子们不懂,孩子们觉得,瞎眼老太就像巫婆念咒语。

村庄里有的是能人,他们的存在,给了乡村许多方便,村庄离不开他们。他们又叫"匠人",是村庄里的能工巧匠!

# 村庄里的匠人

村庄虽小,但不能缺了能人,没有这些能人,生活就很不方便。先说说剃头的老鲁吧!

## 1. 剃头匠老鲁

老鲁是村里的外姓人,一年四季在外面跑着做活,只有月底才回来一次。老鲁回来的日子,就像村里的节日。家家户户的男人、孩子,都要聚集在村里最大的槐树下等着。男人们仿佛早就等不及了,络腮胡子几乎长满了一脸,不收拾实在看不下去了。大人们理完了,才轮到孩子们。孩子们不讲究,理个光头就行了,也有的不要光头,要个分头,三七分。还有的家里给孩子要茶壶盖子头,有的要温水罐子头,也有要西瓜头、勺把子头、木碗子头的。总之,要什么头,老鲁都能弄出来。一弄,大家伙儿准满意。在大家眼里,老鲁就是一个走南闯北、见过大世面的主儿,没有他不会的、没有他不懂的,只要有什么稀罕问题,村里人都会说:问老鲁去,他肯定知道!在偏远的村庄里,有老鲁真好!什么问题到他手里,都不成为问题了。如此看来,老鲁不仅是剃头匠,还是个"百事通"呢!剃毛头是每个家庭十分重视的事情。每当剃毛头的日子，老鲁就最受尊重了。主家要管饭、管喝茶，还要送上缝制的精美的"荡刀布"和围裙。我还记得，我家弟弟剃毛头时，母亲缝制了很好看的平绒"荡刀布"，上面用五彩丝线绣满了好看的图案，那花朵、那虫鱼儿，栩栩如生，就像真的一样忽闪忽闪地跃动着呢！

老鲁剃头不要钱，只是在每年的年底来村里，按人头起粮食。每家每户自愿给，有的是芋头干、有的是豆子，也有的是小麦、玉米、高粱，多少不限，有个意思就行了。村里人也自觉，知道自己家有几个头，绝不会亏待老鲁。没有人规定多少，但从没有因为起粮多少而发生过吵架和矛盾。一旦老鲁几天不见来，大家还忍不住惦记呢！老鲁呢？怎么几天都不见老鲁了？头痒得很呢！

## 2. 木匠

金新是村里的小木匠。他那木匠技术，是小时候跟逃荒的老高学的。后来年景好了，老高回老家河南了，金新就在村里独自干了。村里也没什么大活，顶多就是砍砍揳揳一些粗活。但是村里少不了这个角色。谁家做个小板凳、吃饭的小饭桌、擀面条的大案板、揳个床腿子、定个窗棂子，等等。还有生产队里的拖车、犁子、耙、大车，拉网子、牛梭头、杈把、锹锨的木把子，经常都需要修理，单就这些活都够金新忙的了。光忙赔时间还不挣钱，谁家一喊，立马就到，也是和剃头一样，到年底起粮食，就算做工钱了。到了二十岁那年，村里来了个弹棉花的，爷俩一起做生意，父亲负责弹花，女儿专门打下手。一连在村里干了几天，村里人都很喜欢爷俩，你送茶水，我送面食。爷俩很感动，去了别的村子干活,晚上依旧来我们村里住。我们村子就成了他爷俩的总部了,住的就是金新家的偏房。那些日子,金新特别勤快,挑水、扫院子、摘菜、洗碗、刷锅,进屋摸着活就干。弹棉花的看在眼里喜在心里,不久就决定把女儿许给金新了。弹棉花的爷俩是山东人,离海边近,日子比我们这里过得宽松些。金新跟着过去一趟,就再也没有回来了。小木匠走了,村子里少了叮叮当当的砍击声和呼呼啦啦的拉锯声,一下子显得沉寂起来。以前小木匠能做的活计就只有拿到街上去做了。那时才想起:要是小木匠还在村里该有多好啊!

## 3. 石匠

石匠在村里的活更少,大多是到外地去找活。那时村里的石匠叫小福,也就二十多岁吧?整天背个锤子、钻子、墨斗盒子,在村里溜达来溜达去。帮村里打个石碌、石碾、石磨、石碓什么的。可是这些石器特别耐用,好几辈人家都用不坏。做这些石器,几乎就是一劳永逸的事情。小福大部分时间都在外地找活儿。外地活也不好找,小福挣钱就很难,那么大的小伙也没有媳妇,村里人都为他着急。媒人介绍了几个,女方都嫌小福身子懒,属于那种"吃屎嫌臭、吃兔子撑不上"的水货。村里没活计,周边活计也难找。小福一赌气就去了河南石滚山,后来听说混得还不错,还在那里结婚生子、成家立业了。可是后来听说,小福去开山炸石头,点炮的时候,哑火造成了伤害,赔了人家几十万,所有的家产都赔光了,最后不知躲到哪里去了,一直也没见回来过,这个孩子就这么悄没声地从村民的视野里消失了,就连他那爹妈的老坟也没见来上过一次。

## 4. 茅匠

金萍的村庄里最吃香的就是茅匠了。村子里盖新房、修旧房、拆老屋，都是由茅匠们来执手完成的。那时村子里的房子都是由茅草苫顶，所以才叫茅草屋呢！每个村子都有自己的茅匠。只不过有的村子技术高些；有的村子技术低些。我们村的茅匠就属于技术高的，经常会有外村人来请。茅匠一出门干活，那就厉害了！有酒有菜还有烟抽。干到最后，还要给点小费，比如：烟酒、猪后座肉、几斤果子、红白糖，这就算是不错的打点了，那都是很有面子的人家。

我大爷就是村里的茅匠高手，他有一手高超的苫草功。不管是多么乱的茅草，只要一到他手里，瞬间就变得整整齐齐、捋捋顺顺的。他手里的拍耙还是我祖爷爷传下来的老工具了，早已磨得油光乌亮，深褐色的板子上钉满了亮闪闪的钉子。我大爷就是拿着这把拍耙，走遍了四乡八野，吃香的喝辣的，还没有一次找回头账的。我大爷的茅匠活，那叫嘎巴棒！苫草，最难的就是苫扉头子。扉头子一般是指屋山墙上面屋顶子翘起的地方，那里也是屋顶最显眼的地方，气腾腾地翘起，有一种气宇轩昂的感觉。这里弄不好，不仅难看，还最会漏雨，漏雨久了，草就会沤烂，草一沤烂，屋子就漏雨了。我大爷常常趴在屋顶上，就像绣花一样，用手掌拖着拍耙，上上下下地拍打、前前后后的捋顺，把那些杂草、碎草，一根根地挑出来、捋出来。我大爷说，一根乱草也不能留下，留下一根，毁了一片，到时就得整个重来。费事不说，还毁草。你想想，农民盖一座房子不容易，谁不想弄得坚固些？我大爷就是考虑到村里人的想法，所以，每次盖房子，搭伙人都要求格外严格，哪个敢吊儿郎当的，他都坚决不要！因此，村里人都叫我大爷"茅匠头子"。

茅匠头子不发话，谁也不敢乱接活，接了活干不好，那就砸了牌子，以后在村里再也找不到活干了。当个茅匠头子也不容易，盖房子造屋功夫活、力气活多呢！从和泥到脱土坯、从垒墙到立屋山、从上梁到扎笆、从苫草到泥墙体，哪一关都来不得马虎随意。哪一关都要有个细心人把关检验。我大爷就是那个不怕得罪人的把关阎王爷。谁要是大意了，阎王爷一准要他重新再来一遍。所以搭伙的人都怕他。村里一直流传着几句话：天不怕、地不怕，就怕阎王爷来发话！阎王爷一撅嘴，墙头得重垒；阎王爷一翻眼，榫头子得重砍！我大爷虽然不是什么带名头的领导，村里人就是敬重他，信任他，经他手盖的房子，从来没有出过任何事故。就连打夯这样的力气活，他也不放过。寸步不离的盯着，唯恐偷工减料，夯得不结实。八个人抬起捆绑的牢靠的大石磙，号子连天响起，我大爷就站在边上领号，满头都是汗水。打夯、脱坯、垒土坯、放树、截料、搭檩条、放大梁、绑秫秸笆子，甚至屋梁上的红布，都得我大爷亲自指挥。最高兴的时候，就是上梁头的那天，天气晴朗，万里无云，整个村子都浸泡在喜气洋洋的氛围里。那时，屋主家的梁上大红喜帖包住了崭新的木梁，纷飞的红绸布在阳光下闪着夺目的光彩。一阵阵噼里啪啦的爆竹响过之后，我大爷就站在高高的木梁间，朝着四下里围得密不透风的孩子和大人们高声喊道："造屋大喜了！梁上有喜了！大喜上梁了！大喜上梁，福禄寿长！福如东海水，寿比南山松，只要双手勤，粮囤就不空！"喊罢，就把箩筐里的喜糖、花生、小京果、梅豆果、白果子、麻花子、焦叶子、蚕豆花，等等，一把一把地撒将下来。下面的孩子大人挤成一团，拼命地抢啊、抢啊！还有的人高喊：这里这里，朝这里撒啊！太阳热烘烘地照着，大家的脸油光闪闪、红扑扑地发着光。一个村子都沸腾了！一家盖房，全村荣光，喜庆的氛围充满了村子的角角落落。

## 5. 锅长

锅长也算是村庄里的匠人了，而且还是村庄里重要的匠人。想想看，村里经常有红白事情发生，哪一次能离开锅长呢？乡下人结婚叫红事，家有老人去世叫白事。一旦家里有事，总是要有几桌人的，那时就是锅长大展身手的时候了。请了锅长，一切琐事就都交给了锅长。从买菜到择洗分拣、切配摆盘、烧炸煎炒，直到端上桌，吃罢刷洗，都干得利利落落。玉冒叔就是村里的锅长，从十几岁一直干到六十多，就算年纪大了，村里人还是坚持找他。他办事，大家放心。花最少的钱，办最排场的事，能省就省，能节约，绝不铺排。大家都说，冒叔技术一流，做人一流，是信得过的好锅长。冒叔一接到活，第一件事就是精打细算，盘算需多少大菜、主菜、细菜和配菜，直算得可头可脑，恰好正好，给主家挣了面子、又省了钱。冒叔的刀工也是周边几十个大大小小的村子里出了大名的。手举刀落，啪啪声止，那萝卜丝就像均匀的粉丝一样蓬起在红白案子上。乡村的大碗头红烧肉，片片大小均匀，静静地扣在碗头上，色香味俱全，时候还没到，就把孩子们急得哇哇直叫。

冒叔初干锅长的时候，行头简单，就是背着煎炒烹炸的家伙，也就勺子铲子漏勺之类就走了。慢慢地，有了进步，开始担个挑子，两头两个柳筐，上面摆放着厨子的用具。再后来，不再用挑子了，换了平板车，拉了一车的锅碗瓢勺、叮叮当当的一路有声。到最后，冒叔改骑三轮车了。冒叔的三轮车上，装满了青花瓷盘、碗碟筷勺、酒盅顶盘之类。办事的主家什么也不用管了，坐下就吃。冒叔把所有家伙都准备齐全了。锅长心细手巧，什么都考虑到了。冒叔还新添了皮手套和皮围裙，那些油气麻花的东西，经不住拿水一刷，就清爽干净如新的一般了。

五更天的时候，村子东头第一家，小院门吱嘎一响，高大魁伟的冒叔推着三轮车，轻轻咳了一声，武装整齐地出门去，那准是又有新的生意来了。

## 6. 篾匠

村里人叫惯了，就管毛孩娘叫篾匠。其实，毛孩娘用篾子编东西都已经是早年的事了。在我还不记事的时候，毛孩娘从很远的地方嫁了过来。听说来的时候，娘家啥也没给，陪嫁的嫁妆就只有两捆子篾子。毛孩娘就是用这两捆篾子，编出了马篮子、细筛子、鱼独笼子、馍篓子，等等，都是农家妇女手底下经常用到而且离不开的小物件。说是嫁过来的，其实，毛孩娘是村里的大奎花钱买过来的。没有婚礼仪式，也没有去乡里办证。那时乡村都是这样，娶过来就是夫妻，办证的不多，一挂小鞭炮一放，村人就是证人，有众多的证人，这婚姻就算作被承认了。那时，村里大多数人都不知道大奎女人姓啥名谁，都喊她"蛮子"，后来有了毛孩，村里人才喊她"毛孩娘"。毛孩娘手艺不孬，胜过村里插花描云的绣娘们。她编的那些马篮子特受欢迎，几天就卖光了。不光是我们村子，后来外村人也来买。毛孩娘连天加夜地忙活，都不够卖的了。就在毛孩娘的生意大好之时，"文革"来了。公社里割资本主义的尾巴，把她找了去，一批二斗三交代。毛孩娘哭得像个泪人，把连天加夜挣的几个小钱掏了个精光，交给公社后表示再也不干了。毛孩娘被公社安排到村里监管改造，可是村里的人觉得她没有啥错，编筐打篓，啥时候没有呢？所以并没有人歧视她。毛孩娘依然如以前一样的在村里过着平静的日子。再后来，光景松了，村里又开始抓生产了，挨家挨户起土积肥，挖地三尺找肥料，家家户户要抬土运肥。但是没有那么多的抬筐和粪箕子，上面的任务很紧，队长实在没办法了，突然就想起毛孩娘来。毛孩娘听了队长的来意，吓得连连摆手说："我的娘咪，才过了几天好日子，我再也不敢犯事了！"队长说："你别怕，这次是我叫你弄的，你干了这活，队里给你工分，给你条子，你就只顾编，编好了交给生产队就完事了！"听队长这么一说，毛孩娘才放下心来。全村的人一起下手，到北沟沿稀里哗啦割了半天的荆条，一捆捆地搬了回来。毛孩娘还真的是乡村大编家啊！从原来纤细的篾子，到眼下粗硬的荆条，一个小女人就只用了半天的时间，全部搞清爽了。原来那些细长的篾子，在毛孩娘的手里，就像一团白亮的丝，绕来绕去，滚动翻飞。现在，那些粗硬的荆条在地上铺展，毛孩娘就像一个大将军，按住那些倔强的条子，让它们按照自己的意愿穿高走底，一点也不含糊。几天之间，一摞摞抬筐、粪箕子就齐展展地堆到生产队的土场上了。队长也没食言，给毛孩娘八十个工分。那时，队里的女人出工，每天是八个工分，已经不少了。生产队里每天的工分核算出来是一毛五分钱。可是大奎说，这活不能干了！毛孩娘的手全都勒烂了，那是血汗换来的呀！生产队的积肥任务总算完成了，队长松了一口气，夸奖毛孩娘还真能管用呢！

以后的日子渐渐有了松动，毛孩娘也发现了自己不仅能编马篮子，也能编其他的东西，所以后来就有了村里的各种条子筐、篾篮子、渔具、火麻篓子、麻秸笆斗、苇子席子、秫秸圈席、囤子，甚至蒲苇扇子、篓子，吃饭坐的草墩子、挂在门上的草帘子、盖在红芋窖子上的草笆子。扛的、挑的、坐的、摇的，凡是用得上的，毛孩娘都会编。但是，不管毛孩娘编的东西千变万化，村里人依旧还是喊她"篾匠"，叫惯了。

村庄里的匠人，真是还有许多许多。比如泥瓦匠三坤、小铁匠臭芽、屠户花婶、磨油的大根子、推豆腐的小厂爷，还有补鞋的点子哥、唱大鼓的三黑，等等。只是岁月流逝，沧海桑田，很多人都记不起他们来了。他们在村里出生长大，又在村里悄悄地消失了。

金萍的村庄里有很多大大小小的人物。虽然他们没有惊天动地的伟业，但是，既然是人物，那就一定有不同之处。

# 村庄里的人物

## 1. 姐夫

在茫茫人海中,姐夫是个普通又普通的小人物,而在故乡那方天地里,姐夫却是个妇孺皆知的"老书记"。乡级书记,按品位撑破天也只是个正科,但姐夫却是挺认真地干了大半辈子。姐夫的工龄、党龄几乎和共和国同龄。前几年时兴修志书,我就想着,如果故乡那座历史悠久的古镇也写了镇志的话,上面一定有姐夫的名字,因为姐夫曾任古镇解放后第一任镇长。那时的姐夫年轻有为,热情上进,干起工作总有使不完的劲儿。姐夫土生土长,情况熟能吃苦,用当年老百姓的话说,工作干得呱呱叫。姐夫读过不少书且聪颖,实际文化水平不亚于现在的高中生。这在建国初期参加工作的同志中实为凤毛麟角,姐夫领过数不清的奖章奖状。姐夫曾经有过无数次提拔升迁的机会,但终因"社会关系"不过关而告吹,于是,他的下级的下级都已升到了厅局处县,他依旧是偏僻乡村里的公社书记。好在姐夫对升迁提拔挺麻木,且说:"官儿大小过眼云烟,办点实事最为重要!"姐夫如此说也如此做：挖沟开渠治水治涝。再重的担子、再难剃的头全不在乎；铁脚板踏遍了荒湖滩，小背包打在肩上哪里召唤哪里去；走一处留一处业绩，走一处留一处思念；老百姓吃的他吃过，老百姓干的他干过；反右斗争、文化大革命；一次次运动一个个炼狱；他九死未悔还是要干！群众不能没有头儿，头儿岂能光顾自己？基层工作没规律，起五更睡半夜，一天吃上一顿饭是常有的事，赶上排涝抗洪，双抢双种，一去数日不见人影，因此姐姐大半辈子都在唱《十五的月亮》。兴走后门的时候，姐夫的同事们不失时机地将老婆孩子转农为非，进城的进城，工作的工作，而姐姐全家依然靠啃土地过日子。地要种，田要管，公粮要交，孩子要吃饭，姐姐就骂："一年到头腰筋累断了，跟上你这个土地老爷算是哪辈子瞎了眼？"姐夫就说："土地老爷不能念歪经，没有党心还叫什么党员？"

  春种夏长秋收冬藏，姐夫一年到头都在忙，说开会拔腿就走，说检查星夜兼行，顾了大家顾不了小家，孩子们自生自长，有的成材，有的没有成材。比比周围田叔唐姨胡大爷的孩子都在城里有了工作，孩子们就免不了埋怨姐夫没本事，甚至数月不理姐夫。姐姐就说："前人栽树后人乘凉，不理你活该！"姐夫却说："自己的路自己闯，当年谁又给我铺路呢？还不是靠自己干！"姐姐便骂："别提你的'干'字经了！丢人！人家越干越大，你呢？越干越小，干一辈子没出湖坑坑，最后干到家里来了！"姐夫就恼火、就纳闷，默默地抱着酒瓶子独饮，边饮边说："你也不理解我！你也不理解我！"

  姐夫一生把精力给了土地和农民，但总是官运不佳。"文革"结束，血统论打破，姐夫却到了五十岁的时候。按能力精力体力，姐夫还可以大干一场，无奈那么多的年轻后生像潮水一样被堵在身后，姐夫想了想就退了二线。激流勇退这是需要勇气的，姐夫内心苦斗一番才做出如此决定。这在姐夫的为官史上应是辉煌的一笔，可是理解的人不多，特别是家人。

现在姐夫在乡里依旧管一些小事，但只是参谋参谋而已，以前的老友上至县长书记，下至平民百姓，常带些薄礼来看望姐夫。在位的时候，姐夫坚决不收，现在收了，姐夫说，以前收是受贿，现在收是友谊。姐夫常和来看望他的老友们一同举杯对饮，饮至酣处，老友说："书记原来竟如此海量！"姐夫就说："当乡干的时候忍着，现在自家酒可以放开喝了！"

在位时，不曾见姐夫趾高气扬，退下来也不曾见姐夫垂头丧气，对荣辱地位金钱私利，姐夫都看得很淡很淡，如同一杯白开水。但对自己那酸甜苦辣风雨一生的基层工作却是无限的依恋。每每见我，总是说："喂，玩笔杆儿的，写那些骗人的小说干啥？写写我们乡镇干部吧！"我想了好久总是力不从心，仓促之际草此小文，以谢像姐夫那样在基层农村滚了几十年的乡镇干部们。

## 2. 玩灯的爷爷

我的故乡是有名的花鼓灯之乡，因此我爷爷从小便是村庄里的灯迷，到了爷爷能够缓缓撑开蒙着红布的彩伞时，已是方圆几十里小有名气的"伞把子"了。"正月十五月当头，玩灯的都是光蛋猴，一无银钱买灯草，二无银钱去打油，玩灯全靠月当头"，农闲时，我爷爷就是唱着这支歌凑来七八个灯班子"抵灯"，或是进行激烈地赛打。爷爷是灯班的头儿，不仅领舞的"伞把子"当得好，而且"鼓架子""兰花"也演得极妙。爷爷的"风摆柳""上山步""遮阳伞"曾使多少光棍害了单相思，爷爷的"单拐弯""双拐弯""小花场"一钱没花领回了我奶奶。爷爷能舞且能歌,或杨柳春风,或离愁别恨,或嬉笑怒骂,见什么唱什么,一唱三天不重样。爷爷的歌高亢嘹亮,爷爷的歌婉转多情,凡是听过爷爷唱歌的人都说,那是仙气!少油无盐不要紧,花鼓灯不玩急死人。我爷爷说,玩灯就是苦中作乐。为玩灯,我奶奶节衣缩食,在古老的纺车上抽出长长的棉线,在高高的织机上织出匀细的土布,千针百线缝成灯衣,染成头巾。鼓槌打折了多少根,汗水将伞把子浸润得油光可鉴,花鼓灯成了爷爷生命的一部分,他把所有的心血爱恨都融了进去。尽管我爷爷有精湛的鼓技、火热的真情、迷人的歌喉,可是玩灯的仍被视作下艺人。故乡自古就有"好女不看灯"的说法。爷爷对此愤愤不平,总梦想有一天花鼓灯能登大雅之堂,歌颂幸福,欢呼太平,可是爷爷没能等到这一天,最后竟死在祭神拜佛的赛打台上。临死前,爷爷带着深深的遗憾,又将彩伞交到大伯的手中。大伯没能完成爷爷的重托,先是当了"右派"后又当了"牛鬼蛇神",直到十年前的一天,那把褪色的彩伞才又在大伯儿子的手上旋转起来,这一转就再也没有停止过。先是村里乡里舞,后是县里省里舞,最后一路舞到北京城。"小白鞋""石猴子"这些爷爷当年的诸位灯友如今全都返老还童,重振雄风,录音录像登报上电视,旧貌变新颜的故乡出现了"千班锣鼓百班灯"的盛况,一批又一批新玩灯人踩着幸福的鼓点成长起来了,他们满怀丰收的喜悦和美好的憧憬东进西去南下北上,夺魁京都享誉南国。这就是名不虚传的东方芭蕾——来自于涡淮两岸的汉民族民间舞蹈花鼓灯。

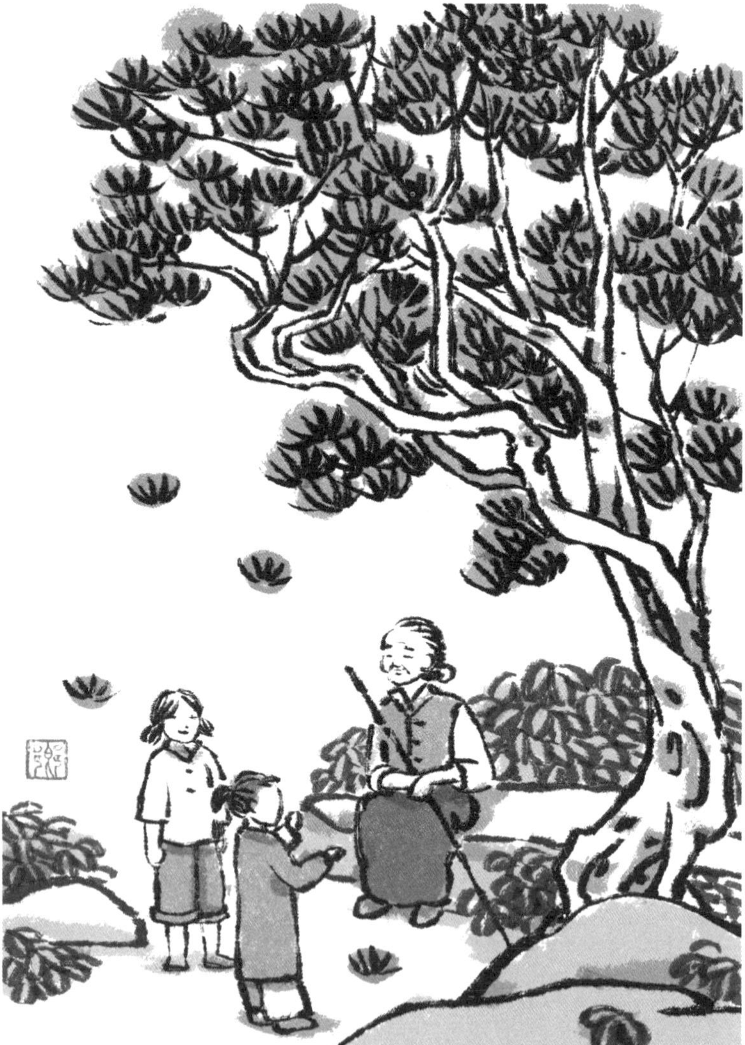

## 3. 瞎老太

西钞村是个极小的村子。全村只有十户人家，二十几间破败的茅草房，稀稀拉拉、懒洋洋地散落在皖北大平原上的深草丛中，不凝神几乎就看不到。

村子里年纪最大、辈分最长的就是老太了。

老太没有名字，也没有人知道她叫什么名字。更没有人询问过她叫什么名字。乡间的女人，果真就像草木一样，自生自灭，匆匆一生。

老太盘古，是村里的一大亮点。茶前饭后，闲淡季节，村里人就围在老太家门前的大槐树下，听老太叙说前三朝后五代，大八义、小八义、罗通扫北、薛平贵征西；说村里的老人和祖宗、地脉和风水；说淮海战役、彭雪峰新四军、说席家圩子大拼杀、说付家庙小皇宫、乔新晨小朝廷；说乔新晨被马达子杀了，朝上从京都运回的尸首是假的，是用金子打的头颅。他家女儿抚棺大哭：金头、银头啊！怎么赶得上俺爹的肉头啊？

村里的孩子几乎都会这一段唱，月光下边，麦草垛旁，常常听到大大小小的孩子唱歌一样的放声大哭：金头银头啊，赶不上俺爹的肉头啊！这哭声一起，很快就会引来各家大人的一顿臭骂：作吧，炮冲的你就作吧！作够了死一边去，别来家吃饭了！

那时，老太就在家里的蒲墩上打盹呢！老太的生活很有规律，东家走走，西家看看，地头遛遛，田边转转。村里的大事小事早知道，没有啥事不明白的。老太就是村里的百事通、活地图。谁家吵嘴，谁家闹别扭，谁家田边地拐闹摩擦，老太都如数家珍。大队干部来调查，一头钻进老太家，片刻工夫就什么都搞定了。

有一年，村里分了一个出席乡人代会的代表名额，有人提出让老太去，可是也有人立刻反对，原因就是因为老太是个瞎子，根本看不见任何东西，说是去了丢村里人：那么多有眼的人不让去，为什么偏偏去一个瞎子？这个理由结果被多数通过。老太就没有当上这届代表。老太一点也不生气。老太说：我就是个瞎子，遇事爱好琢磨的瞎子，正经事我看不见，提不了意见，也讲不出个道道，你说我去干吗？就是吃干饭我也抢不到碗啊！老太说完了，嘿嘿地干笑了几声，用力地揉了揉那双失明多年的眼睛。老太的两只眼球深深地瘪进去，就像两个无底的岩洞。老太的脸上褶子重重叠叠，就像金秋十月盛开的菊花。

有一次，老太的重孙子问老太，怎么脸上那么多印子？是谁划得吗？老太看着垂髫之年的重孙子说：是你爹个死鬼呀！（我们家乡把爷爷称作爹）我爹为啥要划你啊？嫌我老不死呗！就是的，你为什么老不死啊？连我们都不知喊你什么好了！唉，我倒是想死呢，可是阎王爷不收我，有啥办法？老太说这些话的时候，一脸的满足和幸福感。后来村里的人走了，孩子们就都知道，是被阎王爷收走了。那时村里的孩子才有了新的怕头，就怕阎王爷一不高兴，回来村里收人。什么时候收人，老太都会提前知道。有次，一个上门收购槐米的货郎，把老太的槐米装走了，没给钱。老太看不见，等到家人回来家，那个货郎已经溜了几里路了。家人要追，老太说，不追，走不出六里沟的！第二天，果真传来了货郎出事的消息，是落在六里沟的垄沟里淹死的。那时，乡下田野里挖许多天沟，沟中间有一道很深的叫垄沟。大家都说，不亏，欺负老太没有眼呢！老太没有眼，阎王爷有眼啊！

村里人谁家有个大事小事，总想去问问老太，该怎么办？会怎么样？仿佛老太就是个先知先觉似的。一次，大家伙都在老太槐豆树下乘凉说话，忽然，一个人大声说，自己刚才掏出的一根香烟不见了,还没来得及点上呢,真是气人!大家你看我、我看你,谁也不像偷了那根香烟的人。见鬼了真是!那人气得就要骂出口,突然坐在一边的老太说:骂啥呢、骂你自己吧!看看你那个乌黑的贼耳朵上是什么?那人伸手一摸,果真在自己的耳朵边上夹着呢!真丢人!长眼的还不如睁眼瞎呢!你个龟孙子才是睁眼瞎!老太举起拐杖就要打,那人拔腿就像兔子一样的跑了。大家都搞不明白,老太怎么看到的呢?

盛夏的大中午头,累了一天的人们都在午休,老太突然敲起了家里的破铜盆,嘶哑的嗓子连连喊:快起来收场了,马上就要下大雨了!有的人就说,叫魂啊!晒了半天的麦子,累得半死,太阳毒着呢!瞎老妈子就会作!可是还没等骂完,就听到雷声从远处滚滚而来了。还有很多很多的蹊跷事,用今天的科学是没法解释的,只能说,老太是个不多见的奇人。

记得那时候,我连年推荐上大学都被乡里一个造反派头子扒豁子,眼见同龄人都走光了,我天天以泪洗面。娘见我实在伤心,就去瞎老太那里拉呱,以期寻求个根底。老太说,不着急的,丫头是个大命人,乡里不长眼,有长眼的呢!你就等着好了!等发财等不到,等晴天还能等不到吗?老太说了这话不久,果真就从民办教师中招考公办教师了,我以全县第二名的成绩入选。办好所有的手续,我买了一只老母鸡去看老太,感谢她的金口玉言。我问老太,难道你会算吗?你为什么能知道许多不可知的事情?老太半天没有说话。我说,老太,我是西头的毛头大丫,我给你说话呢!老太突然说,大丫,你就给我洗洗头吧!我觉得头好痒呢。

我一听立刻抱柴烧水,锅里水响起来,我端了水就想给老太洗头,老太却静静地说,你要烫猪头啊?原来,我一慌张,竟然忘了倒凉水呢!

老太,你没有眼睛,可是你怎么什么都看得清呢?

这世间事啊,不光是眼看,还有心看呢!只要凝神,就能看到肉眼看不到的东西,可是现在谁还顾得上凝神呢?大丫,以后遇事要多凝神啊!

当时老太的话我并没有全搞懂。多年以后,我经历了人间的风风雨雨,才在心里对那些因残疾而沉湎于某种专注的人怀有深深的敬意和尊重。就拿老太来说吧,虽然她什么也看不见,可是她却用肉眼看不到的心灵之眼看到了肉眼看不到的东西。也许就是专注和凝神帮助了她看到更远更深的景象。在我们那个小村里,她就是神灵。她比所有的正常人更具有洞察力、想象力,她那朴实的智慧给了孩子们许多的幻想和启迪。

老太的凝神是这个时代的奢侈品。村庄已经没有了。可是村庄里老太的宁静和宁静所产生的智慧和力量是乡村留给我们这些乡村孩子的宝贵财富,我们需敬畏和传承。

## 4. 我的伯父

在我还没有出生的时候,伯父就离开村庄外出工作了。据说是在省城什么单位当个保卫科长吧。家族里每当提及总是显示出十二分的自豪与光彩,连我们这些小字辈和村里小伙伴玩时,也止不住地炫耀:你们知道吗?我伯父回家来还挂匣子枪呢!小伙伴们尽管听了多少遍还是吐着舌头,露出惊讶的神色。

伯父后来调到化三建工作。这是个流动性很大的工作单位,仿佛没个固定的窝儿。伯父一去几年不回家,甚至连信也极少写回来。家里人于是就埋怨:官儿越做越大,心儿越来越野,亲娘老子都忘了！特别是奶奶，每月捧着伯父寄来的生活费，总是泪水涟涟地呼唤着伯父的乳名，肉连肉疼不够，那种刻骨铭心的思念真是叫人潸然泪下。后来奶奶突然生了一场大病，眼见得命如游丝、瞬息即断，火急的电报一封加一封地拍去，伯父竟因参加公司的什么会战项目而未能回来。奶奶咽气之际，手指南天，口眼不闭。家族里的人明白，那是奶奶的心肝儿——伯父未归啊！众叔哭劝："娘！合眼吧！就算没这个儿！"自此以后伯父成了不孝之人。众叔叔发誓，待伯父回来定问他个究竟。可是伯父连回来告罪的机会也难以抽出。这积怨就终未解开。后来伯父又升了书记，想来该是处县或地专级的干部了吧。老家来得更少了，小辈们全都陌生了他的音容笑貌。一年，大姑妈的独子突然病逝，老来丧子，全家悲痛欲绝。火急的电报拍给伯父，原想他虽不回来，但肯定会给大姑一些钱作为安慰，谁知伯父只写几句安慰的话又去出差了。家里的愤怒不亚于奶奶去世那一次。叔叔们说：当那么大的官还能没钱？抠门！大姑妈也指天发誓：这辈子他都不要回来了，咱离了他那个官照样活！就这样，他和家族的关系愈发得紧张了，未解的积怨又结了一层。

后来，世风发生了变化，原先那些曾经羡慕伯父匣子枪的小伙伴们，一个个靠着在地方做事的叔叔大爷帮忙，不断地招工招干转户口进城，差不多都飞了。我们家族如梦初醒，也不由得想起了在外地做官的伯父。堂兄从四川渡口退伍回来，把档案带到伯父那里，住了三天，一无所获，流着泪背着背包回家种田；堂弟从西北沙漠退伍回来，也拿着自己各种技术鉴定书去找伯父，住了两天白费唇舌，只好闷头回家务农。堂兄说，不是他没权，是他不帮忙！堂弟说，他们公司那么大，上千个工人，签个字就安排好了，他胳膊肘朝外扭！家族里的人边气愤边诅咒：不顾老的,也不顾小的,不管死的,也不管活的!还有什么良心亲情?咱们同他一刀两断了!当时我已高中毕业,眼见同学陆续招工进城,推荐上大学,而自己一点门路也没有,大叔自告奋勇带我去找伯父,并说:咱们这一门就这么个才女,他要不肯安排,我就砸他的锅摔他的碗!我们一老一小骑着单车跑了百十里路,在伯父家里住了一天,我的心劲就没了。伯父家并不是想象中那样的富丽堂皇,他身穿着极普通极普通的圆领汗衫,早晨仍旧吃咸菜,且把碟底上的油蘸光。中午出去开会,从伯母口袋里要了四两粮票、五角钱买餐票。伯父定是不管钱的,五毛钱竟掂来掂去,唯恐掉了,不知放哪儿才好。他是那样的忙,电话铃不住地响,不住地有人来找。关于给我找工作的事,大叔是见缝插针,几次才给他谈完的,最后大叔变陈述为大叫,面红耳赤地大叫,伯父在大叔的叫声中沉沉地低下头再也不说一句话。

起了个大早,我们要走了。伯父抚着我的肩头,好半天才说:"回家好好劳动!"说完了递给我一个沉甸甸的包:"没事时就翻翻。"我拉开包链一看,里面都是书,且是精装的,其中就有吴运铎的《把一切献给党》,还有《红岩》《高玉宝》,还有一本《汉语成语小词典》。那时我根本不能理解伯父的难处,想到最后一线希望的破灭,就忍不住伤心地哭了,一直哭到车过淮河。大叔说:"别哭了,今儿咱爷俩过了河,这条路就算竖起来了。"伯父不再回老家了,也无法再回老家了。他的官场生涯不能给老人们带来福禄,也未能给小辈们一丝一毫的荫庇,誓不两立的情绪在家族里蔓延,年复一年日复一日,人们终于把他淡忘了。去年伯父单位突然来了一封函件,原来伯父已到了离休年龄,组织上是调查伯父解放前在什么地方任教的确切时间,以确定离休年限。已经当了村长的堂兄和当了书记的堂弟随手将函件扔了。众叔叔也指示:别理他,他无情咱无义，不认识这个人！手足之情到这种地步，可见积怨已是深到怎样的程度！

读着伯父送的《高玉宝》，我开始了艰辛的文学创作，泪水浸泡着《把一切献给党》，我也走上了工作岗位，成了党的一分子。一次，我把自己的作品及获奖证书寄给伯父，伯父竟激动得彻夜难眠，召集儿女于床前，把我的逆境自强说给他们，要他们不要靠背景过日子，要靠自己闯人生之路。伯父写信还说，为我感到高兴和安慰，字里行间跳动着老人的亲情喜悦和思念。

落叶归根，离休后的伯父一定十分想念久别的故乡，想念故乡的亲人，可是在没有得到家族的原谅之前，伯父怎敢冒昧？母爱亲情手足情，伯父如何解释得清？如今我也是在党的人了，在我和伯父之间除了亲情血缘关系，更多了一层同志间的理解。如今我也在外有了一份可意的工作，当家人为私念有求于我的时候，亲爱的伯父，我终于理解了您当年的苦衷：昏官好做，清官难当！为己易，克己难啊！伯父以牺牲亲情而摆正党心，这种代价是沉重的。

亲爱的伯父，每当夕阳西下的时候，我便想起了您，想起了您苍苍的白发，憔悴的面容，想起了您的寂寞，您的乡愁，您的思念。侄女儿早已不怨恨您了。倘若您愿意来我居住的小城，我会随时守候在城边的铁路小站，向您挥动幸福的黄手帕！

## 5. 大哥

家有大哥，确切地说，是堂兄，堂兄年且六十，孤寂一人，终生未娶。乳名香，却无一人喊，几十年邻里乡亲皆呼其为"乡长"。且呼之起来，逼真亲切，仿佛真的是一个地方乡官。堂兄似乎习以为常，听之已惯，轻盈应允，故此，乡长乡长的喊开了。既无顾忌又无起落，打从儿时喊至青春，直到如今壮年已过，晚年欲临，无论男女长幼依旧是"乡长乡长"喊得好生亲切顺口。

堂兄早年丧父母，青年失弟妹，唯一老姐远嫁他乡，邻人公认是个苦瓜儿。苦瓜儿苦藤儿，堂兄是个苦人儿。亲人的相继离去，给堂兄幼小的心灵带来极大创伤，留下一种怪病根儿。一犯起病来就抽疯，一点知觉也没有。口吐白沫顺地打滚，其状万分痛苦，惨不忍睹。堂兄没有房子没有家产，孤零零一人住在生产队的破草屋里，冬不遮雪夏不避雨。一人一锅一土灶，常年混个肚饱便心满意足。堂兄早年受意外伤害，一只眼失明，常为村里轻薄者讥笑，惹得堂兄气愤之极，竟做出不顾生死的拼命状，吓得讥讽小人抱头鼠窜大气不敢长出。

堂兄虽家贫若洗，却极勤快。生产队尚存在的时候，堂兄是队里公用劳力，东家有活东家干，西家有活西家干，簸打堆场，犁耙耕种，收谷子砍秫秸，哪里有活计哪里就有堂兄。堂兄干活像头牛，一声不响闷头干，没有丝毫的怠慢，更不会吝惜一分力气。天寒地冻搬塘泥，烈日当头薅田草，累得再狠眉头都不皱一下。干得稍不满意还受训挨喝斥，可是堂兄就是不发脾气。干完了憨厚地笑笑，喝瓢凉水扭头就走，村里人经常因为抢堂兄干活不均而勾心斗角。我母亲见了气就不顺，吵堂兄出瞎力流瞎汗，又不欠谁的该谁的。堂兄竟默默然不知如何是好。堂兄并非我亲叔伯之子，是同姓远门同辈分续就。然而对于堂兄，我们却倾注了亲兄长般的感情。我母亲是个勤劳慈祥正直的农村家庭妇女，堂兄自从父母去世后这些年的缝补浆洗，皆出自我母亲的双手。后来堂兄手里积攒了点钱，我们也倾力相助，终于在我家的屋旁为堂兄搭起了两间小屋。堂兄有了归宿，便认真地将家拾掇了一番。过年过节、午季大忙、三秋活紧，堂兄便不必动灶，我家吃什么他便吃什么，热热火火分外开心，堂兄见天总是乐呵呵的。母亲常把父亲穿半旧的衣服鞋帽一件件地找给堂兄穿，也不断地给堂兄做条新棉裤新棉袄。生产队一到冬天就开沟挖河，我们家没有劳动力，姐妹又多，分得工段长、任务重。堂兄就和我们连在一块干。堂兄站在沟底挖，我们站在坝上拉，姐妹几个叽叽喳喳像一群小麻雀，堂兄这时大声地训斥我们，样子很威风，也很得意，当然也很卖力。我们几个嘀嘀咕咕，偷眼看看堂兄却没有谁敢回嘴，因为是堂兄年年帮我们度过了苦活重活的难关。

那时谈不上感激，在我们几个丫头片子的眼里心中，堂兄就是我们的亲大哥，我们同样是堂兄的亲妹妹，有什么能比得上艰难岁月里那份相依为命的亲情呢？中午，母亲提着小瓦罐小竹篮送水送饭来了。总是忘不了叮嘱我们：稠的给你大哥吃！不用交代我们也懂，因为大哥干的是力气活。母亲每次看到堂兄沾满泥浆的大花脸，总是疼惜不够，吵我们几个不要尽站着笑闹，要给大哥替手脚，弄得我们反倒像不是亲生是外人一般，堂兄这时总是很得意，大张嘴巴咬着杂面饼，且不停地朝我们扮鬼脸儿。

堂兄半生未娶，不是不娶，实在是家境不好难以撮合，偶有好运却又失之交臂。三十几岁的时候，村里人时兴买蛮子。两千三千买一个，拴了一年半载生儿育女稳住妇人心，便算成全了一家人。有一日，外村人给堂兄领了一个中年妇女，身边还带着一个孩子。全村人如临大喜，相亲、看家忙了半宿，母亲还悄悄地把我家的缎子被抱进了堂兄的小草屋，喜气洋洋闹哄哄一整天。堂兄浑身爽气，满脸透着快意，洋溢着喜庆。那中年妇女和孩子也默默地吃饭喝水，仿佛没什么意见。下午村里来个货郎担子，堂兄给中年妇女买了一对银手镯，又给那孩子买了一个红皮球。堂兄的终身大事就要大功告成了,母亲心头像揣了块蜜,跑东跑西给堂兄筹钱,准备给介绍人定金,好不容易筹齐了钱,过了一夜,却见堂兄起了个大早,带着妇人、孩子出门了。村人都猜想,准是上集扯布做衣服。谁知傍晚,堂兄一人空手而归。母亲愕然惊问何故,堂兄怅怅而叹:人家有丈夫,哭了半夜,是被骗出来的呢!母亲哑然,停了老半天才说,"碰上了你这实心眼的人也算她的前世修德造化!"一场喜事终成空,堂兄白白贴了一百二十元路费。一百二十元在那年月来之不易,是堂兄汗如雨流积攒了多年的所有积蓄。可是堂兄从不后悔。小辈们偶尔嘲弄地问堂兄,那晚感觉怎样?堂兄便声色俱厉地斥骂:放你娘的屁!

在艰难的岁月里,堂兄视我父母如亲生父母;我父母也拿堂兄作家里的顶梁柱。我们和堂兄更是情同手足相亲相依。在"文革"中,我们家如苦海里一叶孤舟,随风飘摇,是堂兄日夜为我们守家护院。在造反派对我父亲威逼围攻施尽淫威之时,是堂兄冒险为我们深夜奔走传书送信。还记得推荐上学时,激烈的宗族斗争,导致全村人都被买通,不签字不盖章一律说坏话,不准说好话。漫天的谣言,无情地颠倒了黑白,混淆了是非。只有堂兄一人为我大声疾呼、愤然叫屈。坎坷磨难使得我求生不能求死不忍之时,堂兄怒斥人不长眼天长眼,我就不信没有出头那一天!

堂兄的愤慨,给了我缝隙中挣扎下去的力量。世事真是为平凡小人物言中,我真的等到了这一天!平等的竞争恢复了我做人的尊严。在最需要理解与援助的时候,堂兄给我的那份挚情是我今生今世最值得珍贵的。我不但自己铭刻心底,还时常讲给我的孩子听,让他们永远记住。我一直想,今生应该报答堂兄。前两年曾欣然接他来小住,做了新衣服买了新鞋帽。堂兄很高兴,眉开眼笑的。可是事后我又觉得太俗气太小气，堂兄的情谊是如此报答得了的吗？

近几年，堂兄已经老了。村里人让他进敬老院，他说什么也不肯，要了一份责任田自劳自食倒也不乏乐趣。有了零钱买台收音机，闲了无事就扭开听听曲子。最关心的是我为什么老不回家走走。去年暑假，小女儿回老家度假返回来第一句话就是："妈，瞎大舅做的面条真好吃！"我听了大吃一惊，真是遗传基因吗？当年在家，我就是最爱吃堂兄做的面条，滑溜溜烂乎乎的豆渣面如今还舌感清晰呢！后来小女儿填学籍表，填到亲属一栏时，突然问我，瞎大舅是亲大舅吗？我毫不犹豫顺口而答，当然！当然！小女儿又问，瞎大舅的职务是乡长吗？我无言地笑了。我不知该如何向女儿解释，其实名字和职位又算得了什么呢？只不过一个符号而已。堂兄是乡长，是我心里永久的乡长，永久的乡里兄长。

## 6. 蝈蝈

我大伯随军南下，后来转业在外面做官，发誓不要家里又老又丑又病的老婆。我大娘死活不离，硬是守着儿子苦挨，那儿子便是蝈蝈，按辈份我该称堂哥。

小时候的事情像天空的浮云，消失得极快，很多都记不起来了，只知道蝈蝈顽皮得很，爱吵闹叽叽喳喳，到哪儿，哪儿便不得安宁。蝈蝈从小爱生病，瘦得像只猴，却很精明，会编各种款式的草篮鸟笼条筐，会上树掏鸟下湖捉鱼，常常弄得泥巴满身，总惹得我大娘村前村后的叫骂。前后村几十个孩子，蝈蝈是个头儿，一排阵就显出一副大将的模样，戴我大伯扔家里不要的破草帽，帽上用面糊贴上红纸剪的五角星，腰里插着烧火棍刻的木头枪，高喊一声"冲啊！"那些五颜六色的杂牌军便嗷地厮杀在一团了。我先是远远地站着看，后来慢慢地走过去参加，蝈蝈一声叫："丫头片子，回去！"见我不走，便两指往口中一夹"嘘"的一阵口哨，闹作一团的孩子们便倏地一下跑散了。有一次为了甩开女孩子，蝈蝈竟用麻绳把我的小辫拴在皂角树上，我抹着眼泪一次又一次到大娘面前告状，当然全为了蝈蝈不跟我玩。我大娘总是雷声大雨点小吵了几句，动真格儿打蝈蝈却是极少的。

大娘的床前贴满了打着红钩钩的考卷，并常常站在门前，望着东邻西舍得意洋洋地说：瞧咱蝈蝈多出息，我一天才做六个工分，蝈蝈一次就考七八十分，最少的也得五十分呢！我大娘盼着蝈蝈有出息，却不想让蝈蝈当大官。她说，当大官肥水外流，老婆孩子都不要，没用处的！蝈蝈三年级那年，家里来了个小丫头，面黄肌瘦的，像我一样扎着两根羊角辫。我妈说，那是我大娘领来给蝈蝈作媳妇的。我觉得挺好玩，见面就喊，"蝈蝈，你的小媳妇呢？"蝈蝈立刻低着头走开，往日那耀武扬威的神气再也没有了。每天早晨，浓雾刚刚现开一条缝，蝈蝈便和那个小丫头一起在井边抬水，吃水井离村子很远。一只小木桶，两个小人儿，一步一晃地走着，不时有水花从桶口撞出来，洒一路淅淅沥沥的潮印儿，暗红的枣木扁担在雾里吱吱呀呀地响。平日那么讨厌女孩儿的蝈蝈，和小媳妇在一块的时候，会是一副什么样子呢？

有一天我起了个大早，躲在老井边柳树林子里悄悄地望着：蝈蝈和小媳妇一前一后远远地走来了，一人扛扁担，一人提水桶，小媳妇把桶轻轻放在井台上，蝈蝈用扁担勾吊住水桶把井水提上来，小媳妇慢慢蹲下去，接住一头扁担，两人就像演哑剧，一声不响地抬着水桶走了，蝈蝈甚至连看都不看一眼走在前面的小丫头，小丫头穿着红褂绿裤子，两手紧抓扁担头，一闪一晃地走，样子很单薄。

怎么会这样？我很纳闷。原来蝈蝈并不喜欢小媳妇。

我和蝈蝈俩的外婆家同住一个村子。有一次，我穿上新做的衣服，和蝈蝈一起去外婆家。重阳节刚过，天高气爽，日光明亮，雀子唱歌，小鸟飞翔。我们走一气，跑一气，捉一会儿蚂蚱，挖一会儿野菜，兴头高极了。我说，"蝈蝈，走亲戚怎么不带小媳妇？""闭上你的臭嘴！"蝈蝈突然恼了。看着他那铁青的脸，我再不敢多嘴，我知道他厉害，若真的牛劲上来，没准会把我按在齐腰深的荒草丛里，塞一嘴土坷垃呢！

空气突然紧张了。我们不再撒欢儿跑，也不再云雀般地叫。我们默默地走。走到一片向阳的土坡，蝈蝈开口说话了，"歇会儿再走！小心累伤你这个胖墩，麻烦我还要背着你！"我正要拣个平坦干净的地方坐下，蝈蝈一把扯下我脖子上的红土布围巾，铺在荒草丛中。我伸手夺过来说，"这是妈妈刚染的，怎么可以放在地下？""丫头片子懂什么？新裤子比土布围巾贵多了，一条粗布围巾有什么好，长大了我有钱给你买个羊毛的！""你吹牛！我不信！""不吹牛，不信拉钩！"两只小手挂在一起了。蝈蝈力气真大，一下子就将我拉倒在草坡上。新裤子弄脏了，我哭嚷着不愿意。蝈蝈说，"啧啧，别哭了，将来除了给你买条羊毛围巾，再加条羊毛裤不行吗？"边说边跪在地上，一点一星地掸去我新裤子上的泥土，我破涕为笑，我们握手言和，重新背靠背坐在土布围巾上。太阳暖暖地抚摸着我们的面颊，快乐就像许多蠕动的小虫。我很想唱一支歌，可是我只会"两只老虎跑得快"，蝈蝈会唱"卖报歌"，我央求蝈蝈教我。"蝈蝈！"我刚喊了一声，就被扭了胳膊，"叫，再叫，看你还敢不敢叫我蝈蝈，该喊我哥哥了！"

"放开我！"我大声叫着，"臭美你，我才不叫你哥哥呢！

你讨厌我，我就喊你一辈子蝈蝈！"

"小傻瓜！"蝈蝈一下子转过身子，"谁讨厌你啦？"

"那你为什么不跟我玩？"

"哈！那也叫讨厌吗？你跑不动又爱哭，碍手碍脚的，怕你委屈不叫讨厌，真的！"蝈蝈两只手按在膝盖上，样子极认真。我第一次看见蝈蝈的眼睛那么明亮，那么清澈。这使我想起了晨雾中老井边他那晦气模样。

"蝈蝈，给我说句真话，我就喊你哥哥！"我突然提议。

"说吧！"蝈蝈点点头。

"喜欢那个小媳妇吗？"

蝈蝈坚决地摇了摇头，之后一下子扳起我的脸，沮丧地说："不准你再提这个字眼！你知道吗？别的男孩子都嘲笑我，咱们是亲亲，你不要也跟着起哄！懂不懂？"

"懂懂懂！"我吓得鸡啄米似的连连点头。

好一会儿沉默，我忍不住又问，"不喜欢为什么不赶她走？"

"那是我妈两斗小麦换的！"

"嘿！两斗小麦有什么稀罕？等长大了我给你作小媳妇，一粒麦子也不要！"不料这话把蝈蝈吓坏了，他一巴掌捂住我的嘴，红着脸说，"傻丫头片！你知道小媳妇是干什么的吗？"我挣脱他的手，摇头晃脑地大声唱，"知道知道！不就是小小子儿坐门坎儿，娶媳妇儿，生胖墩儿吗？有什么了不起？"蝈蝈吃惊地望着我，突然伸出两个指头在我的鼻梁上狠狠地刮了几下，小声说了句"没羞没羞"，便抓起地上的红围巾，在衰草连天的荒坡上，高扬着跑开了。蓝天下金阳中，那围巾红得耀眼，就像一面鲜亮的旗帜。我追着那面旗帜，不停地喊，"等等我，坏蝈蝈！"

蝈蝈比我高两个年级。乡村小学缺文体老师，每到音乐体育课，就合并班级上大课，所以每上音乐课，我就美美地挤到蝈蝈身边。有蝈蝈在，谁也不敢欺负我。我们多想唱歌啊！我们这些乡下孩子希望会唱许多许多的歌。可是我们的那个音乐老师却是个五音不全的老头。一到课堂就喊个班干上讲台领唱几支老掉牙的歌，然后让大家自修，只要不出声，干什么都行。大家一自修，老头便坐在老式木椅上眯着眼睛打瞌睡，甚至还会发出轻轻的鼾声。这一段时间既无聊又自由，两个年级的孩子各显神通，叠纸片儿、捏泥蛋儿、弹琉子、画小人儿。老头偶尔睁一下眼睛看看没有喧哗，便放心地继续瞌睡。有一次，老师又像往常一样喊大班干领唱，唱完了就歪在大木椅上入睡。正是夏天，午后三点多钟的太阳斜穿过西窗，烤得同学们直淌汗，老师坐在前面拐角的阴凉处睡得正香。不少同学都悄悄溜出去，蝈蝈也走了。

教室东窗前有株老槐树，繁茂的枝叶像撑起一把巨大的伞。有一条大青虫吐着细丝从低垂的槐枝上悠悠荡荡地吊下来。落在窗台上，正朝着大班干的桌子探头探脑。

溜出去的同学陆续回来了，有人发现了奇迹：一条大青虫挺气派地在老师的脖子上旅行，爬过肩头，绕道耳后，最后停在老师的面庞上。大家屏住气，瞧着这千载难逢的奇观。唏嘘声悄悄地由前到后蔓延。老师醒了，睁开眼扫了一下教室，似乎觉出了气氛的异样和脸上的异常。伸出芦柴一样的五指，朝脸上一摸，那肥硕的大青虫便攥在他那瘦削的掌心里了。老师"呀"的一声，便从老式木椅上弹跳起来。冷冷的目光森严地望着，脸也由白变红变紫，"谁干的？说！"没有人回答。"好吧！没人承认，那就全体起立，跑步到操场晒太阳。"同学们一听都怕了，你望望我，我望望你，晒太阳就等于烤火呀！"是谁干的快说呀！干吗敢干不敢承认呢？"有人小声议论着，小同学们哭丧着脸，快要哭了。"出去，快出去,到太阳底下集合!"老师喝斥着,教鞭像雨点似的敲在讲桌上。稀里哗啦一片响,满屋子人极不情愿地走出教室。这时蝈蝈突然喊起来,"不要!是我干的!"

"噢!我早知道是你干的!"老师咬着牙冷笑,"好吧!我叫你这个敲一百遍锣都不上杆的小猴!"老师提着教鞭走下讲台,像老鹰叼小鸡一样把蝈蝈从位子上提了起来,又用手狠命地拧蝈蝈的耳朵朝前面拉。蝈蝈咬着牙一声不吭,脸憋得乌紫。蝈蝈是我的亲亲呀!我怎么能忍住呢?"老师,你放开他,不是他干的!"不知道我为什么一时变得那么勇敢。

"你怎么知道不是他干的?"老师白着眼盯我。

"他刚才根本不在教室!"

"啊!上课跑出去了!我说教室哪来的大青虫呢?"老师眼睛瞪着像铃铛,扬起细硬的教鞭狠劲地抽打蝈蝈的屁股。

"别打了,别打了!"我哭着跑过去哀求老师。

"傻瓜!臭丫头片子,别求他!"蝈蝈跺着脚朝我骂。

"好!叫你嘴硬,狗大年纪娶个小媳妇,不知丢人还来念书,媳妇把你宠坏了!"老师的嘲弄深深地刺伤了蝈蝈。只见他像个疯子,一闷头向老师前胸撞去。老师愣了一下,立刻反扑过来,双手卡住蝈蝈的脖子。偏偏蝈蝈不肯忍让,平时的猴劲全使出来。两只手不停地挠老师的腋窝,嘴里叫着"瞌睡虫,我怕你吗?"老师被搔痒了,忍不住松开双手,蝈蝈一猛劲撞过去,老师仰八叉倒在讲台上,头角碰了讲桌腿,出血了。全屋子的孩子们都飞跑出去,全校的师生都围了过来。

蝈蝈被开除学籍留校察看了。我很伤心,我埋怨蝈蝈,为什么要说谎?根本不是自己干的,硬朝自己身上揽。现在连学籍也没有了。蝈蝈却说,"有什么了不起,我早就不想念了。"

说是不想念，可蝈蝈一天课也没缺，并且和大班干交上了朋友。大班干的书包每天都是蝈蝈背着，蝈蝈还把自己心爱的弹弓给大班干玩。谁知学期快结束的时候，蝈蝈突然把大班干狠狠地揍了一顿，之后又把他扔进了大甲溪，要不是被人发现，差点被淹死。这一回学校可不留情了，坚决彻底地把蝈蝈赶出了校门。我大娘接到了学校的通知，怨恨与悲伤交加，一下子背过气去，好多人揉脖子擀胸口才缓过气来。我大娘哭着数落蝈蝈不争气，骂学校不分青红皂白。蝈蝈不吃不喝，发高烧病了好几天。趁星期天我悄悄去看他，又低又矮的小屋里黑乎乎的，蝈蝈躺在土坯垒的地铺上，人更瘦，瘦得只剩下两只大眼了，高鼻梁也失去了往日的神气，呼哧呼哧地像拉风箱。见我来了，蝈蝈挣扎着坐起来，脸上泛出一丝比哭还难看的笑。我想说几句安慰的话，可是却不知道该怎么说。蝈蝈见我发窘的小样就说："还记得那条大青虫吗？"

"记得，咋不记得？是它害了你！"我愤愤地说。

"不！不怨大青虫。是那个大班干，那个放了虫子又充好人不敢认错的大班干！"

"就为这，你打了他？"

"嗯，我恨这样的孬种！"蝈蝈气仍不消地咬咬牙。

"可是，你再也不能读书了！怎么办呢？"我很替蝈蝈发愁。

"好办，下田做活，长大了有的是力气！再说，我还可以试着去找爸爸。"

是啊，蝈蝈为什么不去找爸爸？蝈蝈应该去找爸爸！蝈蝈那个做官的爸爸，知道蝈蝈心里有多苦吗？

我和蝈蝈小声地说着许多以前从未说过的话，样子就像两个小大人。临了我从怀里掏出最心爱的小金鱼笔说，"蝈蝈哥，这个送给你！"第一次这样称呼，羞得我脸通红。蝈蝈将小金鱼笔放在手里，摇来晃去摆弄一会儿，又交给了我。"我是哥哥，不能要你最喜欢的东西！再说，现在我也用不着笔了。"

"哥，不读书，你会着急的！"

"不会，还有妈妈陪着我呢！"

我们正说着，小媳妇一声不吭地进来了。蝈蝈呼地拉起被子，蒙着头躺下了，等到小媳妇出门的脚步声消失了，才又从被窝里钻出来。我觉得小媳妇好可怜，就问蝈蝈，"干吗不理她？"

"这辈子，都不理她！"

"你不读书了，没有亲亲陪着我，我会孤单的！"

"不会！你成绩好，别人不敢欺负你。路上离坏孩子远一些就行了。读书是挺好玩的，千万不要学我啊！"蝈蝈拉住我的手，"自己走路别怕，谁要欺负你，回来告诉我，反正我现在是个天不管地不管的野孩子了。"

"蝈蝈哥，好好养病！我会每天来告诉你学过的新课！"我将一块上面印有abcd的印花手绢塞在蝈蝈的枕头底下。我想，只要蝈蝈哥哥看见了这块手帕，就一定会想起我，想起学过的课本。

蝈蝈哥虽然犯了错误，可是在我幼小的心里，蝈蝈哥却是天底下最好的最棒最勇敢的男孩儿。无论到哪里，我都会坦然地承认：蝈蝈哥，是我的亲亲！

奶奶说我人小鬼大，母亲说我摸黑讲古，故事能编一箩筐，这都是因为我在村庄里盘古的那些日子。

# 我在村庄盘古的那些日子

二十世纪五十年代的淮北乡下,基本没有什么文化生活,最多就是偶尔有走村串乡说大鼓书的。这时村里人就像过节一样开心,天还没黑就搬着小板凳,提着草墩子,拿着旱烟袋,络绎不绝地朝土场上围了过去。听大鼓书的差不多都是男人和半大的小子们。乡下的女孩子是不能在夜晚去听大鼓书的。村民们认为女孩夜间去听大鼓书有失体统。

那时大鼓一响,村里的女孩子们就急得嗷嗷的。有什么办法呢?她们就团团围到我家院子里。那时,我读小学,喜欢看书,书里有许多热闹的故事。看到女孩子们没地方去听书,我就趁热打铁把白天看过的书囫囵吞枣地叙说一遍。女孩子们可高兴了,手舞足蹈地欢呼:我们也有书听了!

第二天,村里的男孩子们眉飞色舞地说头晚的"七侠五义",女孩们就声情并茂地学"民兵爆炸队";男孩子们说樊梨花征西,女孩子们就学杨子荣智斗;男孩子们学罗通扫北,女孩子们就说卓娅、舒拉。

日子一天天过去,几个月后,我的新书差不多说完了,因为,很厚的一本书,我不会卖关子,又禁不住女孩子们的追问。她们不听出结果,就不肯离开,老是瞪着大眼睛、一连串地发问：最后怎么样怎么样？你说啊！你快说啊！仿佛我不说出结果.我就成了刽子手一样的家伙！我只好老老实实把结果交代出来了。你想想看，说古说古、结果一出来，没有了悬念，也就没有了期待，听书的也就没有了盼头。下面所剩下的就是无趣的打哈哈了。那时母亲就会催大家：散了吧，散了吧！明天还要做事呢！大家果真就伸着懒腰，悻悻地离开了。

因为每天晚上要说书，所以我不停地读了许多书。那时，可读的书不多，能找到的差不多都找来了。实在没有了，我就信口开河，自编了许多。很早的时候，我外公喜欢讲古：青蛇白蛇爱许仙、牛郎织女共天河、孟姜女哭长城、梁山伯祝英台十八里相送、王宝钏住寒窑、精卫填海、夸父追日、王祥卧冰、郭巨埋儿，都是那时听来的。我稍加修饰，一天又一天地复述下去，结果连女孩子们都会讲了。只要我一有事，她们就会推举一人，从头开讲。一开始还用棉籽油捻线在碗里点个亮。后来母亲说太破费了，就摸黑说书了。那时乡村没有电，甚至连煤油灯也点不起。到了七十年代，我都当了民办教师，才第一次用上了罩子灯。那一天，我把罩子灯买回来，全村子的孩子都跑来看。母亲把光滑明亮的灯罩子拿在手里，轻轻地朝罩子上哈了一口气，用一团棉花细细地擦拭，直把崭新的灯罩子擦得亮光光的照人影儿。女孩子都说：今晚就亮一下，咱们瞧个新鲜！晚上我母亲就真的点亮了那盏罩子灯。灯座里的煤油是用煤油票买的，是我开后门从一个代销员那里要的票。油票难搞到，没有票，就是有罩子灯也没有用。所以只亮了一小会儿，大家过过瘾也就满足了。小小的罩子灯，点亮了乡下女孩子的心，那时大家都期盼有一天也能有一盏明亮的罩子灯！可以想见，一群女孩子紧紧围着一盏罩子灯，那双双期待的眼神是怎样的情景啊？多年以后，那些眼神还时常在我的记忆里灼灼闪烁。

没有灯，没有亮，更不用说电脑、电视机、电风扇了。寒冷的冬夜，四野一片漆黑。不知名的寒鸟在伸手不见五指的夜空中凄厉地鸣叫着，不寒而栗的孩子们挤在一起，听我和赵子龙诸葛亮姜子牙对话、和曹操土行孙公孙胜传情、和戴宗日行八百里、和鲁智深拳打镇关西。那时的男孩子女孩子心里都有自己的偶像。只是他们不说出口。孩子们的好奇心理使他们如海绵一般求知求新求变。许多的历史人物、传说传奇，就在这断断续续地讲古中，在幼小的心灵里得以传承。

村子里也有老人爱讲古的，大多讲的是鬼故事。比如村东头的白老妈子，一讲就是水鬼、妖怪、大仙、狐狸精，还有那老水牛洼的蛤蟆精、老水牛精，说的那些精怪常常把孩子们吓得不敢出屋。白老妈子还告诉大家妖怪的模样：绿眼红鼻子、四只毛蹄子、走路啪啪响、专吃小孩浓鼻涕！往往听古的孩子没出门就把鼻子擦得通红通红的。白老妈子的鬼故事让人毛骨悚然，弄得一些孩子刚出门就又退了回来，不敢再去她那里听古了。

二十世纪八十年代后，我生活的乡村几乎村村通电，电视机、电风扇逐步走进了千家万户，光明来了。乡村的文化生活彻底得到了改善。户外纳凉和互相串门的习惯慢慢地消失了。后来，电视机和电脑的普及大大改变了乡村民众夜间文化生活的方式。

乡村夏夜不再有成群的孩子大人围场席地而坐，不再有孩子聚众于小院嬉戏听古。因为电视里的节目和电脑里的游戏远比讲古更精彩。现代化改变了乡村的耕作方式，也同时改变了乡村的文化生活方式。沿袭几千年的"讲古"传统终于就此"戛然而止"了。我这个曾经的乡间讲古高手也就此"失业"了。讲古的传统中断了，是不是会意味着我们的后代、后代的后代文化营养元素将变得日趋单一？单一的文化营养元素会不会导致心灵的空洞、情感的苍白、价值观的扭曲呢？也许这只是我的杞人忧天吧？总之，我会很怀念那些乡间"盘古的日子"。每想起来，就会有一股温暖在我心中升腾。那些盘古的日子，曾经如同暗夜明灯，照亮了一个个懵懂少年迷茫的心路。

金萍的村庄里,朝阳与暮色,雨水与星光,花草与树木,虫鸣与鸟唱,该展现的,都展现了,该飞翔的都飞翔了!但我总觉得,还不过瘾,仿佛还有许多意犹未尽的地方。那就再补一段村庄里的日子吧!因为村庄是我的根、我的国、我的命。

——写在后面的话之一

——湖坑塘眼儿是镶嵌在我们心底的伤疤,乡路愈远,疼痛愈深。因为那里掩埋着我们生命初始的胞衣,寄存着我们青少年时期的歌哭梦想!那里,有我们的既往。

——写在后面的话之二

# 我的村庄我的国

对家乡最初的记忆就是湖。

懵懂中,总是听奶奶说,你娘下湖去了!

于是,嗷嗷大哭立刻变成委屈地抽泣,再也不敢放赖。根据以往的经验,那湖总是在离村庄很远很远的地方。

慢慢长大,才知道:老家的湖其实就是低洼地。老家满眼都是湖!湖与湖相连,湖与湖相牵。连绵几百里,举目望不到边。外边的人都称我们那大片大片的低洼地是"湖坑塘眼"。就说咱那大大小小的村庄名吧!出了淮河边的古县城怀远朝西看,大湖小湖连成串,四十五里烟袋湖,韩湖褚湖小赵湖,李湖钱湖邵大湖,肖湖杨湖白家湖,张湖马湖钞家湖。除了湖,就是圩子、浅子、台子、畈子、洼子、窝子、湾子、套子。小时候上学,一路就走过支圩子徐圩子陈浅子李畈子,同班同学的家就住在王台子、尚洼窝、鄢家湾、沟套子。

村名地名的衍生最大程度反映出历史上地域的自然进程和人文遗存,老家的这些村名地名大多与淮河流域频繁发生的水涝灾害有关。

涡河以南,淮河以北,东迎荆涂山麓,西接庄周故地,基本上都是属于淮河流域多灾多难的低洼地带。低洼地,野湖滩,十年倒有九年淹,不长庄稼不长粮,遍长茴草苫茅房。这里就是我常常念及割舍不下的故乡。故乡地处淮北大平原,人少地多庄子稀,碰不巧,独走几十里没人烟。草蒿连天起,野兔四处奔。村里人下地,顶着朝露出,披着星月归。不是去了南湖,就是下了北湖,庄稼地离家常常七八里甚至更远。下地干活要带着水,带着干粮,一般中午不回来,顶着日头,吃口干粮垫着就过去了。庄稼长得像秃子头上的毛,稀稀拉拉几根根。离家远的地块差不多都是茴草,几百亩几百亩地生长着;秋来风起,汹涌澎湃,很是壮观!这些茴草的作用,就是苫房子。农村都是泥巴房土坯墙,歪歪倒倒泥抹光,一辈子盖的几间茅草房就是靠这些茴草苫顶。农民自己用不完,秋后割了拉到集上卖,就这也比种粮合算。满眼是湖不见湖,遍地的湖都只是低洼地和盖在低洼地里的村庄。为什么高筑台、坚打圩、设套子、垒湾子,祖祖辈辈就是和水涝灾害较上了劲!

一代代兵水混战,一代代血泪横流。

从远古时期的"水利盟约",到现代的"一定要把淮河修好",我的远古先人、近辈乡亲,无不在这块土地上爱着恨着,哭着笑着,痛着乐着,活着受着。

蛤蟆打哇哇,六十天吃粑粑。正是青黄不接的时候,蛤蟆咕呱咕呱的叫声中,饥肠辘辘的村民就数着日头等,期盼着收获的来临。老天的脸,孩儿的面,说变就变!一场大雨,倾盆而下,遍地白花花的一片汪洋!灵动无比的小青蛇昂着头在水面上横冲直闯;鸡上树、猫爬杆,小老鼠抓着电线打秋千!湿了老鸹毛,麦在水里捞!一村子人的期待就这么简单地被毁了。

蛤蟆撒泡尿,漫了驴磨道。连驴子推磨的地方都上水了,还有啥地方是干的呢?

就因为烂泥巴，黄土路，行路难，小时候村里的孩子都会唱：走路的，你歇歇，硌疼了的小脚俺捏捏；走路的，你停停，崴瘸了的小脚俺拧拧。

走路的人高声骂一句"湖坑塘眼里的畜生！"之后便不屑一顾地昂首而去。那时候，我们一群赤身露体的小孩子不知好歹，还哈哈欢笑。可是不久，就笑不出来了。因为我们突然发觉，那其实不是一句好话！

"湖坑塘眼儿"在以后的岁月里，几乎成了我们家乡的代名词。家乡的土地碱性大，含氟量高，村里的孩子十有八九是黄牙，上中学时，同学讥笑我们是"湖坑塘眼里的四环素"！大哥结婚娶了外乡女人，每逢日子过得不如意，那个袖珍女人就会撅着嘴，有滋有味地扬声大骂"湖坑塘眼里的穷种"，仿佛"湖坑塘眼儿"就是镶嵌在我们身上时时犯疼的伤疤。

淹了，一片汪洋；干了，地冒火星。涡之南，淮之北，时干时淹，地如漏斗，真是一片灾难与泪水黏合的土地！儿时的记忆总和饥饿相连：一天十分工，一天只挣一毛一分钱。四只眼的稀饭糠菜馍，冬瓜葫芦杂草稞。那年月，能吃不能吃的，都吃了。一个字：饿！两个字，很饿！三个字，实在饿！有一年大旱，沟里没有水，田里冒青烟。树叶子都像生虫似的打着卷。一天早晨醒来一看，院子里爬满了大青虫！家家都在吃惊地喊：豆虫，大豆虫！可是，不久就发现，门口院外，田间地头，树上水里，全是大青虫！虫把为数不多的青绿吃个一干二净，然后一夜间消失得无影无踪。后来还闹过蝗虫，在天空翻滚成团儿，密密麻麻落在屋顶树梢，田野溪畔，庄稼吃成秃梗，树木啃成光杆。青虫来的时候，村里人躲都没地方躲，床铺锅里蠕动着，都爬满了，走路脚底下啪啪作响；蝗虫来的时候，孩子们不怕，戴着草帽赶热

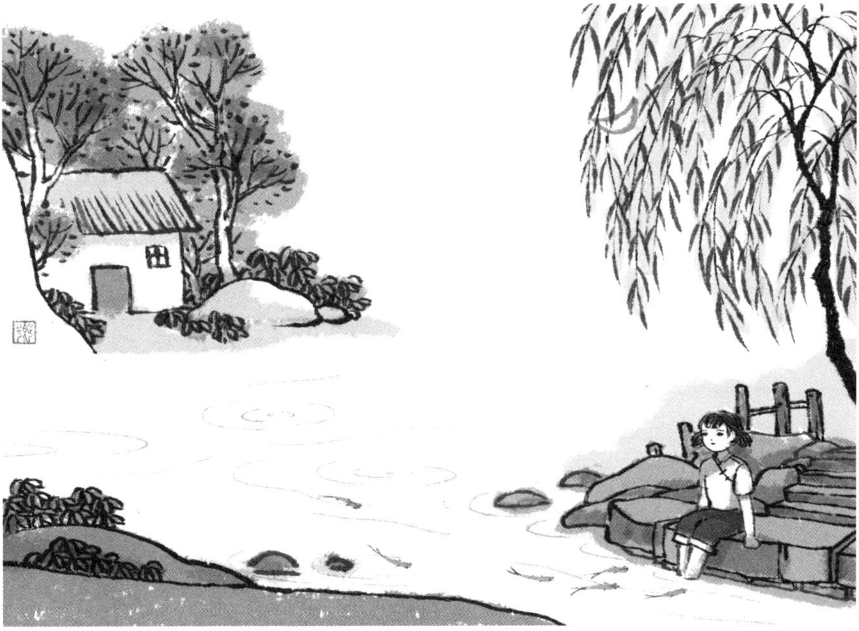

闹。伤心的是那些大人们：这一年的日子又被啃光了！地光场光粮囤光，老人孩子泪汪汪，两眼巴巴朝上望，家家等吃救济粮。那些年，国家对家乡农民发的救济粮还是不少的，但也只是活命而已。人太多啊，救急不救贫！

村里的男子娶不到媳妇；村里的女子死活也要嫁出去！那时村里的小孩人人都会唱：广播响，电灯亮，黄毛丫头都到淮南找对象；淮南对象也好找，就是户口不好搞！没人接，没人瞧，眼泪哭了十八瓢！淮南是淮河岸边的一个煤炭城，是乡下人心里的大城市。我们的村子离淮南城直线距离也就是八九十里路，但城里乡下两重天，生活的差距就是这么大。小时侯的远大目标就是这一辈子拼死也要嫁到淮南去！生女当嫁淮南郎，吃喝不愁住洋房！或许这就是那时大人们无数个梦里的奢望和荣光。因为那时的淮南城：电灯电话，楼上楼下，到处不见泥糊子，人人都穿囵囵衣服，洗手打肥皂，刷牙嘴冒泡，新奇新鲜！那种生活是仙境，是人过的日子。我的一个姑妈就是在挖河打坝筑圩的时候，挑泥累得实在受不了，就在一个月黑风高的夜晚，跟着一个淮南郊区的农民走了，再也没有回来过。我奶奶生大病危急的时候，家人怪起她，奶奶还说，不要怪她，不回来受罪就好！可怜天下父母心，甘为儿女操断筋。湖坑塘眼里受穷罪，是我们自己祖祖辈辈不得不咬牙承认的。

少年时，阴雨天气总是很漫长，一场水涝灾害，最短也要延续三至五个月。夏天，日头晒在泥地上，又黏又烫；翻红芋秧，打小秫秫叶，脚丫子全在泥糊里泡，一天下来，沤烂得稀乎乎的，又痒又疼；冬天也不好受，太阳一出来，冻地化稀，一脚下去，泥水涌到膝盖头，走不得，挪不动，十一二岁的小小年纪，只能猫在屋里纳鞋底。一个冬天纳的鞋底几乎够穿一辈子。美好的青春岁月就这样在呼啦啦的纳鞋底拉线绳中溜走了。

冬天是兴修水利的季节。年年如此,打河坝、挖天沟、挑河网化、垒灌溉渠。总之,没有闲时候,在我牙牙学语的时候,我奶奶上河工,日夜不停地搬冻泥,最后冻掉了三根手指头。那时我奶奶不觉疼,她说冻木了,就跟蚂蚁咬的差不多。那是一个寒冷的冬天,大雪如席封住了门,我奶奶从工地上回来了,还带着一根胡萝卜,那就是她全部的劳动奖励。她拖着冻僵硬的双腿扑在雪地上遥望着白雪笼罩的家门,最终没能说出一句话。那根扔在惨白雪地上的胡萝卜,多少年之后依然如旗帜般的时常在我眼前鲜亮着。

低洼地,老湖滩,年年治理年年淹;年年淹,年年歉收,年年还要前仆后继搞冬修。到了我母亲打河坝挑天沟的时候,涡河以南的军垦农场已修起了横七竖八的沟渠。那时的军垦农场已经有了东方红牌拖拉机,火红的庞大身子,履带好像电影里的坦克车,轰轰隆隆地开起来,力气大过一群老水牛。农场的水利活都是大机器干的,村里人叫那些棋盘一般纵横有序的沟渠是"河网化"。涝地实现河网化,这也是二十世纪五六十年代,治理低洼地最先进的水利工程之一。四十五里烟袋湖被"河网化"分割成一块一块的规整田。但是这些田归了军垦农场。旱了可以灌,涝了可以排!四周的农民呢?依然是水来了淹着;天旱了干着。

还是年年修水利,依然冬春挖天沟。家家都有出工任务,论人头分土方。因为父亲在学校工作,我母亲不得不连天加夜在工地上忙,就连孩子们生了病,也不能缺工停下来。我的哥哥一连高烧五天五夜最后不治夭折;我和妹妹病得说胡话,只有趴在乌黑的土屋里无助地哭泣。冬尾春头大干三个月,村人累得跪地爬。完成了挑天沟的土方,我母亲在惊天动地的锣鼓声中戴上了大红花，公社书记还亲自将一条浅灰色的毛毯放在了我母亲的手中。这是一条记载着血汗荣耀和刻骨疼痛的毛毯，直到我母亲逝世后，还静悄悄地保留在我的柜子里。我不敢说它有着怎样的意义，但这至少是上辈人和土地之间的遗存。

为了改造这片低洼地，为了村人吃饱饭，我的父老乡亲不怕流血流汗，因为我们生在这里，长在这里，活在这里，别无选择！渠堰堤坝水利工程，共修共享。但因为所有制不同，农场的河网化常常只是服务于农场本部。周围的农民不干了！一场血腥大战正在悄悄酝酿。

头一天里，各村接到密令：准备好锹锨杠子抬筐，凡是能打能跳的，能叫能闹的，不管男女，一律出动，目标就是农场总部边的南北大沟！

总场边的河网化紧连着附近农民的田块，眼看着旱天里河网化里的水流哗哗，农民的田里却干得冒青烟。时常会有农民忍不住偷偷去扒豁子放水。赤日炎炎似火烧，野田禾苗半枯焦。农民心里如烫煮，扒开豁子放水浇。农场看田的人不愿意了，逮住就没好果子吃，挨一顿揍是常有的事。场里还常常找到公社干部告状，调解几次不见效果，公社提出水利设施共享，场里又不干了！公社终于管不住火气，当夜研究以硬对硬。准备强行在场总部边上挖一条南北大天沟。这条天沟的开挖，可以直接提起涡河水灌溉农场南部农民的田地。但是大天沟必须从场部的地里走！挖的是场部的地，肯定是不会轻易同意的！

公社干部不能看着农民颗粒无收，做出如此决定也是迫于无奈。

农民和农场的打打闹闹大小摩擦早已是家常便饭了。为了一口活着的饭食，为了粮食庄稼，顾不上什么叫尊严之说了！村民为了偷偷放水,派上亲姐妹或小媳妇,去和场里看水人鬼混,有时还不得不动真,只要那里水声哗哗一响,这边立马提裤子走人。水是放了,仇也结了,面对气派的场子,村人不由得放声大骂:我操你个八代祖宗!男人们窝火,憋足了一口气,所以只要一提打大架,大家都像过年一样激动欣喜,摩拳擦掌,呼朋唤友。

天刚擦黑,数万人悄没声地朝场部运动。锹锨扁担大抬筐,杠子绳索架子车,那阵势,真像淮海战役时的后勤部队!靠近场部还有站岗放哨的"消息树",只要场部有人出来,"消息树"依次放倒,出来的人逐个捆起来看押。一公社好几万人齐上阵,各大队的任务黄昏前就用白石灰粉划好了线,不用招呼,不用喊叫,各就各位,动作干净麻利。谁说农民无组织无纪律,只要目标明确,只要人心齐整,那就是一整个铁血军团!趁黑夜动手,挖的挖、甩的甩、抬的抬、平的平,既无鸡狗叫,也无车马喧!天亮时,一条十几里路长的大沟懒龙一样地横在了农场边的土地上。沟边的泥土垒得像一座座小山,那新鲜的泥土还沾着黏糊的湿气,在晨光里黑乎乎地显摆着。年过半百的公社书记抹着额头淋漓的汗水,铁青着泛紫的脸孔,等待着事态发展的严峻后果。大队干部们也开始抽烟喝水,谁也不讲话,天地间一片寂静,沉默。只有那些不知天高地厚的女孩子们望着彼此抹得猫猴子似的泥脸,扑哧扑哧地捂嘴偷笑。

不久,就有人来了,汽车也来了,许多衣着光鲜的大人物也来了。不管三七二十一,农民们扛着杠子,光着膀子,打着号子,撕破着嗓子,蜂拥而上,里三层外三层,吵得什么也听不清!就这样闹哄哄地对峙了五天五夜,谁也不肯先松口,老书记胃痛得冷汗淋漓,始终没有离开半步。最后一天,武装部长挥着枪拿着大喇叭喊：各大队干部都听着，把你的人马全带回去，等候省里来处理！

那条沟终于留了下来，直到今天，我偶尔回老家，还从它的身边走过，不过，已远不如当年威严险峻，连年的犁耙耕种，沟沿坍塌如平地，沟底长满荒草，堆满淤泥，恐怕灌溉排涝的作用已起不到多少了。

为治理连年的涝灾旱灾，村民们不仅要挖好近处的沟壑渠坝，还要年年上河工，到遥远的异地去挖河。村里称这些工就叫"上河工打河坝"。我们村子的男劳力差不多都去过泗洪县挖新汴河，去过固镇县挖怀洪新河，去过山南挖茨淮新河。一条河不是一年就能挖成的，年年都要抛妻别子，年年都要离乡背井。打着背包穿着棉猴麻窝儿离家的时候，总是天寒地冻，呵气成霜，草黄水瘦，大雁成行。小燕来时笑眯眯，大雁来时哭啼啼，背着媳妇的泪眼，听着孩子的呼唤，望着娘亲的白发，冻得哆哆嗦嗦地爬上了笨重的四轱辘太平车，远行从此就多了几分凄迷，几分酸楚。秋尾出行，深冬返归，好几个月的重活下来，也有撑不住的倒在了外乡。我堂哥第二年去新汴河，就累犯了癫痫病，吐着白沫，翻着白眼，啥也不知道地被送回了家，直到现在还没好清。男人去挖河，女人守着家。就像现在的留守妇女，大事小事一肩担。男人累，女人苦，一年挣钱还不到二百五。有个天灾人祸，东借西拆，腰里有钱的没几个人。每年出外打河坝，总是不能回来全乎，除了累倒，也有混得好走桃花运的。一连几年都有人倒插门，做了当地人家的上门女婿。村里人就说，还是人家精明，有本事啊！不仅自己不受苦了，连下一辈子的问题都解决了！那口气里充满了羡慕和嫉妒的酸味。

不是咱不干呀，是咱这地盘不争气呢！三锹下去就是砂礓盘,天王老子也没本事把它变成丰产田!漏斗地,砂礓盘,鸡毛收成一年又一年。那时我们家那个村子才几十口人,却有上千亩土地,人均几十亩,更有的村子合到四五十亩。村稀人少地亩多,地薄收成少,靠种地吃不饱饭,家家都有人出外逃荒。那时的逃荒,并不都是单纯的要饭,很多人收破烂、补锅掌鞋、玩猴算命、剃头理发,摇着拨浪鼓换荒货。外出找食不容易,干一顿,湿一顿,还有风风雨雨一天吃不着饭的时候。临出门抱着一腔希望,赶回来却瘦得像个猴精。鞋壳里摸出血泪积攒的几个钱,颤微微递给老婆,啥话也说不出口了。

男人出外难,女人在家也难!村里改造砂礓地,翻遍了闲置的春地,让留守在家的妇女小孩下地拾砂礓,再把拾来的砂礓送到公社去修路。那时的老家真是个砂礓窝,田边地头,沟壑渠畔,随便走到哪里,都可看到大大小小的砂礓,小的如豆粒,大的像磨盘。有这些家伙在地下撑着,有水就漏了,没水就干了,易涝易旱,难种难耕。土层薄地不肥,再加上三天一小旱,半月一大淹,怎么能长出好庄稼?

家家分任务拾砂礓,谁也不敢怠慢。有条件的人家拉着架子车,没条件地推着三轮车,扛着麻袋,分布四野,一连多少天下来,村里的砂礓堆得像一座座金黄的小山。等到男人回来,再送去公社修路。

冬天的冻土邦邦硬,想把泥里的砂礓抠出来可不容易。我二嫂抠得十指出血,用老粗布挨个包起来,就像拎了两把小棒槌。田里的砂礓仿佛是拾不完的,今年拾了,明年一耕地,又翻了出来。年年拾,年年长,不长粮食长砂礓!

年年拾砂礓,年年铺路忙。湖坑塘眼里总算有了一条通向省级公路的乡村大道。大道上还有了飞鸽、响起了永久、凤凰牌的自行车铃声。那铃声带着乡村的泥渍味道,带着妇女儿童的向往期盼,欢快地飘向远方。

生活有了些许的变化,但和水的较量远远没有结束。在淮河流域,管理基本属于条条块块,属地管理。小到生产队大队公社,大到区县地市。看好自家渠,管好自家水,浇好自家田,种好自家地,收好自家粮。有的县水利设施好些,有的县水利设施差些,因各种原因不够均衡。我的家在蒙城县和怀远县的交界处,蒙怀二县的中间,有一条大沟叫炮台沟。抗日战争时期,这里曾经修筑过炮台,敌人来到蒙城县,蒙城县的老百姓就跑到怀远县这边来;敌人来到怀远县,怀远县这边的老百姓就跑到蒙城县那边去。两县人民携手并肩,共同抗日作战。历史的烟云散尽,炮台沟成了一条泻洪的通道。每当大雨洪涝灾害之时,沟两边的群众都悄悄出动,守点观动静,看准机会,到对方沟边扒豁泻洪。几锹下去,那满沟浩浩荡荡的洪水就像野马脱缰,沿着新扒的豁口吼叫着夺路奔腾。村庄田亩立刻变身一片汪洋。等到睡梦中的村民惊醒过来,对岸的放水人早已关门上栓,一根老烟袋在黑暗中忽闪忽闪地亮着,说不准是忧愁还是窃喜。第二天,天一放亮,沟对岸就会站满了人,骂声哭声喊叫声,声声不绝于耳。

年年抢放水,年年都打架。那架打起来真是惊天动地,男女老少抄家伙,权把扫帚扬场锹!打得最厉害的时候,拉了几车上医院!我舅舅家住在炮台沟西,一到打架就犯难,上还是不上?真打还是假打?上吧,亲家面前难动手;不上吧,队里不发救济粮!我舅舅一出门说打架,我外婆就吓得哭,年年放水年年哭,急火攻心,眼睛都哭瞎了。我外婆年年烧香就说一句话:哪一天沟东沟西还能像当年打鬼子那样齐心合力对付洪水就好了!两岸结了仇，亲朋失了和，就是为了水！排涝排涝，涝在田地里，淹在人心里！

湖坑塘眼里水多，水鬼也多，我的青少年时期几乎都被水鬼的故事包围着。越穷孩子越多，家家大人出门挖沟，大大小小面疙瘩似的孩子都由奶奶辈的带着。老人们一遍遍地告诉孩子们水鬼的模样：绿眼红鼻子，四只毛蹄子，走路啪啪响，专吃小孩浓鼻涕！天黑夜雨，孩子们哭时都知道捂着嘴，不敢出声，害怕被哪个遛夜的水鬼听到了，会龇着牙钻进屋里来！村人遭水害没辙了，就遍地盖小庙，逢年过节，烧香拜龙王，拜风神雨神，拜菩萨保佑，求神灵多一些风和日丽，少几次水患灾害。我上小学的时候，小庙都改成了小学，如赵庙、宗庙、张庙、徐庙、阜庙、尚庙，都是小学校。更可笑的还有一座大水庙小学，我叔叔他们去上学的时候，教室里还有泥塑的八大神仙活灵活现地在墙角蹲着。有一次语文课，老师讲到歇后语"大水淹了龙王庙，一家人不认一家人"的时候，问同学们可知道"龙王"？一个学生跑到后面抱住泥塑说：不就是他吗？老师觉得这些泥塑放在教室里影响不好，才叫大队干部把泥塑都搬走了。

砂礓坝、老水牛洼、漫水桥、四眼井、六里沟、桑树底下王老坟，众多的地块名都是出自鬼故事。我上小学每天要经过漫水桥和老水牛洼，晚上回家不敢自己走，回回都要白家湖的同学送，若有一次没人送，就只好遛弯去同学家。村人告诉孩子们，走在有鬼的地方，有动静不能回头看，肩上有两盏灯，回一下头灭一盏！因此，从小时候起，洼地里的孩子走黑路从不敢回头。

有一年发大水，为了抗洪，公社书记半个多月没回家，老婆抱着孩子来送换洗衣服，下傍晚赶回去，到了一号大沟砂礓坝，水流湍急，把娘俩冲得无影无踪。书记听到传信，泪水还没来及擦净，就拿着手电筒，带着哨子连夜上了抗洪大堤。此后这个坝子就成了鬼坝子，传说每当夜深人静，坝子上就有女人哭。有人为了打赌，曾去听过，说那的确是一老一少的哭泣声。从此很少有人敢在坝上夜行。有一次我问奶奶，为什么我们家乡有这么多的鬼故事？奶奶说，家乡的鬼都是水鬼，一发大水，他们没处躲，不找人来闹腾怎么办呢？什么时候不发大水了，水鬼也就没有了！什么时候才能不发大水呢？这个始终没有答案的问题一直在我幼年的心里纠结了多少年。

一代又一代的孩子在鬼故事里长大；一代又一代的孩子从这鬼故事的湖坑塘眼里出发。如今的年轻人早已不像我们少年时那样，一心向往淮南城了，如今他们都像候鸟一样，年年农闲飞向南方，农忙飞回故园。西方不亮东方亮，家里不收外乡收！打工的钱是家庭里的主要收入，打工的钱常常用来作为家庭的基础建设费用。他乡的钱难挣，他乡的饭难吃，吃苦受累看白眼，全都为了日子过得有尊严！血汗钱，建家园，盖新房，娶新娘，二踢脚放得震天响，摩托车摆满了小村庄。年轻人头也不回地走了，走不开的还得琢磨土地的事。风筝飞得再高，最后还得落在地上，生命里那根长长的线还在村头的老榆树上紧紧地拴着。

横穿家乡的一号沟二号沟大清沟，年年挖，年年冲；年年冲毁，年年修。虽解决了一些小型的内涝灾害，但逢到大灾水患还是干瞪眼；提涡河水灌溉依然是难圆的旧梦。家乡的父老乡亲干部群众为了向土地要粮，不断地改变种植方式，改变产业结构。上级提倡立体种植，提倡多种经营。但土地依然是农民的生存之本，若是土地没有根本改变，农民收入的根本改变也是不可能的！一步跨越到2000年，农民种地不交钱。不光是不交钱，国家还颁布了一系列惠农政策，发放各种补贴。但是沿淮总面积将近

6万平方千米的低洼地易涝区仍然没有得到根本上的治理。小打小敲可以有一些成效，可以管温饱，但最终却无以致富。许多年来，不断地修芡河、治理淝河，挖新汴河、怀洪新河、茨淮新河，可是低洼地依旧是低洼地，改造滞后，灾害连年发生。每逢涝灾，粮食产量明显降低。粮食减产，民心难安。

这几年，青壮年外出打工，老弱病残妇女儿童留守，延续多年的冬修也逐渐减少了。2009年春季大旱，问题凸显，农田水利设施超期服役，各类泵站老化毁坏的现象随处可见。风灾、冰雹、洪水、干旱，肆虐地在淮河流域低洼地撒泼。连续不断的自然灾害成了解决三农问题的瓶颈。仅从2006年的统计数字就可看出今日之差距：这一年，沿淮易涝灾区农民人均收入不足2000元，比全省人均收入低1500元。流经安徽境内的淮河长431千米，其中低洼地涉及耕地2830万亩，涉及人口2200万。这两项数据分别占全省的46%和33%。这不是一个小数字！低洼地不治理，安徽难腾飞！如何保证粮食安全？如何保障淮河安澜？一民之力，一村之力，一乡一县一省之力与大自然相比，是多么的微不足道！淮河流域低洼地治理关系重大势在必行；淮河流域低洼地治理期待大动作呼唤大投入！

生于斯，长于斯，心系于斯！回想起高速公路从家乡通过，征地的时候，我的婆婆小叔子全都流着眼泪拒绝签字的悲壮场景，不是他们顽固不化，不是他们自私落伍，实在是他们不舍那块土地！不管那块土地是多么贫瘠，也不管那块土地曾经给他们带来过多少苦难，但无论如何那是他们赖以生存的根本！没了土地，他们不知何以立足？没了土地，哪里还有恒久的家园？

今天，当我坐在明媚的阳光里，回望着有关湖乡村庄的点点滴滴，内心涌动着莫名的酸楚和温暖。酸楚的是外婆奶奶和父母双亲,还有那些与水患涝灾搏击了一辈子的老一辈草根人物,都已先后离世。他们来自于土地,又无声无息地回归于土地。他们本就是一抔泥土,只有那片多灾多难的土地才是他们的前世今生;温暖的是前几年春天,由淮河水利委员会在2007年12月编制完成的《淮河流域重点平原洼地除涝规划》,正式通过水利部审批。整合资源,加大投入,一场根治低洼地水涝灾害的战役打响了!父辈的血汗不会白流,先人的遭遇不会重演!把淮河流域低洼地改造成丰产田,促进淮河流域社会经济良性发展!我们有理由相信水利部的正确决定;我们更有理由相信国家的强大实力!辽阔中原腹地,千里长淮奔流。淮水流,涡水流,稻花香里说丰收!鱼米之乡这四个朴实而又浪漫的字眼,对于湖坑塘眼里的孩子们来说,也许不再是一个遥远的梦。

村庄是孩子们的命,村庄是孩子们的国!因为有了村庄,千万里我们日夜期盼归航;因为有了村庄,漂泊的游子不再流浪。听一听村庄的呼唤吧,让我们驾着温暖的太阳车,乘着皎洁的月亮风,一次又一次地返回村庄、走进村庄。去栽一棵树、去种一粒籽、去体验一把村庄里的春种夏长、秋收冬藏。来吧,金萍的村庄欢迎你!

# 相见亦难别亦难

《我的村庄我的国》从2004年到今天，断断续续已经写了十几年了，2004年，我的母亲去了；2007年，我的父亲也走了。世上最疼我的两个人都离我而去了。那时，我几乎就撑不下去了。我无法从极度的悲痛中走出来。就在那个艰难的时刻，《我的村庄我的国》启动了，我一点点地写，一篇篇地写，安静地、安详地、安然地、不躁不急地写，写我和父母一起生活过的村子、日子，还有那些植物、动物和乡亲。我不舍得一下写完。累了、苦了、急了、高兴了、悲伤了不写，只有极其安静的日子才动笔。我在和父母聊天、谈心，把我没来及和他们说的话慢慢说给他们听。每次动笔前，我都要净面洗手，收拾得干净利落。我要让老人看到我活得不紧不慢，清清爽爽。我要忠实记录老人们生活过的地方，我要让他们居住的地方和他们的气息留存下来，让我们的孩子闻到、听到、看到、感受到、记住。今天落笔的时候，感觉到就要写完了，极度地不舍，仿佛就要和爹娘真的永别了似的。我泪流满面,我低声抽泣。我知道,我的村庄就要出嫁了,它能否被我的贵人看中,我不清楚,反正我要把它送出去了。即将出嫁的村庄,请让孩子我再给你梳洗一下吧,我们很快就要说再见了!不过,令人欣慰的是,我已定下来再写《家族里的女人》三部曲,我要让亲人们在我的笔下重新活过来。

2017年6月1日